目（CIP）数据

日）谷崎润一郎著；金鑫译. -- 北京 ：现代出
024.1 重印）
143-8591-5

I. ①谷… ②金… III. ①长篇小说－日
313.45

馆 CIP 数据核字（2020）第 079597 号

谷崎润一郎
鑫
雨
肖君澜

版社
安定门外安华里 504 号

4267325
4245264
980xd.com
嵩川印刷有限公司
×1230mm 1/32

7 月第 1 版 2024 年 1 月第 2 次印刷
78-7-5143-8591-5

图书在版编目

痴人之爱 /
版社，2020.6（2
ISBN 978-7-5

Ⅰ．①痴…
本一现代 Ⅳ．①

中国版本图书

著　　者　［日
译　　者　金
策划编辑　王传
责任编辑　张

出 版 人　乔先彪
出版发行　现代出
地　　址　北京市
邮政编码　10001
电　　话　(010) 6
传　　真　(010) 6
网　　址　www.1
印　　刷　三河市
开　　本　880mm
印　　张　9.5
字　　数　189千字
版　　次　2020年
书　　号　ISBN 9
定　　价　59.80元

目　录

痴人之爱

一

下面我打算将我的这段令人匪夷所思的夫妻关系，尽可能坦率诚恳、毫无保留地记述下来。这对于我来说是无法忘却的珍贵记录，对于各位读者而言，想来也会具有某种参考价值。特别是，如今的日本逐渐走上了国际舞台，国人与外界的频繁交往，使各种主义和思潮不断涌入国内，男人自不必多说，就是女人也纷纷时尚起来。社会风潮蔚然成风，相信如今迥异于他人的我们这种夫妻关系，在不久以后也会发生在你们的身上吧。

回想起来，我们夫妻从最初的结合就不同于其他人。我初遇现在的妻子，是在八年前，我怎么也回忆不起来具体是几月几日，只记得，那时的她在浅草雷门附近一家钻石咖啡店里当服务生。那一年她刚刚虚岁十五岁。我最初认识的她，是个刚进咖啡店不久的实习生，因为是新来的，还不算是正式的服务生，只是个学徒而已。

那时的我，已经二十八岁了。要问我为什么会注意到那孩子，我也说不上原因，大概是那孩子有着好听的名字吧。别人都称呼她为“阿直”。我偶然的机会问了她，其实她的名字叫奈绪美，“奈绪美”这个名字激起了我强烈的好奇心。“奈绪美”这么美妙悦耳的名字，要是写成罗马字“Naomi”，不就像西洋人的名字吗？这个惊喜的发现，让我对她愈加留意起来。难以想象的是，有着洋气名字的她，居然也长着一张同西洋人一般洋气的脸，浑身上下透出的伶俐劲儿，让我渐渐觉得，眼前的这个女孩在这个咖啡店里做服务生，实在是太可惜了。

事实上，奈绪美的相貌，和女演员玛丽·皮克福特很像，像极了西洋人，这绝不是我个人偏私的看法。后来她成为我的妻子，许多见过她的人也都这样认为，由此可见，我的说法是有事实根据的。不光是容貌，脱了衣服之后，她的身材标致得更像西洋人。当然这是我后来才知道的，那时的我们还没了解得那么深入。只是看她和服穿得如此得体，可以想象得出她的身材也一定颀长秀美。

一个十五六岁女孩的脾气秉性，除了亲生父母或兄弟姐妹外，对于不熟识的人就像是个谜。因此想要问我，在咖啡店做服务生的奈绪美是个怎样的女孩，我很难回答。恐怕问奈绪美本人，也只能说，那时候她对任何事情都抱有好奇心。不过在他人眼中，她只是个忧郁、寡言的女孩。她脸色略显苍白，肤色暗沉，犹如几块透明玻璃叠在一起似的，看着不大健康有活力。可能是因为，她初来咖啡店打工，不像其他正式女服务生那样打扮自己，又与客人和其他女服务生说话不多，总是一个人独来独往地默默做事，所以大家对她的印象才会如此。而她给我的感觉乖巧伶俐，大概也是这个缘故。

在这儿，我还想简要介绍一下自己的经历。那时候，我是一家电力公司的工程师，一百五十日元的月薪，满足我一个人在东京的生活开销绰绰有余。我出身于枥木县的宇都宫郊外，初中毕业后，就来到东京的藏前高等工业学校学习，毕业后不久便做了工程师。除了周日，我每天都会从芝口寄宿地到大井町的公司上班。

其实，我老家那边经营着规模不小的农业企业，虽然父亲过世得早，但是家里的产业由上年纪的母亲和忠厚善良的叔婶打理着。我虽是长子，但对于家里的事并不用太费心，更不需要给乡下的母亲和弟妹们寄钱。所以，在这里我倒是活得自由自在。虽是如此，我并不会挥霍无度，也算得上一个工薪族的优质男——朴实、诚恳，平庸得近乎乏味、呆板，任劳任怨地完成每天的工作——这就是当时我最真实的生活写照。说起“河合让治君”，公司里任何一个人都会评价我是一个“君子”。

至于我的消遣方式，也就是晚上看看电影或去银座大街散散步，偶尔狠下心去帝国剧场看一出戏剧，再无其他活动。按照常理，我这样一个未婚的男青年，当然愿意接触到年轻女子。只因为我是一个乡下长大的孩子，不善与人交际，也从未和异性交往过，才被冠以“君子”的称号。其实，我也只是表面上的君子，走在街上，或是每天早上坐电车上班，心里对周遭的女子还是保持高度关注。恰恰在这个时候，奈绪美无法预知地闯入我的生活。

当时，我并不认为奈绪美是最美丽的女孩。在电车里，或是在帝国剧场的走廊上，抑或在银座街头这些地方，擦肩而过的年轻女子当中，比奈绪美长得漂亮的很多。奈绪美长大后能否出落得美丽可人，那是将来的事。十五六岁少女的成长发育，会让人有所期待，也难免会让人有些担忧。所以，我最开始的想法很简单，先带她回家照顾，如果有栽培的可能，就考虑给她良好的教育，再娶她为妻。我这么想，一方面是同情她，另一方面也是想给自己过于单调乏味的生活带来些许变化。坦白地说，我已经厌倦了一个人住寄宿屋的日子，也试图给目前鸡肋般的生活添加一些色彩和温暖。为此，我想拥有一间属于自己的房子，哪怕狭小一些的也很好哇！有时间，在自己的家里做各色美食、打扫卫生，如果有能力再雇个女佣收拾整理房间。在阳光明媚的露台上，种花养草，再挂上个鸟笼子。如果奈绪美愿意来我这里，愿意做我的女佣，那就不用养小鸟了，我大体上就是这么计划的。

既然这么向往家庭生活，为什么不娶个般配的女子为妻，组建正式的家庭呢？其实，当时我还没有组建家庭的勇气。对于这个事情，必须详细说明一下。毕竟我只是个普通人，既想不出也做不出那些令人费解的事情。但是对于婚姻，我却有着超越他人的时髦的想法。一提起婚姻大事，多数人都会循规蹈矩，按照传统的烦琐的习俗完成。先是邀请一位介绍人，不动声色地打探对方的态度。接着是要相亲，如果双方满意，就正式聘请媒人，交换聘礼，将五件、八件或十三件嫁妆送到夫家。之后是新娘出嫁、新婚旅行、回门等一整套烦琐的习俗，都要一步一步走完，这是我最不能接受的。我自己要是结婚，就要采取简便、自由的方式。

当时，倘若我有结婚的念头，前来提亲的会有很多吧。我虽然出身农村，但是体格健壮、规规矩矩。自夸，也许不太合适，但是我的相貌的确还是不错的，在公司里的人缘也挺好，大家都乐意帮忙给我张罗婚事。可是，我偏偏不喜欢别人在这件事情上的“乐意帮忙”，所以着实没办法。即便相亲的是个大美人，仅凭着一两次相亲，怎么可能真正地了解对方的脾气秉性。仅凭短暂会面的一时印象，就决定自己未来一生的伴侣，这种蠢事，我不会做。如果可以，我想把奈绪美这样一位美丽的少女领到家里，陪她一天天长大；如果喜欢，再娶她为妻，这种结婚方式才是我最向往的呀！有钱人家的千金小姐，受过良好教育的名门闺秀，我并不奢望，所以能娶到像奈绪美这样的女孩子，我就心满意足了。

我想象着，找一个少女，像朋友一样和她朝夕相处，陪着她长大，以做游戏一般轻松愉悦的心情，同住在一个屋檐下，过宽松自在的生活，一定有不同于婚姻生活的别样情趣。也就是说，我和奈绪美一起像孩童般天真无邪地扮家家酒，而不是承受像在正式婚姻里那样的各种负担——这就是我的心愿。实际上，在如今日本的家庭里，衣柜、长火盆、坐垫等物件都是标配，一样也不能少。丈夫和妻子、女佣，各有分工，还得和左邻右舍、亲戚朋友维持良好关系，为此增加了额外开支不说，原本简单明了的事情，也变得复杂无趣，对于年轻的工薪职员来说，这绝不是令人愉快的事情。在这一点上，我相信自己的想法绝对是完美的。

我第一次和奈绪美正式谈这件事，大概是在认识她两个月以后了。在那期间，我总是去钻石咖啡店，制造各种机会接近她。奈绪美喜欢看电影，一有假期我就和她一同去公园里的电影院看电影，回来的路上，顺便去小西餐馆或荞麦面馆吃东西。不爱说话的奈绪美，在这种场合也沉默寡言，不知她感觉兴奋还是感觉无趣，总之，就是一副面无表情、云淡风轻的样子。虽然是这样，每次我邀请她，她却从不拒绝，总是很爽快地点头答应，不管是哪里，她都跟着去。

我不了解她对我的看法，抱着怎样的心态跟着我出去，她还是个无比纯真的孩子，还不懂得以怀疑的眼光对待“男人”。我觉得，她大概只是怀着单纯天真的想法吧，认为这个“叔叔”可以带她去看喜欢的电影、吃好吃的东西。而我也只是把她看作一个小孩子，很乐意她把我看作亲切温暖的“叔叔”，那时的我确实对她并不抱有超出这种关系之上的企图，也没有在举止上的逾矩。至今回想起那个时候，如梦境般两小无猜的岁月，即使是现在，我也很想重新回到那纯真的二人世界去。

“怎么样？奈绪美，看得清楚吗？”

每当小影院里客满、没有空位的时候，我们就站在影院的最后面踮起脚看，这时我总是这样问她。

“不！根本看不见哪！”奈绪美使劲踮起脚，抻长了脖子，透过前面观众脑袋与脑袋的缝隙观看。

“还是看不见的话，来，扶着我的肩，坐在横木上看吧。”我边这么说着，边把她从下面托到高高的栏杆横木上坐下。她双腿就这样悬着，一只手压着我的肩膀，终于心满意足地盯着银幕看起来。

“电影有趣吗？”我问。

“有趣呀。”奈绪美回答道。

她只是平静地回答，从来没有兴奋得拍手，或是欢天喜地得蹦跳，就像一只聪明的小狗专注地倾听着远处的声音，只是默默地睁着一双伶俐的眼睛，望着银幕。看她这副表情，就知道她特别喜欢看电影。

“奈绪美，你肚子饿了吗？”

“不饿，不想吃东西。”

有时候她这么干脆地回答。不过，一旦肚子饿的时候，她也会直截了当地回答“我饿了”。当我问她想吃西餐还是荞麦面时，她总是直白明确地告诉我要吃什么。

二

“奈绪美，你长得真像玛丽·皮克福特。”

一天晚上，看完玛丽·皮克福特演的电影后，在回家路上的一家西餐厅吃饭时，我曾对她谈到这个话题。

“是吗？”她说，脸上并没有惊喜的表情，只是不可思议地盯着突然说出这种话来的我的脸。

“你自己不觉得吗？”我又问了她。

“我不知道像还是不像，不过，大家都说我长得像混血儿。”她无比淡定地回答。

“是呀，你的名字就很洋气。奈绪美这么时髦的名字，是谁给你起的？”

“不知道是谁起的。”

“你爸爸还是你妈妈呢？”

“不知道是谁……”

“那奈绪美的父亲是做什么的？”

“我父亲，已经不在了。”

“你母亲呢？”

“母亲倒是在……”

“有兄弟姐妹吗？”

“兄弟姐妹很多，有哥哥、姐姐、妹妹……”

后来我偶尔也会跟她谈到这个话题，只是，一旦我问起她的家庭情况，她就会变了脸色，显得不大愉快的样子，含糊其词地躲闪我的问话。决定一起出去玩的时候，我们大都前一天约好时间和地点，在某公园的长椅旁，或是观音堂前，她从来没有弄错过时间和地点，也没有爽约过。如果我临时有事耽搁，会担心她等得太久，会不会提前走掉，可是到了那儿一看，她仍旧安安稳稳地在约好的地方等着。看见我，就猛地站起身，快步朝我跑来。

“对不起呀！奈绪美，让你久等了。”

“嗯，等了半天。”她只说这么一句，并没有露出埋怨的表情，也不像是生气的样子。

有时候约好在长椅子那里见面，但突然下起雨来，我一路担心地想：这次一定是爽约了。等到了地方定睛一看，她就蹲在池边的那个祭祀的小祠的房檐下等着我，看到她这个样子，真叫人心疼啊！

每次见面，她的衣装大多都是姐姐穿旧的铭仙绸衣服，系着友禅薄呢腰带，头发梳成日本式的裂桃发髻，略施一层白粉。

虽然总是穿着有补丁的白布袜，但是合脚，很好看。我问："为什么假日还要梳日本式发型？"她只是简单地回答是家里人让她梳的，仍然不喜欢多说一句。

"今天太晚了，我送你到家门口吧？"我再三强调地说。

她总是回答说："不用了。这么近，我自己回去没问题。"走到花店的拐角处，奈绪美一句"再见"就告了别，吧嗒吧嗒朝千束町的巷子那边跑去了。

其实，对于那时候发生的事没必要细细说明，不过记得有一次，我和她谈了很久，谈得很深入。

那是一个春雨绵绵的四月末的晚上，咖啡店难得的冷清安静，我坐在桌前，小口抿着酒，喝了好长时间。我这么一说，好像我很能喝酒似的，其实我的酒量根本不行，所以点了女人喝的甜口的鸡尾酒，为了打发时间，一小口一小口地啜着罢了。

这时，她给我端来了菜，我借着几分酒劲对她说："奈绪美，你坐下。"

"有事吗？"

奈绪美一边问，一边听话地坐在我身边。看我从口袋里掏出了敷岛香烟，她立刻划着火柴，给我点燃了香烟。

"没什么要紧事，你就坐这里，陪我聊聊天……看样子今天晚上不会太忙了。"

"是呀，难得像今天一样闲下来呢！"

"每天都很忙吗？"

"忙。从早到晚的那种忙……连读书的时间都挤不出来。"

“看样子，奈绪美喜欢读书了？”

“是呀，喜欢。”

“平时喜欢读什么书呢？”

“各种杂志吧。只要是书，都喜欢拿来读一读。”

“真让人钦佩呢。奈绪美这么爱读书，应该去念女子学校哇！”

我故意这么说出来，然后注视着奈绪美的表情。她好像很不高兴，脸色一瞬间便阴沉下来，眼神落寞地望向了别处，她的眼里明显浮现出悲伤、无奈的神情。

“奈绪美，你真的想上学吗？如果想去，我可以出钱送你去呀！”

说完，她仍然缄默不语。

我试图改变语气，安慰她：“奈绪美，怎么样？别闷闷不乐，有什么想法请说说吧，你想学什么呢？”

我的诚恳打破了沉默的气氛。

“我想学英语。”她突然用期盼的眼神看向我。

“哦，是英语……只有英语吗？”我继续问道。

“还有音乐。”

“嗯，那很好。学费我来出，送你去学习，好不好？”

“可是，上女子学校已经迟了，我已经十五岁了。”

“不要紧。和男子不同，女子十五岁也不算迟。并且，只学习英语和音乐的话，不用去女子学校，可以单独请老师教你。怎么样，你想去好好学习吗？”

“当然，你真的要帮助我吗？”

奈绪美说着，直直地迎上我的目光。

“嗯。当然了。”

“不过，奈绪美，要是去上学的话，就得辞掉这里的工作，你愿意吗？如果你愿意，以后我也可以领养你，照顾你的全部生活……我想要把你培养成一个出色的女人。”

“好哇，如此最好不过了。”

她毫不犹豫地回答我，对于如此干脆利落的回答，我着实吓了一跳。

“你是答应了我，辞掉这里的工作吗？”我不敢肯定地盯着她问。

“是的，辞了工作。”她的眼神无比坚定。

“奈绪美，即便你同意了，你是不是有必要征求你妈妈和哥哥的意见？他们会不会同意呢？”

“家里人的意见，不问也可以，他们会同意的。”

不难看出，她虽然嘴硬，但还是很在意家人的意见。只是依照她平时的习惯，并不愿意让我知道她家里的事情，因此，故作姿态，装出一副满不在乎的样子。我虽然并不想拆穿她，让她为难，但是为了完成她想要去学习的心愿，还是有必要到她家里，和她的母亲和兄长深入地聊一次。此后，随着我们关系越来越近，我多次提出“让我见一见你的家人吧”，她每次都摆出一副臭脸来，很不高兴的样子。

“不用，你不和他们见面也是一样的。我自己跟他们说。”每次她都是这样敷衍我。

为了奈绪美——我妻子的身份，为了“河合夫人”的名誉，我不能在这里，不顾及她的心情，非要把奈绪美的身世和经历说透彻，因此我在这里不会过多介绍。将来各位读者自然会知晓，即便不知道，凭借她家住在千束町，十五岁就被送到咖啡店当女招待，以及绝对不让别人知道自己的住处等事情，大家稍加联想，便会知道那是个怎样的家庭了。

最终在我的说服下，我见到了她的母亲和兄长。虽然对他们的态度，我能猜到一二，但是见了面我还是惊讶于他们对自己的女儿、妹妹的贞操问题那满不在乎的样子。这次我跟他们正式谈论了领养奈绪美的事情，我说，难得奈绪美喜欢读书，在咖啡店做服务生未免太可惜，如果你们同意，请允许我收养她。尽管我也不能承诺给她多么富裕的生活，恰好我需要一个女佣，就让她在我家里做做饭、打扫房间等，这期间，我会资助她接受些教育。我现在仍然单身的情况一并实话实说地告诉了他们。他们对我的提议，只是平静地回答说："要是您能这样对待她，那是她的福气呀！"正如奈绪美所说的那样，她的家人见与不见是一样的。

当时，我深深体会到，奈绪美不愿提及家人时的难过心情，感叹世间竟有这般不负责任的母亲和兄长，我更加觉得奈绪美的可怜，想尽力保护她。她母亲和我说，他们为了安排奈绪美很伤脑筋。"原本安排她去做艺伎，但是她本人不同意，也不能总让她宅在家里白吃白喝。实在没办法，才送她去咖啡店当服务生。"依他们的想法，只要有人愿意领养她，把她养大成人，他们就心满意足了。难怪她不愿意待在家里，周末总是喜欢和我出去吃饭或看电影。正式见了面，听到他们的真实想法，我之前的疑惑才真正地解开了。

不过，她家人的态度，对于奈绪美和我是非常幸运的。和她的家人深谈过一次之后，我马上让她跟咖啡店请了假，她每天都和我一起出去找房子。我在大井町上班，我还是希望选择距离公司近一些的地方居住，因此周日一大早，我们就在新桥火车站会面。而在工作日，我们选择在大井町会面，从蒲田、大森、品川、目黑一带的郊外，一直到市内的高轮、田町和三田周围一带都找了个遍，回程时我们随便找家饭馆吃了晚饭。还有时间，就和平时一样去看看电影，逛逛银座的街道。然后，她回千束町的家，我回芝口的出租房。那时候出租房源紧俏，短时间内很难找到合适的房子，只好这样将就着度过了半个多月。

如果那个时候，春风和煦的五月的星期日早晨，有人注意到在大森附近绿意盎然的郊外小路上，一男一女肩并肩散步，一个是普通的工薪族男子，一个是梳着裂桃发髻的略显寒酸的少女，大家会怎么想？男子称呼少女“奈绪美小姐”，少女称呼男子“河合先生”，两个人的关系很特别，既不像主仆，也不像兄妹，更不像夫妻或朋友，彼此保持距离地交谈着，一路上，寻找着出租房，欣赏周围的景色，偶尔看看路旁生长别致的树墙、干净整洁的院落、艳丽的鲜花……

在这暮春漫长的一天里，两个人幸福地四处漫步游荡，一定会令人不可思议吧？说到鲜花，我想起来，她特别喜欢西洋花，能说出很多我不知道的花名，还有的是复杂的英文名。她说是在咖啡店打工时，一直负责插花，自然记住了一些。

路过某户人家的庭院时，偶尔窥见里面有温室花卉，眼尖的她立刻停下脚步，发出惊叹：

“哇，好漂亮的花！”

“奈绪美，你喜欢哪种花？”我问她。

“我最喜欢郁金香了。”

也许因为从小生长在浅草的千束町那样又脏又乱的城市街道中，奈绪美特别向往广阔自在的田园生活，看到生长在田间或路旁的三色堇、蒲公英、紫云英、樱花……她都会忍不住跑过去摘一些拿在手里，一天走下来，她手里积攒了满满的一大束不同种类的花，还非常宝贝地把这些花束捧了回来。

“这些花已经蔫头耷脑了，扔掉吧！”

我这么劝说，她并不理会。

“没关系的，浇了水就会又有了生机。送给你，放在河合先生的书桌上，一定很漂亮。”

分手的时候，奈绪美通常喜欢把花束送给我。

就这样，我们寻找了很久。四处去看，也没有找到适合我们的房子，最后我们租下了距离大森站一百二三十米远的电车站附近的一栋洋房，可以叫作“文化住宅”。那个时候，这种房子还没开始流行，用如今的词语称呼，可以说就是这类房子。石棉瓦屋顶，几乎占了房屋高度的一半以上，方方正正像个火柴盒似的，外层是白色的墙面，镶嵌着很多个长方形玻璃窗。从正面看去，在拱门前是一个庭院，实际上，看着更像是一小块空地。就是这样的，可能更适合在绘画作品中呈现，却不适合作为居住的房屋样式。这也难怪，这房子就是某画家设计建造的，他娶了模特儿为妻，这是他们的艺术之家，房间设计很有个性，就是居住并不方便。一层是一个宽大的画室和非常狭小的玄关、厨房，二层有两个房间，其中一间有三张榻榻米那么大，另一间有四张半榻榻米那么大，都像是阁楼一样的房间，并不适合居住。还有一间储藏室，不太实用。画室内设有楼梯通往阁楼，上楼是一条两侧有扶手的走廊，宛如看戏的看台，趴在一侧的扶手上可以俯瞰画室全景。

奈绪美第一次推门进入，看到房子里面的“风景”时，惊喜异常，高声地嚷着：

“啊，真洋气呀！我就喜欢这样子的房子。”

我见她这么欢喜，立刻决定租下来。

奈绪美的想法就像小孩子一样，很明显，房间布局不实用也不合理，但是她对那与童话书中的插图一般独特新奇的样式，无比好奇。不得不承认，这房子非常适合逍遥自在的青年男女，不愿落入传统婚姻模式的俗套，以游戏的心态过活。想必房子原来的主人——某画家和女模特儿，也是以同样的想法住在这里。其实，那一间大画室就足够两个人日常起居了。

三

五月下旬的一天，我终于把奈绪美带回家，搬进了这栋“童话之家”。搬进去以后，我们才发现，这里并不像之前设想的那样不方便。阁楼里光照充足，站在窗边，竟然可以眺望大海。朝南的前院空地，可以修葺出一个小花坛，电车经常从附近经过，这是缺点，还好和铁路之间隔着一块庄稼地，倒不觉得声音很吵。总之，这是个让人比较满意的住处了。不仅如此，这种房屋毕竟不太适合一般人居住，因此，房租便宜。即便那时候物价比现在要低些，但不要押金，月租金二十日元，没有比这些更让我中意的条件了。

“奈绪美，请你不要称呼我‘河合先生’了，叫我‘让治’吧。咱们俩就以伙伴关系一起过日子，好吗？”

搬家当天，我高兴地对奈绪美说。退掉出租屋，搬进有单独庭院的西式洋房，雇用十五岁的少女做女佣等事情，都写在了这次的家书中。至于，和她“以伙伴关系”过日子，我并没有写在信中。我觉得与老家那边亲戚来往并不密切，等到不得已时再告知也不迟。

开始有一段时间，我们俩乐此不疲地忙着采购独特新居的各式家具，愉快地探讨如何将它们摆放妥当，还要布置好每个房间，每天都过得充实而又美好。为了激发她的乐趣，哪怕是购买一个小物件，我都让她来挑选，尽可能采纳她的意见。尽管家里面没有太多的地方摆放像衣柜、长火盆一类的家具，但是只要她喜欢的，我都会让她自由选择，让她知道这个家是我和她共同花心思装饰的。我们还买来便宜的印度印花布，心灵手巧的奈绪美把它缝制成了窗帘。还把从芝口的西洋家具店淘来的旧藤椅、沙发、安乐椅、桌子放在画室，墙上装饰着两三张玛丽·皮克福特等美国女影星的照片。本来寝具我也想买西式的，考虑到买两张床要花费不少，况且这些东西可以让老家寄来，所以最后还是放弃了。

乡下家里给奈绪美寄来的被褥，居然是女佣专用的，被面是唐草图案的，薄被子的面料摸起来有点硬。怎么能让一个少女睡这样差的被子？于是我想把我的被子给她用，我说：

“绪奈美，这床被子布料太粗糙，我的被子盖着会舒服一些，盖我的被子吧。”

“不用了。我盖这床被子没事的，这样就很好。”

就这样，她盖上乡下家里送来的被子，孤零零一个人睡在二层稍小的那个房间里。我睡在她的隔壁，同是二层的稍大些的房间。

每天早晨一睁开眼，我们就隔着墙壁，躺在被窝里互道早安，有时也喜欢这样躺在床上睡眼惺忪地说说话。

“睡醒了吗，奈绪美？”我问。

“嗯，醒了。几点了？”她像是还没睡醒的样子问道。

“六点半啦。今天我来做早餐。”

“好哇！昨天是我做的，今天让治做也行啊！”

“那好吧，我来做。……嗯，做饭太麻烦了，要不就吃面包吧？”

“那好吧。让治，你好狡猾。”

如果我们想吃饭的话，就在小砂锅里煮饭，直接端到饭桌上——并不盛到碗里——就着罐头或剩菜吃。米饭都不想做时，面包、牛乳和果酱就可以应付一阵，再吃点西式点心将就一下。至于晚餐，平时就吃乌冬面或日本面，嘴馋了，我们就去附近的西餐厅大吃特吃一顿解解馋。

“让治，今天去吃牛排吧。”她常常提出这样的请求。

每天早饭后，我去公司上班，奈绪美一个人在家，上午修剪修剪花坛里的花花草草，下午锁了家门，去学习英语和音乐。我认为英语初始阶段跟外教学习比较好，口音纯正，因此，每隔一天，我让她去目黑区的哈里松小姐家里去学习会话和阅读，我回家后也能辅导她。音乐方面，我就一窍不通了，听说有一位前两年毕业于上野某音乐院校的女士在家里教授钢琴和声乐，便让奈绪美每天去芝区的伊皿子，学习一个小时音乐。奈绪美穿着丝绸上衣，下面穿着藏青色的波西米亚裙裤，黑袜搭配黑皮鞋，打扮成女学生的模样，带着梦想终将实现的喜悦心情去学习。有时候，我下班后在街上偶然遇到她，看到她就像个青春活力的女学生，再也看不出咖啡店服务生的影子了。她也再没有梳传统的裂桃发髻，而是用彩色发带扎起辫子，长长地垂下来。

我在前面说过，我是出于“饲养小鸟的心情”领养奈绪美的，自从她住到我家里以后，气色完全不一样了，健康且有活力，真的变成一只活泼可爱的小鸟了。而那间空荡荡的大画室，就是她的鸟笼子。

五月即将过去，迎来了舒爽迷人的初夏。花坛里的各色花儿自生长着，变得色彩斑斓。傍晚的阳光，像淑女一样温和，从印度印花布窗帘透进来，将白色墙壁的房间映照得如同白天。奈绪美下课归来，我也下班到了家，奈绪美穿上了法兰绒单衣，光着脚丫，穿着拖鞋，一边在地板上打着拍子，一边高声唱起了新学的歌曲，不一会儿又跟我玩起了捉迷藏。她还是个没长大，喜爱疯跑疯玩的女孩，大大的画室给了她足够玩乐的空间。一会儿从饭桌上翻过去，一会儿钻到沙发底下，一会儿闯了祸——撞翻了椅子。一个没留意，她又跑上了楼梯，在那个看台样式的走廊上，像老鼠一样窜来窜去。有时候，我们玩骑大马游戏。我当马趴在地上，她骑在我的背上，挥动手里的毛巾，兴奋地喊着“驾，驾……”，我便满屋子地爬来爬去。

一次，我们俩玩耍的时候，发生了不好的事情。奈绪美开心地大笑着，正从楼梯上跑下来，一不小心，脚踩空了，从楼梯上直接摔在地上，疼得大哭起来。

“磕疼了吧，快让我检查检查伤口……”

说着我把她横抱起来，她仍然低声抽泣着，我小心翼翼地卷起她的袖子一看，大概是从楼梯上跌下来时磕到了钉子，右胳膊肘破了皮，渗出了好多血。

“奈绪美还是小女孩吗？这么小的伤就哭鼻子，好羞人。来，让我给你敷药，好不好？”我想办法安慰她道。

我给她敷好了药，把毛巾撕成条状当绷带，给她伤口包好。奈绪美一直嘤嘤地哭着，小脏手不管不顾地擦眼泪，弄得满脸一道一道的泪痕，简直就是个脏脏的淘气包。之后伤口化了脓，五六天也没有好，每天我都要给她换绷带，没有一次她不哭的。

有时候，我也怀疑，那时候是不是已经不知不觉地喜欢上了奈绪美，只是我心里还不承认罢了。好吧，就算我当时已经喜欢上她，但是我最初的想法很单纯，只是要把她养大，培养成一位出色的女人，这样的经历足以让我满意。但是不久以后发生的事情让我改变了想法，那年夏天，我用两周的休假回乡探家，把奈绪美送回浅草的老家，锁了大森的家门，回了乡下。仅仅两个星期，居然令我无比寂寞难耐。此时我才意识到，我再也不能离开那个女孩，没有她在身边，我竟感到这般无聊，难道这就是爱情的萌芽吗？不得已，我对母亲编了一套谎话，提前回了东京，虽然已经晚上十点多，我还是从上野车站打了车，一刻不停地赶往奈绪美的家。

“奈绪美，我回来了。车在拐角处等着我们，现在就跟我走吧。”

“真的吗？稍等，我简单收拾一下，马上就出来。”

我就在格子门外等着，片刻她就提着个小包急匆匆地跑出来。那是个异常闷热的夜晚，奈绪美身着白底浅紫葡萄花纹的薄纱单衣，扎着漂亮的浅粉色宽幅发带。那薄纱布料是不久前盂兰盆节时我买给她的，我离开的这几天，她让家里人给缝制成一件衣服。

“奈绪美，这几天在家里做什么呢？”

汽车朝着热闹的广小路驶去。我和她挨着坐，微微凑近她问道。

“我每天去看电影呀。”

“一个人看电影不寂寞吗？”

“嗯，并不觉得寂寞呀……”她想了想，又说，“但是，让治你回来得比预期的早了很多呀！”

“在乡下待着无聊，就提前回来了。还是东京最好。”

说完，我缓缓地舒了一口气，带着难以言说的思绪呆呆地望着车窗外霓虹闪烁的都市夜景。

“可是，我觉得夏天的乡下也很好呀。”那孩子还在不停地说着话。

“这也要看是哪里的乡下。我的老家是杂草丛生的农户，没有值得观赏的景色，也没有名胜古迹，白天只有蚊蝇乱飞，闷热得让人难以忍受。”

“哦？有那样的地方？”

“是呀！”

“我想去海边浴场玩玩了，好不好？”

奈绪美前言不搭后语地突然冒出这么一句，像个撒娇的小孩子那样奶声奶气地问我。

“好哇，过几天带你去个凉爽的地方吧，镰仓还是箱根？你挑一个。”

“泡海水浴比温泉浴好呀……我还是很想去海边。”

听到她甜腻的声音，还是以前那个奈绪美，只是十来天没见面，我觉得她的身体突然有了变化，我偷偷看到了，薄纱单衣下随着呼吸起伏的圆实的肩头和乳峰。

“这件衣服，你穿着正合适。请哪位师傅缝制的？”过了一会儿，我问道。

“是妈妈给我缝制的。”

“你家里人有没有夸赞我挑布料眼光独到呢？”

“夸是夸了，就是还说布料有点花哨。”

“是你妈妈说的吗？”

“嗯，是的，我的家人什么都不懂。”说着的时候，她目光一直凝视着远方。

“他们都说我像变了个人。”

“怎么变了？”

“洋气得让人不敢认了。”

“那当然了。我都觉得你变样了呢！”

“真的吗？……他们要我梳传统发型，我不同意，就没有梳。”

“那条缎带哪里来的？”

“头上戴着的这个吗？这是我去寺内店买的。看着怎么样，漂亮吗？”

说着，她扭过身子，微风吹拂着她带着香气、清清爽爽的头发，我看到束在辫子上的随风飞舞的浅粉色发带，真的很漂亮。这样扎头发，可比日本传统发型好看多了。

她仰起脸来，蒜头鼻的鼻尖微微地耸起，得意地坏笑起来。说实话，这样的坏笑是她的一个毛病，不过，在我眼中却成了非常孩子气的表现。

四

因为奈绪美像小磨人精一般缠着我撒娇：“带我去镰仓玩水吧！”于是，我决定在八月初，带她去玩两三天。

“为什么只有两三天呢？既然出去玩，没有个十天半个月的，也不尽兴呢。”临出发时，她一脸的不情愿，一直冲我抱怨着。我称公司有事向母亲说了谎，提前从乡下赶回来，这事绝不能告诉母亲，不然她会大发雷霆。但是，又不能如实说给奈绪美，怕她会觉得没有面子，只能安慰她说："今年先玩两三天将就将就，明年带你去别的地方，玩到尽兴，好不好？……"

"可是，两三天，时间也太短暂了吧？"

"时间不长，回来以后，如果你还是想游泳的话，可以去大森的海边游泳啊，不是一样很好吗？"

"这里的海水不干净，没办法游泳。我不喜欢。"

"乖乖的，懂事一点儿……哦，对了，你曾经说过想要洋装呀，那我就给你做身洋装吧。"

听到有"洋装"这样的奖赏，她才渐渐平静下来。

在镰仓，我们住在位于长谷的金波楼，那是一家档次很一般的海滨旅馆。说到旅馆的事，现在回忆起来也还觉得好笑。当时我手头还是很宽裕的，近半年的奖金绝大部分都还存着，这可是我和她第一次在外住宿，我俩内心都是愉快的，因此对于这次只有两三天的游玩，并不需要太过节省。当时我想，这次一定尽自己所能给奈绪美留下美好的回忆，花钱千万不要吝啬，旅店要选高档一点儿的。可有谁知道，真正到了那天，从走上开往横须贺的二等车厢，我们就有些坐立不安了。在那趟火车里，有很多去逗子或镰仓的贵妇和小姐，她们衣衫亮丽地坐在那里，混在她们之间，我一个男人还好说，可奈绪美这身打扮实在显得平庸、可怜。

可能是夏季的原因，那些贵妇和小姐并没有过分地修饰自己。即使是这样，奈绪美在她们中间，也可以看得出一般人同上流社会的人是没办法比较的，气质迥然不同。尽管和在咖啡店打工的时候相比，奈绪美改变了很多，但出身卑微是无法掩饰的。我这样想，她自己肯定也深深地感受到了这一点。就算是平时穿的那件很洋气的白底浅紫葡萄花纹薄纱单衣，在这节车厢里看上去，也俗气至极。并排坐着的贵妇，身着布料考究、花色淡雅的夏季和服，手指上戴着光彩夺目的宝石戒指，随身物件也是低调奢华，浑身散发着高不可攀的华贵气质。

而奈绪美呢，除了光滑的肌肤之外，没有任何闪亮的、值得夸耀的资本。直到现在我回忆起那时奈绪美的窘态也历历在目，奈绪美用一把阳伞尽量把自己罩住，和众人隔离开，虽然这把阳伞是新购置的，可是一看便知，那只是一把七八日元的便宜伞。

下了车，对于选择住三桥的旅馆，还是狠狠心去住海滨饭店，我们犹豫了很久，等鼓足勇气终于走到海滨饭店跟前，又被那豪华的门厅吓了回来。我们在长谷大街上游荡了两三个来回之后，还是决定去一般档次的旅馆金波楼了。这家旅馆里住了不少年轻人，叽叽喳喳地吵闹得不得了，所以我们俩每天都早早离开旅馆，去海边玩耍。孩子一样的奈绪美一看见大海，就把火车上的沮丧心情全忘掉了。

“这个夏天，我一定能学会游泳。”

奈绪美像是起誓一般开心地大声喊着，然后，她便扶着我的手臂，在浅海区像模像样地学习游泳。我两手托起她的身体，让她漂浮在水面上，或者让她紧紧抓住木桩，教她踢水的正确姿势。有时候，我故意松开手，让她喝几口咸咸的海水。厌倦了这些小把戏，我就教她冲浪，或是躺在沙滩上听海浪的声音，或是玩玩沙子。傍晚租艘船划向深海——她喜欢在泳衣外面披件宽大的浴巾，或者坐在船头，或者待在船尾，偶尔也会枕着船舷，仰望天空，悠闲地哼唱她最拿手的那不勒斯船歌《桑塔露琪亚》：

O dolce Napoli

O soul beato

…………

她用意大利语唱着这首歌，那嘹亮的女高音唱响在无边无际的海面上，“再远些，再远些！”她想在这浩渺无边的大海上多停留一会儿。不知不觉夜色深沉，黑色的夜幕笼罩着一切，只剩下点点繁星发出的微光。奈绪美裹在白色浴巾里，也变得朦胧不清。可是，她那嘹亮的歌声依然清晰，一遍遍唱着《桑塔露琪亚》，还有《洛勒莱》《流浪民族》……小船在大海上缓缓前行，歌声一直回荡在耳旁……

这样的美好，想必年轻人都经历过，但对于我，却是初次。我是个电力工程师，和文学、艺术没有关联，就连小说平时也很少涉猎，如果非要说出一样，那就是曾经读过夏目漱石的《草枕》。记得里面有一句话“威尼斯正在沉没，威尼斯正在沉没”，我和奈绪美坐在摇摇晃晃的小船里，透过海上薄雾，遥望着陆地灯火，脑海中出乎意料地闪出这句话。没来由的，我就这样沉浸在哪怕被放逐天际也要守着她的奇妙向往中。对于神经粗犷的我来说，灵魂竟然有了忧伤细腻之感，这绝对是三天镰仓之行的收获。

当然还不止这些，坦白地说，通过那三天，我对奈绪美还有了一个令人兴奋的新发现。虽然我们已经同居到现在，但说得直白一些，我还没能见到她一丝不挂的样子，这次旅行竟然给了我这样的机会。去由比浜的海水浴场的前一晚，我特意陪她去银座挑选了深绿色游泳帽和游泳衣，第二天当看到她那泳衣映衬下的线条优美的四肢，我兴奋至极。是的，我当时就是那样兴奋。原因就在于，之前奈绪美穿和服时我曾臆想她拥有的曼妙身材，这次终于如我所愿。

“奈绪美呀，奈绪美呀，我的玛丽·皮克福特呀，看你那曲线玲珑的身材！你竟然有着婴儿般柔软的手臂，有着如同男孩一样笔直修长的双腿！”

我心里情不自禁地赞美着，自然而然地联想到经常出现在电影里的那些活泼动人的泳装女郎。

不会有人愿意详细描述自己妻子的身体吧，就算是我，把与我未来老婆奈绪美有关的隐私，记录下来，公之于众，也感到有一种说不出的压抑困顿。但我必须这么做，既是为了保证叙述的通顺流畅，更是为了坚持我摆脱顾忌写这篇记录的初衷。于是，在奈绪美十五岁那年的八月，我们即将离开镰仓海边时，我原原本本地把她的身材记述了下来。

当时的奈绪美比我稍矮一点儿。不得不提的是，我虽然强壮精悍，可身高只有五尺二寸，是个小个子男人。但是，因为她的身材是上身短下身长的那种，所以远观之下，整个人会比实际个头显得高多了。而且，她拥有着典型的“S”曲线身材，凹凸有致，细腰之下是“S”曲线标志性的翘臀。那时候，我们看过那个著名的游泳达人凯勒曼小姐主演的描写美人鱼的《海的女儿》，我便对她说：

“奈绪美，你学个凯勒曼给我看。”

话音刚落，她就站直在沙滩上，双手伸向空中，摆出“跳水”的姿势，她将双腿并拢，两腿间透不出一丝光亮，从腰部至脚踝，形成一个细长的三角形。她十分骄傲地问我：“让治，怎么样？我的腿很直吧？”就像一位芭蕾舞者走走停停，在沙滩上伸得直直的，她自己也兴奋地盯着自己的美腿。

奈绪美的身体还有另外一个优点，就是从颈部到肩部的线条。肩膀……我常常有机会接触到她的肩膀。每次奈绪美换泳衣的时候，总是像只欢快的小鸟一样飞到我跟前，扭过身子，露出修长的脖颈，说：“让治，帮我把扣子扣上。”

这个时候，我都会很乐意效劳。像奈绪美这样柳肩、长脖颈的女人，通常体态瘦弱。她却是个例外，有着厚实圆润的肩膀和发育良好的丰满胸部。在我帮她扣扣子时，她会深呼吸或是扭动胳膊来调整衣服，此时后背上的肌肉也随着她身体的扭动鼓动起伏。本来紧绷瘦小的泳衣被她结实丰腴的肩膀撑开，像是马上要撑裂似的。一句话，她的肩膀充满了少女才有的活力，洋溢着“青春”与“力量”。我偷偷地把她和沙滩上其他女孩子比较，没有一个有她那样健康浑圆的肩膀和细长光洁的脖颈。

“奈绪美，你不要动好不好，泳衣太紧了，再动弹，扣子就扣不上了。”

我经常这样边说着边压住她的肩膀，用力拽住泳衣的一角，使劲地往中间拉扯，就像要把东西生硬地塞进麻袋里一样。拥有这样好体魄的奈绪美，喜欢运动、性情有点调皮也是理所当然的了。实际上，奈绪美学习能力很强，只要是用手脚学的，就没有她学不会的。游泳是在镰仓的第三天才开始练习的，之后每天她的身影都出现在大森的海岸，她用整个夏天学会了游泳。她还学会了划船、开快艇……学会了很多她感兴趣的项目。玩了一整天，天黑透了，她才不情愿地拖着筋疲力尽的身体回来，“好累呢。”手里还拎着湿淋淋的泳衣。

“啊……肚子也饿得咕咕叫了。”她的身体顺势往椅子上一瘫。我们两个经常懒得花时间做晚饭，就在回旅馆的路上，找一家西餐厅，两个人就像饿虎扑食一样吃饭，牛排是奈绪美的最爱，吃过一盘，再来一盘，还是不够。就这样，一口气吃下三盘牛排。

那年的夏天，美好的回忆太多，没办法一一记录下来。有一件事不能不记述下来，就是从那时候开始，她泡在洗澡水里，我用海绵帮她搓洗手脚和后背。后来竟养成了习惯。最开始，是因为奈绪美游泳回来，累得只想倒头睡觉，懒得去澡堂，可是身体被海水泡得黏黏腻腻，所以，我就想了个办法，在厨房里帮她冲洗。

“奈绪美，不要睡觉，身体会不舒服的，我帮你洗洗。”

她乖乖地让我帮她洗澡。后来这样的事就变得再平常不过了。到了微凉的秋天，也还是这样。最后在画室的一角，安装了一个西洋浴盆，旁边放置了脚垫子，四周围上屏风。整个冬天，都是这样洗澡的。

五

敏锐的读者朋友，想必在上面的记述中，嗅出一丝超越朋友关系的味道。然而，事实并非如此。随着时间的流逝，我们彼此之间产生了默契。她只是一个花季少女，而我呢，就像前面所介绍的那样，是一个不曾亲近过女性的“君子”，并且，我认为我对她的贞操负有责任。所以，不会因为一时冲动，做出超出“默契”范围的事情来。当然，对于我妻子的人选，非奈绪美莫属，不会再考虑其他女了。如今，在感情上更是难以割舍。基于这种想法，我不会以玩弄的态度触碰她，更不会玷污了她的名誉。

我跟奈绪美的第一次发生在我领养她的第二年。那时奈绪美十六岁。那是个阳光明媚的春天，四月二十六日——为什么会记得这么真切，其实从帮她洗澡时开始，我每天都会用记日记的方式，记录奈绪美生活中有意思的事。那时候，奈绪美的身体一天天成熟起来，发育良好。所以，我就像有了孩子的母亲，每天幸福地记录孩子的成长过程。孩子“第一次笑”“第一次说话”我就是这样把每一次新奇的发现，详细地记录在日记里。即使是现在，有时间我还是会忍不住翻阅它。像大正某年九月二十一日，是奈绪美十五岁的秋天的日记。这样写着：

晚上八点钟，帮她冲凉。因为洗海水浴，被阳光晒得黝黑的皮肤，还是没有恢复过来。只有泳衣下的皮肤是雪白的，其他地方都是黑黑的。虽然我也晒黑了，可能由于奈绪美的皮肤白，对比更鲜明。她虽然裸着身体，却像是穿着泳衣一样。我打趣道："你看起来像只斑马呢！"奈绪美一听，也跟着笑起来。

之后过了一个月，十月十七日的日记写道：

被晒脱皮的皮肤逐渐恢复过来，而且变得越来越光滑。一次，我洗到她胳膊的时候，奈绪美盯着从肩头流下来的肥皂泡沫，我说"真好看""确实漂亮呢"，她又补充一句"是肥皂泡沫漂亮"。

十一月五日的日记记录着：

今晚是第一次用西洋式浴盆洗澡。可能是还用不惯，奈绪美踩在光滑的浴盆里，总会哧溜哧溜地滑来滑去，惹得自己笑个不停。我看着她心疼地叫了一声："我的宝贝呀！"她也叫我"爸爸"……

是的，这个"宝贝""爸爸"的称呼，后来的日子也经常叫着。奈绪美有事情恳求我时，就会撒着娇叫我"爸爸"。

我日记的扉页写着"奈绪美的成长日志"，这本日记里记录的都是奈绪美的生活点滴。为此，我还购置了一台照相机，在不同的光线和角度下，拍下她越来越像玛丽·皮克福特的脸，贴在日记本空白处。

说起日记的事把原来的话题岔开了。从日记来看，我和她有了难以割舍的联系是在来到大森的第二年，四月二十六日这一天。我们已经默契到不明说便可以了解对方的想法。所以，一切是自然而然地发生的，不能说哪一方更主动一些，几乎没有一句话是谈到这样的话题，就这样默契地在一起了。之后她凑到我的耳边说：

“让治，请不要抛弃我，好吗？”

“当然不会了，永远不会抛弃你的，放心吧。奈绪美，难道你还不了解我的心意吗？”

“嗯，了解。但是……”

“什么时候了解到的呢？”

“嗯，是什么时候……”

“我带你回家的时候，你是怎么想的？有没有想过，我要像现在这样把你养大，将来娶你？”

“嗯。也猜到你是这个意思。”

“那奈绪美是想好做我的妻子，才答应来我家的，是吗？”

我还没有等到想要的答案，就把她拥入怀里，继续说着：

“谢谢你，谢谢你了解我的心思。……老实说，我并没有想到，你会这样……成为我理想中女人的样子，我的运气真好。我会一辈子在乎你，心疼你，只爱你一个人。……就像其他的夫妻那样，真心待你。我愿为你而活，只要是你想要的，我都满足你。所以，你要努力学习，成为优秀的女人。”

“好，我会用心学习，成为让治喜欢的女人。我发誓……”

奈绪美激动地流下了眼泪，我也情不自禁地哭了。就这样，对未来有无限期许的两个人通宵未眠，聊了一夜。

之后不久，我利用周末两天时间回到乡下老家，把自己和奈绪美的关系告诉了母亲。其实是奈绪美担心我家人对她的看法。为了给她吃一颗定心丸，也让我们的关系光明正大地发展下去，我必须尽快向母亲报告。我原原本本地陈述了我对婚姻的看法，为什么会选奈绪美为妻，用母亲能够接受的方式，说清楚。母亲是信任我的，只是告诫我说：

“你既然考虑清楚了，我也就同意你娶了那孩子。只是她的家庭特殊，以后你要留心，不要给自己惹麻烦就好。”

婚礼是在两三年之后举行的。但是，我想让她的户籍早点迁过来，便立即到千束町她的娘家进行沟通。本来就对奈绪美的事情并不在意的母亲和哥哥，马上就同意了我的建议。他们倒是没有坏心思，自始至终没有提出过分的要求。

从那以后，我和她的关系急剧升温。对外没有公开，我们还是普通朋友，实际上我们已经是法律上的正式夫妻了。

“奈绪美。”一次我突然跟她说，“我们还像以前过朋友一样的生活，好吗？永远这样……”

“你是说，永远称呼我‘奈绪美’吗？”

“是呀，或者我称你为‘太太’，怎么样？”

“我可不喜欢这样的称呼。”

“那叫你‘小姐’如何？”

“不行。还是叫我‘奈绪美’吧。等我想叫‘小姐’时，再这样称呼我。”

“那我呢，永远是‘让治’先生吗？”

“嗯。就叫你‘让治’，好像也没有其他适合的称呼了。”

奈绪美慵懒地窝在沙发里，嘴唇轻柔地摩挲着手中的玫瑰，又忽地甩开花，撒娇地张开了手臂，说：“是不是，‘让治’先生？”接着，紧紧地搂住了我的脑袋。

“我亲爱的奈绪美……”我被她的拥抱弄得快要窒息，头被捂在她的袖子下面，“亲爱的奈绪美，我对你不只是爱，简直是崇拜。你是我的至宝，是我自己发现并精心雕琢而成的璀璨钻石。所以，只要能将你培养成一个优雅的女人，无论需要买什么或是花费多少，哪怕用上我的全部收入，我都愿意。”

“不。我不需要这么多。对我最重要的就是多学习英语和音乐。”

“学习好哇！我可以给你买一架钢琴，让你成为洋气女人中的佼佼者。我对你信心百倍。”

“在洋人面前”“像洋人那样”这些话，我反复念叨。她当然爱听。

她喜欢在镜子前尝试各种表情，并问我：“这样的表情，是不是更像洋人？”

她尤为留意并模仿女电影演员的神情举止：玛丽·皮克福特那样的笑容，皮娜·梅尼凯丽那样的眼神，格拉汀·法拉是如何盘发的，最后竟发展到开始仿效她们各式发型的程度，奈绪美在模仿各个女演员的气质特点等方面细致入微，很有天赋。

“真是惟妙惟肖，我敢说专业演员也模仿不到像你这样的逼真。因为你的脸就很像洋人。”

“真的吗？能说得具体点吗？”

“鼻子和牙齿是最像的。”

“哈哈，像洋人的牙齿？”

于是她在镜前微张双唇，欣赏自己的牙齿。一口贝齿似珍珠般洁白晶莹，很是迷人。

“你的样貌本就不像日本人，穿着传统和服感觉很一般，干脆直接穿洋装或样式新颖些的和服，怎么样？”

“什么样式才好呢？”

“女人们越来越热情活泼了，之前那些样式臃肿保守的和服，怕是已经过时了。”

“那么，窄袖和服，系窄腰带，这样式不错吧？”

“窄袖和服很不错呀！样式别致，不落俗套，我们不要仿效日本人或中国人，也不抄袭洋人的，我们要标新立异……”

“你真的愿意费心给我做那样的衣服？”

“为了让我的奈绪美每天都有新造型，我自然要给你做很多种样式的衣服。绉绸这样的高级布料当然很好，但花呢或铭仙绸也很不错，毕竟与众不同的样式才是最重要的。”

从那之后，我俩成为各大绸缎庄或百货店的常客。当时，绝大多数周日，我们都在三越、白木屋等大百货商场流连忘返。由于这些寻常绸缎庄的布料和花色都无法满足我和奈绪美的要求，我们便跑去印花布店、粗布店、衬衫或洋装布料店，甚至赶去横滨的唐人街或是以外国人为主顾的绸缎店里碰碰运气。尽管很辛苦，但我们乐此不疲。甚至在赶路的途中，偶遇穿着时尚的洋人，我们也会目不转睛地研究她的穿着。我们认真浏览着每家商店的每个橱窗，一旦看到新式面料，便禁不住喊道：

“啊，快看这块布料！”

转身便跑进店里去，奈绪美就像模特儿一般，把那块新式面料披裹在身上，比来比去。虽然只逛不买，但这个过程对我们而言却别有一番乐趣。

最近，蝉翼纱、乔其纱、棉巴里纱等面料制成的单衣，开始在日本的普通妇女中悄然流行起来，平心而论，我和奈绪美应该是引领这一潮流的鼻祖。令人意想不到的是，奈绪美仿佛天生就适合这些面料制成的衣服。这些面料并不适合制作传统和服，却成为制作窄袖和服或睡衣、睡袍的好材料，有时奈绪美就直接把衣料披在身上，别上几个别针，便在家里走来走去，一会儿在镜前驻足欣赏，一会儿又变换各种造型让我拍照。她美好的身材被白色、蔷薇色、浅紫色等薄如蝉翼的衣料包裹着，美若含苞待放的花蕾。我要求她不停地变换姿势，或把她抱起来，或让她躺下，或端坐在椅上，或婷婷袅袅地走上几步，就这样乐在其中，甚至忘了时间，好几个小时就这样过去了。

我在打扮上就是这样宠着奈绪美，一年中，她的衣服不知道添了多少套。房间放不下了，那就开始随处乱挂，有时揉成团乱堆乱放。买个衣柜不就好了吗？我想，买衣柜还不如多买些衣服更合适，我们都喜欢买衣服，这是我们共同的喜好，衣服也不必收拾得很规整。衣服虽多，大多数都是地摊货，穿不了多久就坏了，放在随手可见的地方，想穿哪件就穿哪件，数不胜数的衣服还可以装饰房间。于是，宽敞的画室就成了剧场的更衣室：桌子上、沙发上、地板的角落里，还有楼梯扶手上，都随意乱搭着衣服。这些衣服很少清洗，奈绪美喜欢拿一件就直接套在身上，每件衣服都是脏的。

大多数的衣服，做得样式独特，所以，能外出穿着的衣服不到总数的一半。其中，奈绪美最喜欢的是绸缎做的夹棉衣服，并给它搭配一件短外套。短外套与和服都是朴素无花纹的红褐色，连木屐的带子和短外套也是红褐色，至于其他的，像领子、扣子、腰带、内衣里子、袖口、反窝边……都是天蓝色。腰带也是夹棉的绸缎，是那种衬里薄薄的细窄型的腰带，紧紧地束起来托高胸部，奈绪美想要绸缎布的领子，我就去买来缎带贴上。她喜欢晚上看戏时穿着这套衣服，当她走在乐座或者帝国剧场的走廊上，大家都会忍不住回头看她。

“那个女的是谁呀？”

“是明星吗？”

“难道是个混血儿？”

听到人们小声议论着，我们更加得意我们的作品，故意在走廊里多走了几个来回。

旁人对这种衣服就已是议论纷纷，更何况其他新潮大胆的服装了，奈绪美虽然内心追求独树一帜，但还是没法穿出去。这些服装就是在家里，为了欣赏她的百变造型而辅助的工具罢了。如同一枝迷人的花，轮流插进各式花瓶中被我欣赏一般。在我看来，奈绪美不仅是我的妻子，而且是绝无仅有的艺术品，一切都是理所当然的。要说众多家居服里花费最多、最奢侈的，当然要属那套模仿美国明星的黑色天鹅绒西装了。每当奈绪美绾起头发穿上这套西装时，浑身都散发着一股猫儿般的妩媚。不论清凉的夏日，还是炉火暖人的冬日，宽大睡衣或泳衣都是她在家里的最爱。还有那些拖鞋，哪怕是中国的刺绣拖鞋她都喜欢光着脚穿着它们走来走去。

六

回想那时，对奈绪美的喜爱令我对她言听计从，但也一直坚持着将她塑造成一位时尚佳人的愿望。可斟酌起来，“时尚佳人”的内涵，我却也含混不清，自己只是简单觉得，就是“无论何时何地，都会散发迷人光彩的，引领潮流的时髦女性”那种模棱两可的概念吧。把“时尚佳人”和“被我精心关爱的人偶”，两种特性都可以融入奈绪美一人身上吗？今日回忆起来是很有些愚蠢，但陷入爱情的我当局者迷，对如此粗浅的道理竟然难以明白。

“奈绪美，玩就好好玩，但学习更要认真。你要是进步得快，我会买各种礼物给你。”每次我都唠叨着同样的话。

“知道啦，我会好好学的，一定让你以我的进步为荣！”

这已经成了奈绪美的固定回答。每天晚饭后，我都带她复习半小时的英语会话和阅读。学习期间，她总是身着天鹅绒衣服或者宽松睡袍，整个人慵懒地蜷缩在椅子上，拖鞋如秋千般挂在脚尖上，无论我怎样说教，“玩”和“学”在她那里永远是含混不清的。

“奈绪美，学习的时候怎么这么放松，哪有一点儿学生该有的样子呀！”

见我有点严肃，奈绪美便会耸耸肩，发出小学生般甜润的声音：

“先生，对不起！”或者说：“河合先生，请原谅！”

她边说边留意我的反应，有时还突然把小脸蛋凑到近前。“河合先生”对如此可爱的学生自然无法生出严格要求的勇气，严肃说教还是变成了嬉笑逗闹。

我并不知道奈绪美的音乐学得好不好，但是从十五岁开始，奈绪美就开始跟着哈里松小姐学习英语，学习时间已有两年。看样子会很好，英文阅读学习了第一册和第二册近半本了，英语会话教材是*English Echo*，而语法书是神田乃武的*Intermediate Grammar*，现在，她的英文水平应该达到初中三年级水平了。可是，无论我怎样偏心于她，还是觉得奈绪美的英语水平还比不上初中二年级的。我内心有了疑虑，怎么会这样差，于是，我去拜访哈里松小姐。

“不，她学习得不错。她聪明伶俐，学习没有问题。”有些发福，但是为人和善的老小姐笑容满面地说。

“哦，那孩子是聪明伶俐，所以我觉得她的英语不应该那样不好，英语阅读能力还行，但是英语翻译成日语，或是语法方面就……”

“不对，是你对英语的理解错误，是你的观念不对。”老小姐依然面带微笑的，接着说，“日本人学习英语认为语法和翻译很重要，其实不然。学习英语最忌讳头脑中想语法和翻译的事。按照原文反复阅读，才是学好英语的最佳方式。奈绪美的英文发音很完美，阅读很好，我觉得她英语会越来越好。”

老小姐说得不无道理，然而我并不是不要她系统地学习语法规则。学习了两年英语，读到第三册教材了，至少过去分词的用法、被动句的运用等都应该熟练掌握。可是，给她一篇日文要翻译成英文，错得不像话，还不如中学的差生。这两年的时间到底教会了什么，学到了什么，我很懊恼。可是，老小姐完全不理会我，一副若无其事的高傲的表情，反复强调："那孩子很聪明。”

我觉得，西洋教师对日本学生有一种执拗的偏心眼，或者说是先入为主的观念。他们看到长相洋气、时髦可爱的少男少女，马上就会觉得“那孩子很聪明”。尤其是老小姐，这种想法很固执。哈里松小姐夸赞奈绪美就是这种情况。头脑中认定她是“聪明伶俐的”孩子。就像哈里松小姐所说的一样，奈绪美的发音流畅，又有很高的声乐素养，因此，听到她的声音就很舒服，更何况英语还说得婉转流畅，我们根本比不上她。因此，我认为哈里松小姐一定是被她美妙的声音欺骗了。令我感到不可思议的，就是去哈里松小姐的卧室，看见梳妆台四周贴着许多奈绪美的照片，可以想象得到她有多么欣赏奈绪美了。

虽然我并不满意哈里松小姐对奈绪美的评价和教法，但是，西洋人对奈绪美如此的偏爱和夸赞，又非常迎合我的心意。夸赞她，就如同夸赞我一样，难掩喜悦之情。不仅如此，本来我这个人——不，不单单是我一个人，日本人差不多都是一样——看见西洋人，就会变得软弱无能，不敢当面表露自己真实的想法。因此，当哈里松小姐用不标准的日语怪模怪样地大谈特谈的时候，弄得我想说的话一句也没有说出口。既然她很肯定自己的教学方法，那奈绪美不足的地方，我在家辅导好了。

我这样打算好了以后，露出不失礼貌而又讨好的神情，对哈里松小姐说："您说的我特别赞同，确实如此呀！我明白了，总算放心了。"

然后，糊里糊涂地、沮丧地回了家。

"让治，哈里松小姐对你说了什么？"

奈绪美那天晚上问我，口气中带着自信与傲慢。

"她说你学习得不错，但是西洋人并不懂日本学生的心理呀！她说你的口语发音好，能流畅地阅读文章就够了，这是错误的看法。你的记忆力不错，善于背诵。可是你翻译文章都不会，怎么算学好英语了呢？"

我第一次大声斥责奈绪美，我对她倚仗哈里松小姐的宠爱，而得意忘形地抽着鼻子的样子很生气，好像在说"你看，怎么样？"不仅如此，我对她是否能成为"出色的女性"感到担忧。英语学不好没问题，这种无法理解语法规则的笨脑袋，越往后学习越让人担心哪！男孩子在中学学习代数或几何，不一定在生活中有用，主要是为了培养和提高思维的严谨性。过去对女孩子的分析能力要求不高，但是将来就是不一样的标准了。更何况，想成为“不亚于西洋人的”优秀女性，又不能没有组织分析能力，学习方面实在让人担心。

我对奈绪美的管理变得严格，以前复习三十多分钟就足矣，那次之后，我每天教她英文翻译至少一个小时，有时候一个半小时以上才肯罢休。在那段时间，决不允许她学习时走神儿，犯错误要接受呵斥。奈绪美最差的就是理解能力，我故意不讲解透彻，只给一点提示，引导她自己思考。比如说，学习语法中的被动时态，就马上给她出同类型的习题，我说：

“看这道习题，尝试着把它翻译成英语。如果刚刚学习的内容掌握了的话，这个问题应该不难。”

之后，我一语不发，耐心地等待她的结果，如果她回答得不对，我也决不会纠正她的错误，反复让她做，直到做出正确答案。

“怎么回事？回答得不对，看看相关的语法规则，重新做一遍。”

她看过语法后，还是没有做对，我再也压制不住冲天的火气，冲她吼道：

“奈绪美，这么容易的习题还会错吗？你到底是多大年纪了！重复在一个地方出错，改来改去还是错误的，你在想什么？哈里松小姐说你聪明伶俐，我怎么看不出来，这么容易的习题都出错，就是在学校也是差生。”

听完我的指责，奈绪美便嘟起嘴来，低声地抽泣起来。

平时，我们俩关系非常要好，她笑，我也忍不住想笑，从来没有因为什么事情红过脸。自从学习英语，我们俩的关系大不如前，气氛沉闷，心情压抑。每次我都为做题冲她发火，她每次都甩脸子给我看。前一秒还是晴空万里，后一秒就会雷霆万钧，充满敌意地瞪着对方。每次，剑拔弩张的时刻，我都气得忘记培养她的想法，为她的不努力恼怒不已。她如果是个男孩子，我早就动手扇一巴掌，不然骂一句“浑蛋”也是解气的。有一次，我忍不住，在她的额头上轻轻地打了一拳。奈绪美固执的劲头上来，知道答案也不肯回答，任凭泪流满面，像块石头一样一语不发。每次，她都执拗得很，不依不饶的，直到我肯认错，事情才会过去。

还有一次，“doing”“going”这类现在分词前面必须搭配系动词“to be”，可是她就是理解不了。现在做题还会出现“I going”“He doing”的错误，我非常生气，气急败坏地叫骂：“笨蛋，笨蛋！”没办法，骂完又不得不忍住脾气，耐着性子给她详细地讲解，说得舌敝唇焦。最后让她把“going”的过去式、将来时、将来完成时、过去完成时等各个时态变化写出来，她竟然还是弄不明白，还是会写成“He will going”“I had going”这样错误的答案。“做了这么多遍，怎么还会犯这种低级的错误呢？你怎么会这么笨？你还没有弄懂？不会，那就错题做到天亮好了！”

我忍无可忍，愤怒至极，狠狠地把笔掷在地上，把本子推到奈绪美的面前。此时的奈绪美，被我骂得脸色灰白，嘴唇紧紧地闭着，翻着眼皮，直愣愣地盯着我的眼睛。突然，她随手抓起本子，哧啦哧啦地把本子撕得粉碎，又“啪”地摔到地上，然后还是死死地盯着我的眼睛。

“你在干什么？”

那一瞬间，我被她野兽般汹涌的气势压垮，惊得说不出话来。好一阵才缓过神来：

“你在反抗我吗？你觉得学习是可以随随便便做的事？是谁曾经发誓要成为优秀的女性，随口说说的吗？你为什么要撕掉本子？你得向我道歉，请求我的谅解。不然，今天就离开这里！”

奈绪美仍然固执地一言不发，气得发青的嘴角浮现一丝嘲讽的冷笑。

“好！不道歉也可以。现在就离开这里！听到了吗？滚出这里！”

我觉得不狠心一些，她是不会畏惧的。我猛然起身，随手捡起她乱扔的两三件衣物，团成一团塞到包里，去二楼的房间取了两张十日元的钞票，放到她手里说：

“走吧，奈绪美，这个包里有你的随身衣物，拿着它今晚就回到浅草的家吧。这里还有二十日元，不多，就当作这几天的零花钱好了。过几天，我会去和你家里说清楚，明天把行李给你送过去。……怎么了，奈绪美？哑巴了吗？为什么不说话？”

我这样一吓唬她，尽管奈绪美很倔强，但毕竟只是个孩子。看见轻易不会发怒的我，突然发了火，还是有些畏惧了，像是吃了后悔药一样，没了底气，头耷拉下来，垂得越来越低。

“我知道你是个固执的孩子，但是我也有我的原则，既然话说出口，是不会轻易收回的。你要是觉得自己做错了，那就诚挚地向我道歉，不愿意低头道歉，就回浅草好了……话说到这里，你到底要怎么样？快点决定吧。道歉，还是回浅草去？”

她摇头，说：“不去。”

“不想回浅草了？”

“嗯。”她点点头回答道。

“那你要道歉了？”

“嗯。”她又点点头。

“这样的话，我可以原谅你一次。不过，你得好好低头认错才行。”

听完我的话，奈绪美用两手勉强地撑着桌子，站起来，脸别向一边，极不情愿地鞠了一躬。

她从前的个性就是任性、傲慢的，或许是我娇惯的结果。反正，现在的她越来越过分了。也许，不是越来越过分，而是在十五六岁的时候，我忽视了她的任性，以为只是孩子气的撒娇，直到现在年纪这么大了，还是没有改变，甚至逐渐发展到我不能控制的地步。以前她再怎样撒娇，只要我一呵斥，她就会安静下来，可是最近这段时间，只要有不合心意的事情，她马上就噘起嘴来，若只是抽泣，还令人怜爱一些。有时无论我怎样厉声呵斥，她都不会掉一滴眼泪。或装傻充愣，或翻着白眼，或眼睛眯成一条线，死死地盯着我看。奈绪美的眼睛好像充满电流，不像是女人的眼睛，目光犀利，只要和她对视一眼，就仿佛有一股电流从眼睛直达心脏，让我不寒而栗。

七

那时候，我心中的失望和爱慕——两种相互矛盾的情感，像藤蔓一样紧紧地纠缠在一起。或许，我的决定是错误的，奈绪美根本不是想象中那样聪明伶俐的女子。即使我再袒护、偏心，也无法改变事实。把她培养成优秀女性的愿望破灭了，出身于千束町的女孩子也只配做咖啡店侍女，即使给她们最好的教育也是做无用功。我深深地感到了绝望。在绝望的同时，我又迷恋上了她的肉体，是的，我强调的是她的“肉体”，在这里绝对无关精神层面的事情。是的，是她的皮肤、牙齿、嘴唇、头发、眼眸，还有她的姿态呈现出来的视觉美感。尽管在精神层面，她愚笨的头脑让我生气至极，但是她的肉体却出乎意料地让我喜欢，她变得越来越美，不，是比我预期的更美。“这个蠢笨的女人”“没出息的女人”，我越想越被她肉体的魅力所吸引，这对于我，是不幸的。我甚至快忘掉了把她培养成为“了不起的女人”的初衷，正相反，被她诱惑得不能自已，当我意识到这一点的时候，已经迟了。

“世上的事情哪能都如我们所愿呢，就像奈绪美，我希望她精神和肉体都能趋近完美，可是，如今看来，精神上的培养是失败的，肉体上的发育却给了我惊喜，这难道不算成功吗？我完全没有想到她会变得如此美丽动人。这样想来，肉体上的成功还是很大程度弥补了其他方面的失败的。”我用这样的想法安慰着自己，给自己一个满足的理由。

“让治，你最近上英语课怎么不骂我笨了？”奈绪美很快察觉到了我的变化，故意说给我听。她在学习方面是笨拙的，但是察言观色上还是聪明得很。

“嗯。越是那样指责你，你就越是反抗我，我觉得效果不怎么样，就改变做法了。”

“哼。”她冷笑着，“那是自然的。你总是骂我‘笨蛋，笨蛋’的，我当然要反抗你。其实，大部分习题对于我来说，并不是很难，我就是故意惹你生气，假装看不懂的样子。难道让治看不出来吗？”

“是真的吗？”

我明明知道奈绪美这样的说辞，只是给没有真才实学的自己虚张声势而已，但仍然配合她做出一脸吃惊的表情。

“还用我说吗？这样简单的问题我怎么可能看不懂呢？让治居然被骗了，让治才是笨蛋呀，每次让治气恼的时候，我都觉得有趣得不得了。”

“是这样啊，我可真没有想到。原来你是在戏弄我呀！”

“我是不是很聪明？”

“嗯。不得不承认还是奈绪美聪明，我服气了。”

她笑得前仰后合，是那种得逞后的兴奋。

各位读者朋友，在这里我突然想起一个有意思的故事。请你们先不要笑话我，且听下去。在我中学的一堂历史课上，学过安东尼和克娄巴特拉的故事。就像大家了解到的那样，安东尼和屋大维的军队在尼罗河上激烈水战之时，跟随安东尼的克娄巴特拉，见己方要败下阵来，立即掉转船头逃跑了。

当安东尼看见女王陛下逃跑，尽管战争打得正酣，还是弃战争于不顾，朝着女王追去。

“同学们，”历史老师当时这样说，“这位叫作安东尼的男人，竟然追赶着薄情的女人逃跑，最终丧命，历史上没有比他更蠢的男人了，英雄豪杰最后落得如此凄惨的下场，悲哀呀……”

他讲的课风趣幽默，学生们看着老师哀叹的神情哄堂大笑起来，我也是其中一个。

对，重要的是，当时的我非常不理解安东尼为什么会如此不舍那个薄情的女人。不仅仅是安东尼，在他之前，还有盖世英雄尤利乌斯·恺撒也因为迷恋上克娄巴特拉而丢了脸。这样的事例还有很多。无论是德川时代的家族内部斗争还是一个国家的兴衰变化，一定可以在历史的背后寻到无限魅力的妖妇在惹是生非。而妖妇的手段是极其阴险狡诈的，任谁也难逃那样的圈套。我却不这样认为。即使克娄巴特拉是个绝顶聪明的女人，但是恺撒和安东尼也是很有智慧的英雄，她是真心还是假意，只要稍有觉察力，就不难察觉。然而，明知会有杀身之祸，还是自愿深陷其中，实在让人费解。如果事实就是这样的话，那么英雄也没有想象中的那么伟大。我个人认为，历史老师批判安东尼是“前无古人，后无来者的大笑话”“历史上没有比他更蠢的男人了”，我完全赞同。

直到现在，我还会时而想起老师的那些话，以及和同学一起大笑的自己。而且，每当想起此事，就会觉得自己没有嘲笑人家的资本。为什么呢？因为我越来越理解罗马英雄为什么会沦为笑柄，安东尼为什么会轻易地落入妖妇的圈套，以至于现在的我，有些理解甚至同情他的所作所为。

大家认为“女人善于欺骗男人”，不过，根据我的经验，并非女人“欺骗”在先，明明是男人主动要求“上当”，等到爱上那个女人后，只要是那个女人说的、做的，在男人的眼里都是迷人的。如果那个女人假装流着泪靠近，男人就会想：“哈哈，原来这个女人想用眼泪哄骗我呀！不过，谁让你看起来这么惹人怜爱呢？我知道你肚子里的鬼主意，既然这么可爱，就成全你一次吧……”

就像这样，男子在心中盘算好，用哄孩子玩一般轻松的心情故意上当受骗。所以，男人并不觉得自己上当受骗了，反倒觉得是在欺骗女人，内心非常满足。

我和奈绪美的关系就印证了这一点。

“我还是比你聪明一些，让治！”奈绪美自信地说，无比自豪地认为完全欺骗了我。我也假装成无辜被骗的笨蛋。我认为，与其戳破她愚蠢的谎言，还不如让她得意自己的杰作。看见她高兴的样子，我也感到很高兴。不只这样，我的内心也受到触动。因为，即使奈绪美不是个聪明的女子，让她觉得自己聪明也是好事。日本女子的最大缺点就是没有自信。她们和西洋女子比起来，略显懦弱，缺乏自信。我觉得，“优雅的美女”除了相貌出众，主要还是“腹有诗书气自华”的表情和姿态。纵然缺乏自信心，“自以为是”的想法也是好的，自认为“我很聪明”“我是美女”的观念，会使一个女人真正地美丽起来。有了这种念头，我不但不约束奈绪美卖弄她的小伎俩，反倒是大力支持她那样做。我总是很高兴让她欺骗我，以使得她更有自信心。

说一个例子吧，那时候我们经常在一起下军棋、打扑克，如果认真杀几盘，一定是我赢，但那时我总让着她，慢慢地，她就认为她在输赢的游戏中更胜我一筹。

“来吧，让治，让我杀你一局。”

她总是用这种自负的口吻，一副瞧不起我的样子。

“好。我复仇的机会来了。不瞒你说，我要是拿出撒手锏，你决不是我的对手哦。不过，看在你年纪小的份儿上，就粗心大意了。”

“不要强词夺理了。等你赢了这局再说。”

“好呀，开战吧！这回让我赢个痛快。”

尽管我嘴上不饶人，实际上故意表现得更加漏洞百出，结果可以预见，又败给她了。

“怎么样？让治又输掉一局，还输给了一个孩子，是不是没有面子呀？你下得真是不行啊！不管你是不是认真下棋，也还是一样的结果。一个三十多岁的男人，下棋的技艺不如一个十八岁的孩子呢，可见，你是不会下棋的。”

她说着说着，得意忘形起来，继续挖苦道：“年纪再大也不如聪明的头脑哇！”最后还不忘耸耸鼻子，哼了一声，嘲笑而去。

然而，可怕的是这样做的后果。一开始，我只是为了讨奈绪美的欢心，至少，我是这样认为的。可是渐渐习惯了，时间一长，奈绪美内心真的强大自信起来，即便我拿出真本事和她搏杀一盘，还是改变不了输给她的结局。

人与人的较量，并非全凭理智来评判，还有气势压人这么一回事。在争夺输赢方面更是如此。奈绪美和我对战，一开始就咄咄逼人，势不可当地一路拼杀过来，我被她的逼人气势压倒，败下阵来。

“这样玩有点无聊哇，下点赌注好了。”

之后，奈绪美尝到了赢钱的滋味，不赌点钱就不玩了。没想到，越是这样赌，我就越输。奈绪美最初一分钱的本钱都没有，后来十日元、二十日元的，随意规定筹码，赚了不少零花钱。

“哎呀，再有三十日元就可以买那件衣服了……再用打扑克赚钱去买好了。”

就这样，奈绪美又开始向我挑战，尽管她并不是每次都能赢，输了，她就会想出各种花招来对付我，不达目的不会罢休。

每次耍花招，奈绪美都会把睡袍松松垮垮地穿在身上，一旦形势不妙，她便卖弄风情，摆弄出淫荡的姿态，露出胸怀，或是伸出玉腿来，假如不奏效，她就依偎在我的腿上，抚摩我的脸颊，捏我的脸，使出各种诱惑的招数。她的小伎俩，我还真是招架不住。尤其是她的绝招——实在是不便述说，只要她使出这一招，我是万万无力反抗的。瞬间头昏脑涨，不明所以，哪还管得着胜负哇！

“好滑头哇，奈绪美，怎么能这样呢？”

“怎么狡猾了，这也是招数哇。”

我的头脑晕眩起来，眼前的一切变得模糊不清，只能看见奈绪美妩媚的脸，耳旁是她娇柔的声音在说着话。我看见她的脸上浮现出得意的笑容……

“你好狡猾！太狡猾了！扑克怎么可以这样玩呢？”

“怎么没有哇，女人和男人打赌，什么招数都可以呀！小时候，我见到过姐姐和其他男人玩花牌，鬼主意可多了，玩扑克和花牌还不是一样的吗？”

说到这里，我可以想象，安东尼被克娄巴特拉俘虏，就是像那时的我一样，渐渐失去抵抗力，被彻底征服，被女人随意操纵。女人有优越感是好事，但是，结果让自己失去了自信。到这个地步，有了自信心的女人很难再被操纵，还有可能招来祸端。

八

“再见啦！”

奈绪美起身道别，那男人头也不回地说了句“再见”，手压帽檐半遮面地与我擦肩而去。

“这人是谁？”

可能是有点嫉妒，但更主要的是“这看似有点怪异的场面”成功地激发了我的好奇心。

“他呀，是我的一个朋友，叫浜田……”

“多久的朋友？”

“很早了，他和我是伊皿子声乐班的同学。人不可貌相，别看他满脸痘痘，那男中音的嗓音很专业呀。对了，我们还在不久前的音乐会上合作了四重唱呢！”

我对奈绪美没来由地贬抑他的相貌有些起疑，但她在我的直视下表情平静，毫无异样。

“他时常来访吗？”

“哪有哇，今天才是第一次呢，而且还是碰巧路过……听说将要成立交际舞俱乐部，他很看好我的潜力，邀请我一定要参加呢。”

经过奈绪美的解释，我的不悦减轻了些，大体上认同了她的说法。毕竟我今天提前回家，只是撞见他们在院子里攀谈，似乎没有什么不妥。

“怎么样，你打算接受他的邀请了吗？”

“嗯……让我好好想想嘛……”

突然，她娇柔地发起糖衣炮弹攻势。

“可是，我就是想去嘛，好不好，我真的很想学呢！对了，让治也一起参加俱乐部吧，我们一起学习时尚优雅的交际舞，这主意太妙了，对吧！”

“我也加入俱乐部，你说真的？”

“当然，大家都可以参加呀！听说舞蹈教师是伊皿子的山崎先生的一个俄罗斯朋友，因为那人是从西伯利亚逃过来的，现在穷困潦倒，山崎先生成立舞蹈俱乐部就是为了帮助她。你说，我们都去学舞蹈，还可以更好地帮助她，是不是一举两得……好不好嘛，你就让我去吧！”

“我相信你可以学得很好，可我，还是算了吧。”

“放心吧，真的很好学的。”

“可是，我根本就没有音乐方面的天赋哇！”

“说起音乐，其实就是多学多练，水到渠成自然也就会了。依我看，让治就应该去学舞蹈，也好做我的舞伴。两个人去学跳舞肯定比一直守在家里玩有意思多了，你说是吧？”

其实，我也看得出，一成不变的生活令奈绪美感到厌倦。在大森安家的四年里，除去暑期外，我俩都窝在这个“童话家园”里，几乎与大千世界隔绝，每天总是一个“他”对着另一个“她”，即便再怎么变着法子玩闹，也总会慢慢地由新鲜归于平淡。再加上奈绪美骨子里就恋新忘旧，所以即便再有趣的玩法，她也会报以“一时心血来潮”的态度，新鲜劲儿一过就忘在脑后了。但她又是一个绝对扛不住无聊的人，当纸牌、将棋、模仿秀等游戏都玩腻之后，她只能无奈地又跑去打理已经近乎荒弃的花坛，翻土、播种、浇水、捉虫，一番折腾过后便又无聊起来。

“唉……真无趣呀！就没什么可玩的吗？”

她慵懒地窝在沙发里，翻了几页的小说撇在一旁，面对此情此景，我也只能苦思冥想地琢磨能使一成不变的二人生活为之一新的好点子。适逢其时，她要求学习舞蹈，我倒也乐享其成。毕竟，现在的奈绪美较之三年前已经变化太多了，假如她衣着华丽地出入名媛派对，相信奈绪美的风姿定会不输他人。每当想到此处我就按捺不住激动的心情。

正如前文所述，自学生时代到参加工作，我都没有真正意义上的好朋友，也一直有意地游离于自认为毫无意义的应酬之外。同时，我出身于乡下，不会巧言令色，待人接物直接而缺少圆滑变通，因而在交际中会显得有些不合群。但这些并不代表我厌恶社交，相反我的内心十分渴望丰富多彩的社交生活。归根结底，与奈绪美结婚，正是想把她塑造成风姿绰约的贵妇，在她的陪伴下出入各种场合，引来那些市井小民的惊叹与奉承，得到诸如“您的夫人实在是卓然出众啊”的盛赞。由于强烈的虚荣心作祟，我不想一直把她关在家里独自欣赏。

据奈绪美介绍，那位舞蹈教师全名阿列克桑德拉·舒勒姆斯卡娅，原本是一位伯爵夫人，但在革命引发的动荡中，丈夫和两个孩子全都下落不明，她孤身一人逃亡日本，孑然一身无所依靠，因生活所迫只能以教授舞蹈为生。此时，奈绪美的音乐老师杉崎春枝女士施以援手，组织成立了舞蹈俱乐部，而浜田则担任俱乐部干事，他还曾就读于庆应义塾。

俱乐部位于三田的圣坂，教室就在吉村西洋乐器店的楼上。伯爵夫人每周授课两次，每节课一小时，每人每月收费二十日元，且要求月初交齐。会员可依据自身情况，在每个周一、周五的下午四点至七点之间前去上课。因为我和奈绪美是结伴去上课，每月的学费就是四十日元，即便是在西洋人的授课圈子里，也是贵得令人咋舌的。但在奈绪美看来，交际舞和日本舞蹈一样，原本就是小众而高雅的艺术，学费贵一些是很自然的事情。何况，舞蹈并不需要长期学习，寻常人练习一到三个月就会有所收获，这样算来我们每月四十日元的学费也是可以接受的。

“更重要的是，舒勒姆斯卡娅夫人现在迫切需要我们这些学员的帮助哇，你想想，曾经风光无限的伯爵夫人，现在沦落到这步田地，实在是可怜哪！听说这位伯爵夫人不仅擅长交际舞，而且是各种表演性舞蹈方面的行家，浜田君也为她的舞蹈着迷。日本国内那些普通艺人的舞蹈根本就是粗俗且难以入流的，要想学好舞蹈，必须跟伯爵夫人这种有贵族气质的老师学才行。”

尽管素未谋面，但奈绪美以她自诩为舞蹈行家的眼光，早已对伯爵夫人推崇备至了。

毫无意外，我和奈绪美成了俱乐部的新会员。考虑到奈绪美的音乐课和我的工作时间，我们约定，每周一和周五的六点前，分别赶到圣坂的乐器店碰头。但第一次课前，为了熟悉路线，我俩五点前就从田町站一起前往了。吉村乐器店位于圣坂的中坡，窄小的店里摆满钢琴、风琴等西洋乐器，更显得拥挤。我们在一楼就听见纷沓的舞步声伴着舞曲传来，看来舞蹈课的氛围比较热烈。楼梯口，几个像是庆应义塾学生的人围在那里，不住地打量我和奈绪美，审视的目光盯得我俩很不自在。这时，有个很热情的声音突然响起：

“你来啦！奈绪美小姐！”

抬眼望去，人群中的一个学生，怀抱着一把近似日本月琴的扁平状乐器，正合着舞曲拍子，“叮叮咚咚”弹个不停，我猜那乐器应该是曼陀林吧。

“你好哇！”

奈绪美也像他一样打着招呼，完全没有了淑女的矜持。

“阿熊，为什么待在外面，不进去学舞蹈吗？”

“我还是算了吧。”

阿熊一边把曼陀林放到架子上，一边笑着回应。

“那种舞蹈可不适合我，而且每月二十日元学费真不是个小数目哇！”

“可能，第一次学舞蹈都是这样吧。”

“我早想好了，等你们都学会了，大家再来教我，这样不就解决了，我这主意不错吧！”

“阿熊真有你的，都是鬼点子……对了，阿浜在上面吧？”

“他早到了，你快去吧。”

看得出，乐器店是这些学生的一处聚集点，看到奈绪美和店员熟络地打着招呼，我想她也一定是这里的常客。

“奈绪美，那些学生聚在这里做什么？”

我们边爬楼梯，边交谈。

“这些都是庆应曼陀林俱乐部的成员，看起来有些粗犷，但其实都很好相处。”

“你们都是朋友吗？”

“也谈不上朋友，就是我来店里逛的时候经常遇到他们，久而久之也就熟悉了。”

“俱乐部的会员是以这些学生为主吗？”

“应该不会吧，学生们会学这么贵的舞蹈吗？也许还是成年人居多……快到了，进去看看就知道了。”

二楼的舞蹈场地有两个日式房间那么大，一排会员一边口打节拍“one, two, three”，一边练习舞步。为了避免会员滑倒，那个名为浜田的学生忙碌着，在地板上到处撒下防滑粉末，当然，在这样的地板上练舞是不需要换鞋的。一位身着白色乔其纱上衣、藏青色哔叽裙的女士，正肃立在场地中间，夏日的夕阳将她的身影映衬得优雅颀长。这位便是舒勒姆斯卡娅夫人，虽然已是两个孩子的母亲，但岁月并未在她脸上留下多少痕迹，乍看起来也就三十岁左右的样子。伯爵夫人的气场高贵而又威严，隐隐给人一种压力。令我有些诧异的是，除却苍白到几乎有些透明的脸色外，那高傲的神情、华美的衣装以及珠光宝气的饰品，几乎很难让人把她和一个穷困潦倒的流亡妇人画上等号。

伯爵夫人手执教鞭，目光随着学员们的舞步转动，边喊着“one, two, three”，边微皱着眉头，显然学员们的表现还很难令她满意——在她那流利的俄式英语发音中，“three”被自动替换成“tree”——她语调不高但又不失威严地打着拍子，学员们排成一排，努力按照她的节拍，但却迈着实际上并不那么合拍的舞步，旋转着，旋转着，这场景像极了女军官在操练一群平民士兵，我脑海中不禁浮现出电影《女兵出征》的画面。学员队伍里，无论是那几位身穿西装的青年，还是身着和服裙裤、端庄素雅的小姐，都全情投入地练习着舞蹈，他们与外面那些毛躁的学生不同，给我留下还算不错的印象。

伯爵夫人一丝不苟地教导每个学员练习舞步，有一人做错，她就会高声提点：“No！”并当即为那人亲身示范，如果那人还学不会而继续出错的话，她便严厉训斥道：“No good！”手里的教鞭不时地抽打地板，偶尔还会“暴力地”

对着那人出错的脚来上一下，就算是女学员也不例外。

“夫人的态度真是严谨，不然的话这些人真是没法学会。”

“就是就是，舒勒姆斯卡娅夫人已经完全沉浸在舞蹈教师的角色里，在这样闷热的天气，连续上课一两个小时也不歇一会儿、喝点水。刚才我想给夫人买点冷饮，可夫人表示‘上课期间，不做其他’。依我看，西洋老师哪怕是女老师，也都信奉严谨治学的原则，令人佩服。相比之下，日本国内的老师们真是望尘莫及呢！”

“出人意料哇，这么高强度的授课方式，她居然挺得住。”

“西洋人的身体素质，比咱们可强多了。话说回来，夫人的遭遇还真是令人同情，原本高高在上的伯爵夫人，过惯了锦衣玉食的贵族生活，结果因为革命流亡日本，只得以教授舞蹈为生了。”

练习场地旁边的休息室里，两位女士坐在沙发上边聊天边不住地感慨着。其中一位二十多岁的女士圆脸大嘴，眼球突出，竟与金鱼有几分神似。她的头发简单地盘在头顶，别着一支白色玳瑁发簪，埃及花色的盐濑丝绸腰带系于腰间。她既崇拜伯爵夫人的气质和才华，又同情夫人凄苦不堪的遭遇。与她聊天的女士，一脸厚厚的白色粉底已被汗水浸花了，灰暗的皮肤布满细纹，暴露了她四十岁左右的年纪，一头盘起的红色鬈发，身材颀长纤细，尽管装扮时尚，但从神态上怎么看都像是护士出身的人。

两位夫人的四周，还有几位谦逊地等待入场练习的学员，其中几对有点基本功的学员，有模有样地在角落里边热身边练习。不知是夫人默许还是个人自发的，那位浜田干事如同舞场“万金油”，一会儿撒防滑粉末，一会儿为女士们充当舞伴，一会儿又跑过去更换唱片，一个人乐此不疲地忙活着。观察完几位女士之后，我的目光又转移到那些男学员身上，来此学习舞蹈的男士们究竟以哪类人居多呢？带着疑问留意了一番，除了这个浜田衣着还算有点品味之外，其他人大都身着工薪阶层标配的藏青色西装，土里土气而且笨拙古板，如此衣着练习跳舞真是不忍直视。不过，和我相比他们都有年轻的优势，三十岁左右的男士仅有一位。那人身着黑色燕尾服，架着一副金丝框眼镜，留着老学究式的八字胡。他的动作极为笨拙，惹得夫人多次向他高喝“No good”，连带教鞭不停地抽在他的脚上。这个人貌似脾气很好，一直呵呵地憨笑着应对夫人的呵责，旋即又亢奋地踩着“one,two,three”的节奏练习起来。

这个年纪的男人，是什么原因促使他如此费力地学习跳舞呢？而我又何尝不是同他一样呢。且不说在众目睽睽之下跳舞，即使是最一般的社交场合，我之前也是避之不及的。即将登场的我，一想到自己将会当着这些妇人的面，被那位伯爵夫人斥责得体无完肤，竟不由自主地出了一身冷汗，就算奈绪美陪在身边，也丝毫无法减轻我的紧张与压力。

“哦，你们来了。”

又一支舞曲结束了，浜田用手帕在满是青春痘的脸上擦着汗，信步走到我们面前。

“上次是我失礼了。”

相比那天，此刻的他语气多少有点骄矜，向我微微示意后，他就转向奈绪美：

“没想到你们冒着酷暑赶来练习，很高兴你们接受了我的邀请。……不好意思，能借用一下你的扇子吗？如你们所见，给夫人当助手可真是个体力活。”

奈绪美把扇子递向他。

“浜田君的舞技真是出乎我的意料，当助手是绰绰有余了。你之前有学过交际舞吗？”

“我是半年前开始接触交际舞的。以我的了解，学习交际舞的诀窍在于男伴的引导，女的只要配合好就可以了。你这么聪慧，很快就可以翩翩起舞了。”

“我想知道，来这里学习舞蹈的男学员，多是些什么人呢？”

“您是指他们吗？”浜田客套地回答，“多数人都来自东洋石油株式会社，听闻那家公司的一位董事是杉崎女士的亲戚，都是那人介绍来的。”

石油公司的员工集体练习交际舞，可真是别具一格的奇葩场面，我又接着问道：

“这么说，那位八字胡先生也是公司员工？”

“他是医生。”

“医生？”

“是的，他是公司里的卫生顾问。这位医生认为跳舞是锻炼身体的最佳方式，他说是为了健康才练习跳舞的。”

“阿浜，跳舞真的能锻炼身体吗？”奈绪美好奇地问。

“当然能锻炼身体了，跳舞是很消耗体力的，不只在夏天能跳到大汗淋漓，即便是冬天也可以让你出一身透汗。更何况是夫人安排的这种训练强度。”

“那位夫人懂日语吗？”我担心交流问题，有点心虚地问道。

“她基本是用英语上课，完全不懂日语。”

“英语交流呀！我恐怕……”

“千万不要担心，大家都是这种情况。你们也听到了，舒勒姆斯卡娅夫人的英语口语还不如我们呢，简直是 broken 的程度。而且跳舞这种运动也不需要什么语言交流，打拍子就是 one，two，three，其余的靠肢体语言比如打手势就 OK 啦。”

“是奈绪美小姐，来了多久啊？”

没想到那位别着白色玳瑁发簪的金鱼相女士也与奈绪美相识，她主动过来打招呼。

“那个，先生……请你过来一下，是杉崎女士。”

“先生，我为您介绍一下，这位是……河合让治……”

“嗯，是的……”

奈绪美羞怯的样子被杉崎女士看在眼里，还没往下听就了解了其中的缘由，随即她起身向我颔首示意。

“您好，我叫杉崎，很高兴认识您。……奈绪美小姐，请搬一把椅子过来。”之后她又转过头对我说，“就要轮到您上场了，请坐下稍等片刻，毕竟站着等还是很消耗体力的。”

“…………”

我已想不起当时是如何回答的了，也许搪塞了几句，也许什么都没说吧。对于这种说起话来拿腔作势的女人，我是根本应付不了的。而且，不知杉崎女士怎样看待我和奈绪美的关系，我事先又忘记和奈绪美沟通了，天知道她和杉崎女士讲了哪些不该说的。想到这里，我更加有些不知所措了。

“下面，就由我来介绍一下吧。”

杉崎女士无视我的紧张，向我介绍那位红色鬈发夫人。

“这位女士是横滨的詹姆斯·布朗文先生的夫人。这位男士是大井町电力公司的河合让治……”

没想到鬈发女士是洋人的妻子，现在看来，和护士相比，也许“洋人小妾”这种称呼更贴合她的身份吧。想到这些，我愈发紧张起来，身体不听使唤似的不停鞠躬。

“不好意思，请问您是 first time 来学习舞蹈吗？”

鬈发夫人主动与我攀谈起来，但是她的 first time 语速很快且发音颇为怪异，听得我懵懵懂懂，愣在那里，好在一旁的杉崎女士接下了话茬儿。

“是的，确实是第一次。”

“啊，原来如此。嗯，我是想说，gentleman 比 lady，more more difficult，可是呢，一旦开始练习，还是很快的，我是想说……”

她“帽儿……帽儿……”地说着，我连听带猜，才弄清是“more more”的意思，鬈发夫人的神奇英语发音，与怪异的日语发音，搭配出一种奇特的日英混合语言。而且鬈发夫人每说几句话，就要口头禅一般的夹杂一句“我是想说”，谈起话来似口若悬河，各种发音如瀑布倾泻。

不知不觉间，她又谈到了舒勒姆斯卡娅夫人，以及音乐、舞蹈、外语等各种话题，从悦耳动听的贝多芬奏鸣曲，到感人至深的第三交响曲，再到各大唱片公司的产品质量，凡此种种都成为谈资，我则彻底沦为听众。通过布朗文夫人的怪异口音，我推测她很可能就是杉崎女士的钢琴学生。虽然被动地夹在两位絮叨女士当中受苦，但由于不善交际的我不懂得如何绅士而婉转地抽身而去，便只能耐着性子忍受她俩的滔滔不绝。

不久，八字胡医生和其他石油公司的职员们完成了练习，退到场外休息。杉崎女士将我和奈绪美领到舒勒姆斯卡娅夫人面前，按照西洋人女士优先的惯例，以非常流利的英语向伯爵夫人先后介绍了奈绪美和我，并且杉崎女士称呼奈绪美为“河合小姐”，这给我留下了很深的印象。我很期待向来自视甚高的奈绪美如何应对西洋人，不承想她在夫人面前竟表现得像个手足无措的孩子。夫人威严而又亲切地看着奈绪美，讲话的同时向她伸出手，可奈绪美紧张得脸红语塞，木然地和夫人握了手。至于我就更差劲了，夫人精致的面容和华贵的装扮压得我根本抬不起头，最后只能俯身屏气，僵硬地握了下夫人的手。

九

相信各位读者早已了解，我虽是个鄙俗不堪的粗犷之人，但西洋人的时尚生活却令我心驰神往。如果我家境优裕的话，很可能会移居西洋，迎娶西洋美女，享受光鲜亮丽的生活。可这美好的愿景在骨感的现实面前总归是镜花水月，而且退一步说，即便我很富有，可是基于自身五尺二寸的身高，皮肤黝黑粗糙，牙齿参差不齐等条件，如果身边站着一位亭亭玉立的白皙西洋妻子，那违和的画面想想都惨不忍睹。所以，能与相貌接近西洋人的奈绪美结合，既满足了我对于西洋人的偏好，也避免了与西洋妻子可能出现的巨大差异，可以说这是在现实中满足自己愿望的最好方式。“娶妻如此，夫复何求”，我还是备感幸福的。

话说回来，能够近距离与白人女性交流，是我的一种奢望，甚至于是一种奢华的梦想。毕竟糟糕的语言水平和沟通能力，使我对与西洋女士交际不抱任何幻想。只能通过欣赏歌剧里的西洋演员，或是外国电影里的美貌女星，来满足我内心深处对她们迷人风采的美好幻想了。始料不及的是，在这每月二十日元学费的舞蹈课堂上，我竟如此幸运地有了与白人女性——而且是尊贵的伯爵夫人——近距离交流的机会。伯爵夫人那只“白皙的手”礼仪性地向我伸来，我的神情一阵恍惚，毕竟这将是我生平头一次与西洋女人握手——如哈里松女士般的老太婆当然不算在内——在这幸运女神眷顾我的关头，自己竟犹豫着该不该去握那只手了。

轻轻一握，夫人的手给我留下特别的印象。奈绪美的手是很好看，手指如竹笋般纤细修长。而夫人“白皙的手”虽然也是光滑修长，却不似奈绪美那样纤薄骨感，而是肌肤充盈、肉感丰满的，握起来给人一种稳重高雅的感觉。特别是夫人手上那枚闪烁的钻戒，若是由日本人戴出来，必会给人一种招摇炫富的奢靡感觉。但夫人佩戴着它则显得雍容华贵，二者交相辉映，极具美感。不同于日本人那种浓妆艳抹，夫人的皮肤如大理石般光滑白皙，纹理状的毛细血管彰显着生机与活力，这种浑然天成的美令我有些窒息。曾在我看来像极了西洋人的奈绪美，相比之下也有些黯淡无光了。

“你的手如此白皙，简直像西洋人的一样美。”

之前我总是握着奈绪美的手，宠溺地反复摩挲。但真的握到西洋女士的手，才发现差别之大。与夫人这双雪白到晶莹剔透的手相比，总觉得奈绪美的手白得有些肤浅，甚至有些暗淡无光。夫人这双玉手的另一个魅力之处在于她的指甲。仿佛出自同一副模具般，她的指甲全部整齐地修剪成两侧圆滑中端尖尖的三角状——我从未在日本女人中发现过这种样式——应该是西洋的时髦款式吧。每片指甲底端都有圆润的月牙，映衬出夫人指甲特有的粉莹光泽，好似一个个粉色小精灵，晃得我竟有些迷离。

各位读者或许还记得，我的身高只比奈绪美高上那么一点点，属于短小精悍的身材，此时站在脚踩高跟鞋的夫人面前——尽管她的身高在西洋人中也只算中等——我竟足足比她矮了一头，这样一起跳舞时，我的脸不高不低正好位于她微露的胸口。

“Walk with me!”

夫人又进入了教官状态，用标准的姿势搂着我教习舞步，我则一门心思避免自己这张黝黑平庸的脸刮碰到她，毕竟在我看来气质高雅、雍容华贵的夫人是“只可远观而不可近瞻”的。可现在我不仅和夫人握了手，还被她这样搂在胸前，就隔着这么一层乔其纱而已。我像个犯了错的孩子不敢抬起头，紧张到满脑子都是乱七八糟的负罪感——我的呼吸没有异味吧，我笨手笨脚不会惹夫人不悦吧——就连夫人不经意间飘落的一根头发，也会让我在这大热天里打个寒战。

而且，我还发现夫人周身散发着一股特别迷人的味道。

“想不到夫人竟有严重的狐臭，我可受不了了！”

偶然间我在曼陀林俱乐部的学生那里听闻，夫人同大多数西洋人一样也有狐臭，为了消除味道她才一直喷洒香水。虽然这种香水与狐臭混合的复杂气味令很多学员避之不及，但我却不反感，甚至有些沉醉其中。在这味道的环绕中，我仿佛漫步在海之彼岸的异国他乡，流连于繁花似锦的神奇花园——要知道这些都曾经出现在我的梦里呀！

“哦，这就是夫人的体香吧，真是迷人的味道。”

我像是个被美酒的芬芳所吸引的醉汉，情不自禁地沉醉在夫人的怀中。

诸位可以想象，身处那样热闹活泼的交际舞场合，对于我这个不擅交际而又笨手笨脚的男人来说，该是多么难堪，即使陪着奈绪美也一样。但是，我后来竟一直坚持学习了近两个月舞蹈，唯一的动力就来自舒勒姆斯卡娅夫人。因为每次舞蹈课上，我都几乎以“脸贴胸”的姿势被夫人拥在怀里起舞，这旋转的过程虽然短暂，但却成为我人生中最大的享受。我沉迷于这醉人的氛围，就像尽情徜徉在大洋彼岸的异国花海，竟然将身旁的奈绪美都彻底忽略了。

“原本以为让治很快就会不耐烦的，可你学得比我还要认真，真是出人意料呢……”

“很意外吗？”

“可是我记得让治曾说过‘我天生就不适合跳舞哇’。”

每次和奈绪美谈到这些，我都觉得自己的所思所想有些对不起她，但也只能振振有词地解释：

“我想是我之前对舞蹈有一些误解吧。这段时间坚持下来，不仅心情愉悦，身体素质也很有改观——看来医生关于跳舞有益健康的观点确实没错。”

“看看，听我的没错吧，凡事光想不做，怎么知道自己行不行。”

奈绪美有些得意地回应着，丝毫没有察觉我的言不由衷。

时间匆匆而过，天气逐渐转凉，夫人认为我俩的水平基本可以出师了，于是那年冬天，我和奈绪美决定去银座的黄金国咖啡店舞会小试身手了。在当时，东京的舞厅寥寥无几，而其中，老牌的帝国饭店、花月园主要服务于西洋人，场面豪华气派，在礼仪、服饰等方面规矩颇多，一般的日本人根本应付不来，所以不久前才开始举办舞会的黄金国咖啡店便成了我和奈绪美的首选——尽管这些消息大都是奈绪美道听途说来的，而我当时也根本就没有在公众场合跳舞的魄力，但她却一门心思地认定“我们必须到那舞会上去见见世面”，同时开始对我进行激励：

“让治，赶紧收起你这种畏畏缩缩的想法吧。舞蹈是交际的艺术，光窝在教室里练习怎么可能跳好，必须要到那种时尚舞会，大胆地、充满自信地跳起来，才能迅速提高。”

“我知道你说得对，可是，我觉得自己还没准备好……”

“既然这样，那我就自己……不，那我就叫阿浜、阿熊陪我一起去。”

“阿熊，那天在曼陀林俱乐部见到的那个男学生？”

“就是那个阿熊，从来没和伯爵夫人学过跳舞，但他就是胆子大，无论在哪儿、无论和谁都敢跳，现在已经跳得很棒了，水平比你还高呢。所以我就说，舞蹈这东西就是得勤学苦练大胆跳……所以呢，让治，你还是陪我一起去吧，好不好，你肯定是我最棒的舞伴，求求你啦，陪陪人家嘛，让治最善解人意了，是不是？”

定下结伴去跳舞之后，那么接下来便是关于“跳舞穿什么”的漫长讨论。

“让治，这件好不好……那这件呢？”

奈绪美兴奋得提前一周便忙碌起来，所有衣服几乎都被她反复试穿并不厌其烦地征询我的意见。

“嗯，这件还不错。”

早就眼花缭乱的我心不在焉地指着一件应付了事。

“啊，这件哪，可我怎么觉得不适合舞会呢。”

奈绪美目不转睛地盯着镜子里的身影。

“哼，这件总觉得怪怪的，穿到舞会去肯定是笑料。”

于是，这件衣服很快被她脱下来，像个废纸球般甩飞出去，而余下的那些衣服也都是一样的命运，在她看来全都成了上不了台面的地摊货。最后，奈绪美可怜兮兮地央求起来：

“让治，我好久都没做新衣服了，就给我做一件吧。”

她还有别的理由：

“参加舞会就应该穿得高贵漂亮才行，才不会给让治丢脸哪！这些乡巴佬似的衣服哪行啊！求求你啦，给我做件新衣服吧，而且以后会经常去跳舞的，那件衣服可以一直穿，是不是很划算？”

在当时，我的月收入哪禁得起她这样折腾。出身乡村的我花费向来节俭，单身时每月支出相对固定，即使结余不多但也都习惯性地积攒起来，所以，直到和奈绪美成家时，我的家底还是相对丰厚的。同时，即便我陶醉在美妙的二人生活中，可工作的事情却从不懈怠，一直是兢兢业业的模范职员。上司对我青睐有加，月薪逐步提升，再加上半年一次的分红，我的平均月薪已将近四百日元。这样的收入应付普通日本家庭的支出，本应是颇有盈余的，可我俩的实际生活却经常是寅吃卯粮、入不敷出。就拿基本生活费来说，每月支出大概在二百五十日元到三百日元之间，其中，房租由四年前的二十日元涨到如今的三十五日元，还有水、电、煤气、洗衣费等各种杂费，全部扣除之后本来还剩下二百日元甚至二百三四十日元，可这些钱最后去哪儿了，不好意思，基本都吃了。

真相在于，我刚认识的奈绪美，只需一份牛排就很是满足了，可随着年龄的增长，她的口味也随之刁了起来，每到饭前，“吃什么，吃哪家”都是一个问题。爱吃却又懒做，奈绪美通过点餐逐渐成了附近餐馆的常客。

“啊，好想来份大餐满足一下。”

很多时候，我想奈绪美是用吃来打发无聊的。她的口味刁钻多变，以前最爱吃的西餐已经让位于煲汤或者刺身。白天我都是在公司的，所以午饭奈绪美是单独解决的，于是她顺理成章地有了更大的发挥空间。每天我下班到家后，几乎都能在厨房一角发现各家餐馆的餐盒。

“奈绪美，你又点餐了吧！每天就知道买来吃，哪还有点勤俭持家的样子。一个人这样好吃懒做，还有点规矩吗？”

对于我这样的声色俱厉，奈绪美却像没事人般窝在沙发里，慢条斯理地回应：

“没错，就是因为一个人我才点餐的呀，让治不在我自己做饭多无聊哇！”

我实在受够了奈绪美一成不变的托词，而且不只是菜肴，就连米饭之类的主食她都要叫餐馆送来。就这样，每逢月底，烤肉、西餐、日料、面点、水果等各个商家送来的账单如雪片般飞来，触目惊心的数额简直令我喘不过气来，真想不通她那纤细的身材如何装得下如此多的食物。

另外就是洗衣费了，大到窗帘、床单，小到内衣、袜子，奈绪美从来都是通通打包交给洗衣店，每次刚一说她，她便连珠炮似的反驳：

“你当我是用人吗？用这双弹钢琴的手去洗衣服，皮肤粗糙了关节粗大了怎么办？你以前不总是一口一个‘宝贝’叫我吗？手可是女人的第二张脸，你见过双手粗糙不堪的‘宝贝’吗？”

记得刚到我家的时候，奈绪美还是做家务的，也会收拾屋子做做饭，可不到一年时间她就变得好吃懒做起来，这个家也越来越脏乱差了。锅碗瓢盆不洗、内衣外服乱扔，无论窗子地板还是桌椅板凳上都布满灰蒙蒙的尘土。我们精心挑选的印度印花窗帘也脏得连花纹都看不清楚了。原本我俩眷恋无比的“神仙窝”，早已面目全非，只要打开房门，一股与这种环境“配套”的酸臭味儿便扑鼻而来。我已忍无可忍：

“好吧，我服软了，你出来，我去打扫。”

虽然下定决心亲自打扫猪窝般的屋子，但直到动手才发现，垃圾层出不穷，东西无从归置，一种无力感油然而生。

别无他法，我也试着雇过几次女佣，可面对这脏乱无比的屋子，她们没人能坚持过一周时间。一来呢，雇人本来就在我们的计划之外，也就没有女佣留宿的地方。再加上屋子里多出一个人，我和奈绪美就不能随时你侬我侬，即便稍稍亲热一点儿都会觉得别扭。特别是奈绪美有了可以使唤的人之后，便彻底什么家务都不做了，整天对着女佣呼来唤去，就连餐馆订餐的事都打发女佣跑腿，完全是一副颐指气使的模样。综合考虑，这女佣请的就没必要了，多出一笔花费不说，还经常妨碍我们二人的游戏生活，三个人的感觉着实尴尬。

算来算去，每个月的支出那么多，原本还计划在每月剩下的一百日元到一百五十日元中，再存上十日元或二十日元的，但在奈绪美的大肆挥霍下，又哪里存得下钱呢？

奈绪美每个月至少做一件衣服。哪怕是薄花呢或铭仙绸这种档次的布料，她也一定要里外同料，再加上裁剪缝制都要请专门的裁缝来做，一件衣服花上五六十日元便成了常事。最气人的是，即便如此花费做出的衣服，只要奈绪美有一点儿不喜欢，就塞到壁橱最里层，再也不见天日，而喜欢的衣服则会一直穿成破衣烂衫。所以，奈绪美的壁橱里塞得最多的就是那些破旧衣服。

还有奈绪美的各式木屐——草屐、低齿木屐、高齿木屐、晴天低齿木屐、双带木屐、外出木屐、家常木屐——每双二三日元到七八日元不等，平均每月要买两三双，这些花费计算下来也令我直皱眉头：

“哪有你这样穿木屐的，我看你还是穿鞋吧，也能省点钱。”

我的说教毫无用处，她早就不像当初那样喜欢裙裤配鞋子了，现在无论去哪儿，即便是去参加技艺班，奈绪美也要身着便装和服，脚踩木屐，似垂柳于风中摇曳而去。

没想到她还拿我出身农村做起了文章，说什么“可别拿你的那些想法来管我，我们江户人穿着一般点倒无所谓，但木屐是万万不能少的。”

还有零花钱，奈绪美要钱的借口绝对是五花八门，什么音乐会门票、车费、书费等，每隔几天就会找我要去三五日元，这还不包括她英语班和音乐班的学费，每月都不少于二十五日元。

综合以上这些支出，对比我四百日元的月收入，完全入不敷出，不仅存钱成了奢望，还要不断从以前的储蓄中取钱补贴现在的花销，当年单身时一点一点攒下的小金库，根本禁不起折腾，很快就花光了，四年下来，我的积蓄已经一无所有了。

偏偏我又是那种碍于面子不肯赊账的人——每个月月底不把全部账单结清就坐立不安——所以每当临近月底，我就为了还账而绞尽脑汁。

“你花钱老是大手大脚的，每月面对这么多账单我都无计可施了。”即使我把话说到这份儿上，奈绪美还是毫不在乎地说：

“那就先赊账呗，反正我们一直都住在这里，又不会欠账不还。要我说让治就是太好面子，想法也不灵活，干脆你就告诉那些老板，咱们的账单每半年结清一次，比起每月一结账还省事，大家都会同意的。”

于是，她要买的东西全部现金结账，而每个月末的欠账，则都是等着我的半年分红到手再一并去还，就这样，奈绪美还不主动和那些店家解释延期结账的缘由。

“我一个女人家怎么去解释，还是得让治出马呀！”

每到月底，奈绪美总是很随意地丢下一句话，然后便潇洒地不知去向了。

相信各位已经看出，为了让奈绪美打扮得光彩照人，为了让她生活得宽松随意，可以无拘无束地长大，我在她身上投入了自己的全部收入和积蓄，这当然就是我最初的想法——所以即便我一直在反复说教，但还是接受了她的大手大脚。也就只能在其他方面节约一些，好在我本人在人际交往中从来就是能省则省，即便公司偶尔的同事聚会，我也是想方设法不参与，为了省钱也顾不得那么多了。同时，我自己也更加勒紧腰带，什么零用钱、衣着费、午餐费都是一省再省，就连电车月票，我也给奈绪美买二等票，而给自己买三等票。特别是因为奈绪美爱吃又懒得做饭，订餐费又太贵，我便决定自己下厨。可就是这样，也惹得奈绪美不高兴了。

“大男人怎么老是系着围裙，端着锅，丢不丢人哪！”

她还对我指指点点：

“让治，能不能别总穿那一身衣服，都快洗褪色了，你在衣着上再提高点档次好不好，你看你穿得那么寒碜，我打扮得再靓丽又有什么用呢！咱们这样上街简直太不般配了，你要再这样，我就没法和你一起出门了。”

不能一起出门的话，那简直太无趣了，看来我必须做一身有档次的衣服了，坐车也得陪她一起上二等车，所以呢，为了维护奈绪美的优越感，我也只得勉强自己像她那样花钱。

正当我为花销增加而焦头烂额时，伯爵夫人每月四十日元的授课费又要交了，还要给奈绪美置办新的舞蹈服，真的是捉襟见肘了。但是，奈绪美根本就不顾及我的难处，适逢月底，她瞥见我衣袋里的钱，非要我拿出来花不可。

“不行啊，月底了，这点钱要是再花掉，咱们的日子就真的没法过了。”

“让治一定会有办法的。”

“有办法有办法，你倒是说说有什么办法，我是真的无计可施了。”

“可是你想想，我们跟伯爵夫人学习舞蹈到底是为了什么？算了，让治都这样说了，从明天起，我再也不出门了。”

奈绪美委屈地说着，眼里的泪水直打转，幽怨地盯着我，脸色阴冷着沉默不语。

“奈绪美，别生气了……喂，奈绪美，别一直背对着我呀！转过来好吧。”

晚上睡觉前，我边哄奈绪美，边试探着轻摇着背对我假寐的她的肩膀。

“乖，奈绪美，来，让我看看你。”

我轻柔地把她翻过身，奈绪美柔弱无骨般的顺势翻过来，似睡未睡地半睁着眼，无声地看着我。

“还生气呢，好了，不生气啦！”

“没必要生气吧，就像你说的，我会想出办法的。”

“好了，睁睁眼，看看我……”

我边说边轻轻拨开她微合的眼皮，似蚌中取珠般露出的眼珠，就那么盯着我，果然是装睡呀！

“就用这钱给你买好了，行了吧？”

“那月底我们怎么过呢？”

“别担心了，我有办法。”

“真的有办法吗？”

“我和老家联系一下，让他们寄些钱过来。”

“会寄给我们吗？”

“放心吧，一定会寄来的。毕竟我还没跟家里要过钱呢，现在咱们又成家过日子了，花钱的地方也多了，老妈肯定会体谅的。”

“这样的话，不会让你母亲为难吧？”

虽然奈绪美表面上这样说着，但我却隐隐感觉出她之前就一直在暗示我“总是说没办法，为什么就不能向家里求助呢”。现在我主动表露出这样的想法，也与她不谋而合了。

“算了，也没什么为难的，只是以我一直以来的处事原则，从来都是很反感向家里伸手要钱的，不过现在想来也没什么了。”

“可又是什么使让治违背自己的原则呢？”

“还不是看你哭得楚楚可怜，我也就于心不忍了。”

“嘻嘻，真是这样的吗？”毫无征兆的，奈绪美的身躯如软玉靠过来，娇羞地笑着问，“我哭了吗，你该不会是看错了吧。”

“就是你呀，泪眼婆娑地说‘再也不出门了’，这么快你就忘记了？你怎么还像个孩子呢，这么大的婴儿……”

“爸爸！爸爸！我的好爸爸！”

奈绪美紧紧搂住我的脖子，就像办公室文员给文件盖章一般，噘着小嘴飞快地在我的额前、脖颈、面颊、耳垂等几乎整个脸部都狂亲了一通。那种感觉，就像山间晨曦下的野百合滋润在雨露中，又如漫天樱花花瓣随风飞舞般的轻快，我就仿佛置身于五彩花海的馨香氛围中。

“哎哟，奈绪美，你受什么刺激啦！”

“哈哈，我疯啦！我爱让治爱到发疯啦！……爸爸，你会不会觉得我特别黏人？”

“怎么会觉得黏人呢？我高兴还来不及呢！高兴得快要

发狂了。为了你，让我做出任何事情我都愿意。……嘿，你怎么了？是哭了吗？”

“谢谢你，爸爸。我太感谢爸爸了。这是感动的眼泪，它是忍不住才流下来的。……你懂得我的心吗？不想要我哭，是吗？那帮我擦掉它。”

奈绪美从怀里抽出纸巾，自己没有动，把纸巾递到我眼前，瞪着眼睛望着我，在我给她擦拭前，又是眼泪汪汪，睫毛忽闪着。啊，这是一双多么湿润、多么漂亮的眼睛啊！我要是能让泪珠变成晶体作为收藏品，那就太棒了。我一边想着，一边擦去她脸上的泪痕，不去触碰圆润的泪珠，只是擦拭眼窝周边的泪痕。因为皮肤受到牵动，泪珠变成了不同的形状，有时像凸镜，有时又像凹镜，一不小心，倏地滑落。在我刚擦干的光洁的脸部皮肤上，又留下闪亮的泪痕。于是，我一遍又一遍为她擦拭脸颊，还有湿润的眼睛。最后，才用纸巾放在她不停抽泣的鼻孔上，我说：

“来，快擤鼻涕。”

她乖巧地擤了一下鼻涕，我反复为她擦了好几次鼻子。

次日，奈绪美从我这里拿走了二百日元，一个人跑到三越百货店。我在公司，趁着中午休息，给母亲写了封信，这是第一次我向家里伸手要钱。

“……因为物价飞涨，和前两三年大不一样，尽管我们生活简朴，可还是难以度日，都市生活真是艰难……”

我记得当时在信中就是这样写的，一想到我变得胆大妄为，对母亲也敢如此不顾事实地撒谎，自己就会后怕。但是，母亲无条件地信任我，对儿子喜欢的奈绪美也满眼都是慈爱。这一点在之后的回信中可以强烈地感受到。在信中，母亲嘱咐我说“给奈绪美买件新衣服”，信里还有一张汇款单，比我要的还多了一百日元。

十

黄金国咖啡店的舞会时间是周六晚上七点半。我大约五点从公司回家，到家看见奈绪美已经洗过澡，裸着身体在化妆。

“啊，让治回来啦，衣服已经做好了，在那里。”

她从镜子里看到我，赶快告诉了我，一只手伸到身后，指向沙发。请三越加急做出来的和服和宽幅腰带已经打开了包装，摊开在沙发上。和服是里面有棉花的夹衣，布料是金纱绉，在黑红底色上面，镶嵌黄花和绿叶。腰带是银丝线绣成的，上面的两三条波纹闪闪发亮，波纹中点缀着御座船那样的古船。

“喜欢吗？我的眼光独到吧！”

奈绪美的双手在刚洗过澡热乎乎的肩膀和脖颈上仔细地拍上湿湿的白粉。老实说，她的肩膀丰满，臀部肥大，胸部高耸，不太适合穿这种如水般顺滑的布料。她适合薄呢或铭仙绸料子的衣服，还会有种混血女孩的异国韵味。但是穿上这种有档次的布料反倒显得低俗无趣，颜色越是花哨，越像是横滨一带小饭店里的女人，给人粗俗不堪的印象。看她一副自鸣得意的样子，我也没办法反驳，只是一想到和这样一个穿着扎眼的女人，共同坐电车引人注目，去舞厅跳舞，忍不住心里一颤。

奈绪美打扮完，难得地帮我拿衣服，还贴心地掸去尘土，熨好打开，对我说：

“快点，让治。你快换上藏蓝色的西装吧。”

“我还是觉得茶色更适合。”

“笨哪，让治。”

她惯用训斥的口气和我说话，瞪着我：

“参加舞会必须穿藏蓝色西装或是晚礼服，衬衫的领口要戴上衬领，这是礼仪。以后不要忘了。”

“这么多麻烦事？”

“当然啦。你想赶时髦，连这个都不知道哪行啊！这套藏蓝色西装太脏了，但是，西服还算没有穿皱，有型就好，我刚才给你熨平啦，今晚你穿着它参加吧。过几天，一定要做一套晚礼服，要不，我就不和你跳舞了。”

之后，她和我说，领带要系藏蓝色或者黑色没有花纹的那种，最好是用领结。鞋子要穿漆皮鞋，没有可以穿平时的黑色皮鞋代替，红色皮鞋不能用于正式的场合。袜子最好穿丝袜，纯黑色的丝袜……也不知道她从哪里学来的规矩礼节。奈绪美不但对自己的装束很挑剔，就连我的也一样挑剔，穿什么都要一一审核通过才行，就这样在家里耽误了很长时间才走出去。

到达舞厅已经晚上七点半了，舞会刚刚开始。我们在嘈杂喧闹的爵士乐声中，走上楼梯，来到晚上充当舞厅的餐厅门前。里面的椅子都被搬走了，门口贴着告示：

Special Dance-Admission: Ladies Free, Gentlemen ￥3.00

一个服务生在门口售票。这里原来是咖啡馆，因此，就算被叫作舞厅，也没有多大的空间。我环绕四周看了一圈，大概有十对舞伴在跳舞，不过已经相当热闹了。房间一侧有两排桌椅，买票的人可以占据一个席位，跳舞累了随时有可以休息的地方，还能观看其他人跳舞。陌生的男女，这儿一堆那儿一堆闲聊，奈绪美走进舞厅，人们七嘴八舌地议论起来，用一种异样的眼光，半含敌意的、半是轻蔑的眼神，跟随着她打扮艳丽抢眼的身影。

“看哪，那边来了一个女人。”

“和她一起的那个男人是谁呀？”

我感觉到他们在偷偷摸摸地议论着，他们的眼睛不仅盯着奈绪美，还会盯着站在奈绪美身后的我。我的耳朵被交响乐震得嗡嗡作响，看着眼前跳舞的人们……他们跳得很好，组成大大的环状，一圈又一圈地旋转。此刻，我想的是我不过是一个五尺二寸的小男人，肤色黑得像土著人，牙齿里出外进，身上是两年前的过时西装，不知不觉我的脸像是火在烧，身体也开始哆嗦起来，心里想“以后我再也不来这里了”。

“总是站在这里不行啊！……到那边的桌子旁边吧……”奈绪美也有些不适应，有点害怕，趴在我耳边轻声说道。

“但是，怎么过去那边，从跳舞的人群中穿过去？”

“行，有什么不行的？小心点，别碰撞到谁就好啦。……你瞧，那个人不也是从中间穿过去的吗？所以，没事的，走吧。”

我随着奈绪美从跳舞的人群中直接穿过去，可是腿一直在打战，地面还有些湿滑，路不好走，我差一点儿滑倒，奈绪美看见后，板着脸瞪了我一眼，没好气地说着让我注意脚下的路。好不容易才到达那张桌子旁边。

“咦！那边有空位子，我们过去坐那张桌子旁边。”

还是奈绪美的胆子比较大，带着我，又在众目睽睽下，旁若无人地穿过人群，在一张桌子旁坐下。但是，她那么想要跳舞，却没有马上去跳，只见她有些焦虑不安似的，在手提包里翻找出镜子，悄悄补妆。

“快把你的领带调整一下，歪了。”她眼睛直勾勾地盯着舞场方向，并偷偷地提醒我说。

“奈绪美，浜田君来了吗？”

“不要这样叫我，叫我‘奈绪美小姐’。”

奈绪美说着，不满意地皱起眉头：

“阿浜已经到场了，阿熊也来了。”

“是吗？在哪里呢！”

“你看，那里……”

突然，她放低声责备我：“不要用手指，没有礼貌。”

“你看那边，那个和一个穿粉红色连衣裙小姐跳舞的那个人就是阿熊。”

“你也来啦。”这时候，阿熊说着，朝我们这边转过身来，越过女伴的肩膀，朝我们微笑着打招呼。

他的女伴是一个个子高高的，露出两条肉感十足的臂膀的胖女人，纯黑色的头发茂密而又烫得蓬蓬松松，甚至有些乱糟糟，梳成狮子头，用发带束成头箍样式。她的脸蛋红扑扑的，眼睛大大的，嘴唇厚实，这一切与纯日本式的、浮世绘里看到的鼻梁细长的瓜子脸型组合在一起。我喜欢观察女人的容貌，但是的确没见过如此奇妙、不协调的脸。看来，那女人对自己有着日本人的相貌特征的容颜也感觉不满意，为了更像西洋人，也是煞费苦心。仔细瞧去，凡是裸露在外面的肌肤全部涂上了白粉。眼周铺满了带着光晕的闪闪发亮的青绿色眼影。脸蛋的红晕，当然是刷了腮红，再配上横绑在额头上的缎带，说句实话，怎么看都像个怪物。

“喂，奈绪美，哦，奈绪美小姐……”

我不经意间又这样呼唤她，接着赶紧改口，问道：

“那个女人也是小姐吗？”

“当然是啦。虽然看打扮像是淫妇，但是……”

“你认识？”

“不认识。就是听阿熊经常提起她。你看，她额头上缠着缎带，知道为什么吗？据说，那位小姐的眉毛长在额头上，那条缎带就是为了遮盖用的，然后在缎带下面重新画上眉毛。你仔细瞧，那眉毛是画上去的。”

“不过，模样长得还算瞧得过去，只是我看到她脸上画的又红又绿的样子很好笑。”

“画得就像个傻瓜。”奈绪美似乎渐渐找到了自信，按照平时惯用的自负口吻说道，“模样也不怎么好。原来让治觉得那种女人漂亮？”

“不能评价为美女，但是鼻梁挺直，身材还好，化个妆应该算是耐看型的。”

“别胡乱评论了，有什么好看的！这种相貌到处都看得到。如果为了洋气些，尽力打扮就是，可惜了，一点儿也不洋气，打扮也是出洋相，就像只猴子。”

“和浜田君跳舞的那个女人，好像在哪里见到过？”

“当然见过，那位是帝国剧院的春野绮罗子。”

“是吗？浜田君认识绮罗子？”

“是呀！因为他的舞蹈跳得好，结交了一些女演员。”

浜田穿着浅茶色西服，深棕色的牛皮鞋，外面套着鞋套。他随着音乐，迈着轻快优美的舞步，在人群中成为焦点。让人不可思议的是他和绮罗子脸颊紧贴在一起，我从来没有看过这种跳舞的方式。绮罗子长得娇小玲珑，手指纤细，柳叶般摇曳的细腰被浜田紧紧搂住，模样看起来比在舞台上要漂亮得多。她身着有如她的名字一般的绮丽罗裳，系着一条看似绸缎或是织锦的黑色缎带，上面有金线和墨绿色丝线织成的蛟龙。因为她个子不高，浜田像是嗅着她的头发的香味似的耳朵贴在她的鬓发上。绮罗子也是一样，额头紧贴着浜田的脸颊，靠得太紧，眼角都挤出了皱纹。两个人的头就是这样紧贴在一起，四只眼睛眨呀眨的，身体时而分开，但是头却一直贴在一起旋转舞动。

“让治，你知道这种舞蹈吗？”

“不知道。就是觉得两个人不妥。”

“就是，下流。”

瞧奈绪美说话的样子，像是在吐唾沫。

“听说叫贴面舞。据说不允许在正式的场合跳，在美国，如果你跳这种舞蹈，会让你自行退出。男人还好说，女人还这样跳舞，真是让人无法直视。”

“大庭广众之下，那个女人也太好意思了。”

“那是当然，女演员就是好意思，这种地方就不该让这种人进来。她们来了，真正的淑女哪还敢来。”

“男人也是一样，你对我说了那么多的规矩，可是穿藏蓝色西服的人有几个？浜田君也没有穿得很正式嘛！”

我一开始就注意到这些，看似懂规矩的奈绪美，道听途说来的礼仪规范，非要我穿着藏蓝色的西服来这里，可是，来了一看，只有为数不多的两三个人穿，穿晚礼服的更不必说，一个也没有。其余的人穿的都是各种颜色讲究一些的衬衫。

“是这样，但是明明阿浜穿得不对，穿藏蓝色西服才显得正式呀！”

“但是……你看那些洋人，不也是穿着粗呢西服而已嘛！所以，为什么一定要穿着正式？”

“不对。不管别人穿的怎么样，自己要穿着正式才行。西洋人那样穿着，是因为日本人不讲究这些。像阿浜这样舞技高超的常客不算在内，让治还得穿得像样才行。”

这时，舞场那边跳舞的人们停下来，掌声雷动。乐队也停止了演奏，他们还想多跳一会儿，吹口哨的，跺脚的，叫喊着“音乐再来一遍”。音乐再次响起，停止的人群再次舞动起来，跳了一会儿，音乐又停止了，再次吵嚷着……这样重复两三次，再怎么叫喊也没有用了。于是男人跟在女伴的身后，护送着，回到桌子边。浜田和熊谷，送女伴绮罗子和粉红色连衣裙的小姐回到座位上，等她们坐下后，向女人鞠一躬后，才朝着我们这边走来。

“朋友，晚上好！你们怎么不去跳舞？”浜田说。

“怎么了，不敢跳舞吗？”熊谷还是老样子，说话粗俗，站在奈绪美身后，低头瞧着她的穿着，“要是没有人约你，下支曲子和我跳，怎么样？”

“不喜欢，阿熊跳得太糟糕。”

“胡说。我可是自学成才，能跳成这样，很不错了。”他蒜头鼻的鼻孔迅速张开，嘴巴大大地咧开，嘿嘿地笑着说。

“天生就是这么聪明，没办法嘛。”

“哼！拉倒吧。你和那个粉红裙子小姐跳的舞，简直没法看下去。”

奇怪的是，奈绪美一开始和这个男人说话，语气也变得粗俗不堪。

“哦？是那个家伙舞跳得不行。”阿熊缩了缩脖子，挠着头，回头瞅了一眼粉红裙子女人说，“感觉我的脸皮够厚的，不过，和那个女人比起来，逊色多了。穿那么一条裙子就敢到这里来抢风头。”

“瞧她穿得像什么呀，简直是只猴子。”

“哈哈哈，猴子吗？太形象了。就是猴子。”

“你就会说好听的，她不是你自己带来的吗？阿熊，那个女人打扮得也太丑了，你也说说她。就算想洋气一点儿，也得瞅瞅自己的长相嘛。就是纯粹日本人的模样，打扮也没用。”

“可悲的努力呀。”

“哈哈哈，对。是猴子可悲的努力。洋气的人穿什么都是洋气的。”

“就像你这样的洋气人。”

奈绪美牛气地“嗯”了一声，心满意足地点点头说：

“那是，还不如我，起码像个混血儿。”

“熊谷君。”浜田似乎看出我很不自在的样子，提醒着叫熊谷，“你和河合先生是第一次见面吧？”

“是吗？好像碰过几次面吧……”

被称为“熊谷”的阿熊，仍然站在椅子后面，越过奈绪美的后背，朝着我投来嫌恶的目光。

“我叫熊谷政太郎。自我介绍一下，请……”

“本名是熊谷政太郎，我们都叫他阿熊……”奈绪美抬头望着熊谷的脸，阿熊，你自己来介绍一下吧。”

“算了，算了。说多了，会暴露的。具体的事情请奈绪美小姐来介绍好了。”

“哎呀，烦人。具体的事情我怎么知道呢？”

“啊哈哈哈。”

和这些家伙在一起，我并不十分愉快。但是奈绪美似乎和他们相处起来很开心，我只好赔着笑，说：

“浜田和熊谷，一起在这里坐吧。”

“让治，我想喝水，你去点些饮品吧。阿浜，你要喝什么，柠檬汁？”

“我怎样都行。”

“阿熊，你呢？”

“既然有人请客，我要威士忌汽水好了。”

“受不了，我讨厌喝酒的人，嘴巴臭。”

“臭，怕什么。臭气熏天不会被甩。”

“你是在说那只猴子吗？”

“你又拿她打岔。”

“哈哈哈哈……”

奈绪美肆无忌惮地笑得东倒西歪。

“让治，呼唤一下服务生。威士忌汽水一份，柠檬汁三份……哦，等一下，去掉一份柠檬汁，我要果汁鸡尾酒。”

“果汁鸡尾酒？”我开始好奇，这些我都不知道的饮品，奈绪美是怎么知道得那么清楚的，“鸡尾酒，不就是酒吗？”

“胡说什么，让治根本不懂。阿浜、阿熊，我和你们说，他呀就是这么土气的人。”

奈绪美说“他”的时候，用手指直接点着我的肩膀。

“老实说，想着就和他两个人来跳舞，我会郁闷死的。总是傻乎乎的，刚才来的路上，还差点摔倒。”

“地面也是滑溜溜的，难免的。”浜田用为我辩护的口吻说。“一开始时谁不是傻乎乎的，渐渐熟悉了，就有模有样了。”

“那我呢？我变得有模有样了吗？”

“你是与众不同的一个，奈绪美最胆大……你是社交天才！好了吧？”

“阿浜也是天才！”

“怎么，在说我吗？”

“是呀！你和春野绮罗子小姐都能交上朋友，是吧，阿熊？”

“嗯。嗯。”熊谷噘起嘴唇，仰着头表示同意。

“浜田，你是不是在追求绮罗子？”

“没有，我干吗那样做？”

“但是，阿浜红着脸解释，就很有趣呀，还算老实人。阿浜，把绮罗子找来这里，给我介绍认识，好不好？”

“你是不是又要取笑人家，碰上你，真是没办法。”

“我怎么会呢。我不会乱来，放心吧。让她也过来坐，人多有意思。”

“那……要不要我也把那只猴子叫来？”

“行啊！这样好，最好了。”奈绪美转过身对熊谷说，“阿熊叫猴子来，大家一起玩才有趣呀。”

“行，等着吧。可是，舞曲开始了，我们跳完这一曲，好不好？”

“我真是不喜欢和阿熊跳舞，但是没办法，跳去吧。”

“别说了，快来，你刚学会跳舞，就别摆架子了。”

“让治，我去跳完这一支就回来，你坐在这里看着哦，回来我和你跳舞。”

我想我刚才一定是难过奇怪的表情，奈绪美突然站起身来，和熊谷挽着胳膊，走进涌动的人群中。

“下一曲是第七支狐步舞曲……”

浜田和我两个人，似乎也不知道说点什么。他便从口袋里拿出节目单来，然后确认些什么，站起身说：

“抱歉，我失陪一下，下一曲我约好了绮罗子小姐。”

“好的，请自便。”

此时，就剩下我一个人独自面对服务生端过来的柠檬汁等四杯饮品，有点不知所措地望着舞厅里舞动着的人群。本来我也没想来这里，只是想看看奈绪美在舞厅里是多么闪亮夺目，还有她跳舞的可爱样子，所以我现在的心情是放松愉快的。于是，我用被释放的轻松心情，一眼不辍地追寻着在旋转的人群中时隐时现的奈绪美的身影。

“跳得很好。……这样就不至于让人嘲笑了……学习这些技艺，这孩子就是学得快呀！”

她穿着可爱的舞鞋，套着白袜子，踮着脚尖，身体一圈圈地旋转，艳丽的和服长袖随之舞动。每次她迈动舞步，和服的下摆就像蝴蝶的翅膀翩翩起舞。她那雪白的手指像艺伎拨弄三弦琴的手指那样，轻轻地伏在熊谷的肩上；色彩绚烂的腰带紧紧地束在腰间，像一茎花；她最显眼的是修长的脖颈，她的正脸、侧脸、后脖颈……总之，和服的确是女人不可或缺的衣服。不仅如此，还有在粉红裙子女人和其他奇装异服的女人的衬托下，我不用担心奈绪美的艳俗的品位会被人比下去。

“哎呀，真热呀，太热了。怎么样，让治，看见我跳舞了吗？”跳完一曲，奈绪美回来坐下，顺手就拿起果汁鸡尾酒喝起来。

“嗯，我一直在看着。跳得真不错，一点儿不像初学者。”

“真的吗？下一曲，跳单步舞，我陪让治去跳，怎么样？……单步舞很好学。”

“浜田和熊谷呢？”

“啊，他们一会儿带着绮罗子和猴子过来。……果汁鸡尾酒，再多要两杯就行。”

“刚才那位粉红裙子的小姐好像在和洋人一起跳舞呢！”

“有趣吧，很滑稽是不是？”

奈绪美盯着杯底，咕噜咕噜把鸡尾酒都干了，对我说：

“那个洋人也不是熟识的，突然就去找猴子跳舞，也没有自我介绍，根本就是瞧不起人哪！也许还以为她是卖淫的或是什么的。”

“不同意就可以了。”

“所以，真是滑稽。那只猴子因为人家是洋人，就没有拒绝啊。一起去跳舞了。真是浑蛋。”

“你这样直白地说这么难听的话，真是让人担心哪！”

“没事，我有我的想法。那样的女人只配这样的评价，不然我也会受到连累。就是熊谷也会招惹麻烦。我得去提醒他。”

“那也是男人说的话，你怎么能说呢……”

“等一下，看，浜田带着绮罗子来了。淑女来了，我们要站起来迎接才好。”

“我向你们介绍一下……”浜田笔直地站在我们面前，很绅士地介绍说，“这位是春野绮罗子小姐。”

这种场合，我自然会用奈绪美的美为标准，来衡量别的女人的姿色。绮罗子从浜田后面向前走出一步来，一副优雅温柔的样子，嘴角很自然地流露出轻松自信的微笑。她比奈绪美大一两岁，要论活泼柔美这一点，也许是身材娇小的原因，和奈绪美不相上下，但在衣裳的华美上，绮罗子更胜一筹。

“第一次见面，你好……”

她优雅地问候着我们。低下看似聪慧的、机灵的、小而圆的杏眼，微微躬起身子，看她的举止，的确不凡，不像奈绪美那样粗俗。

奈绪美的行为有点过分活泼，兴奋过头。说话直来直去，缺少少女的柔美娇羞。总之，她就是一只野生动物。与之对比，绮罗子就是经过精雕细琢的完美呈现的贵重的工艺品。从她说话的方式、眼神的传递，到每一个面部表情、每一次的举手投足，都是那样沉稳得体。例如，她坐在那儿，手里握着鸡尾酒杯，从手掌到手腕纤细无比，纤细得像是承受不住厚重的和服袖子，皮肤的光泽和细腻，和奈绪美差不多，我多次观察放在桌子上的她们的手臂，也没有看出差异，但是，她们的脸确实不同。奈绪美的脸像美国的玛丽·皮克福特，而绮罗子却像意大利或法国那边的女子，温婉中有些妩媚。用鲜花来作比，奈绪美就是盛开在旷野的花朵，而绮罗子是开放在花棚里的。她那小巧标致的圆脸上的鼻子，真是精巧得很，婴儿的鼻子都没办法比拟，只有技艺高超的工匠的手工人偶才有。还有，就是奈绪美引以为傲的整齐的牙齿，像珍珠颗粒一样，而在绮罗子微笑的像切开的通红的西瓜般可爱的口腔中的，就像是种子齐齐地裸露着。我感觉自惭形秽的时候，奈绪美也是一样，绮罗子坐在这里之后，奈绪美一改刚才的傲慢无礼、高高在上的姿态，更不用说冷嘲热讽了，像突然失语了一样，沉默地坐在那里。结果，大家坐在那里都无趣起来，但是奈绪美从来不认输的，明明是自己“把绮罗子叫来坐”，便很快恢复了从前天南海北胡说八道的样子。

“阿浜，你说说话呀，绮罗子小姐，你们是什么时候认识的呀？”

“我？”绮罗子有些吃惊地睁大了眼睛，“哦，前几天哪！”

“我看你的舞姿真是太棒了，你是不是经常练习？”奈绪美的口吻不自觉地跟随绮罗子变得优雅起来。

“没有，我很久前就学习了舞蹈，不过，总是没长进，跳得很一般……”

“哪里，很好的。是吧，阿浜，你说是吧？”

“跳得真的太好了。绮罗子小姐是在女演员的培训班系统进修过的，系统学习过的正规舞步。”

“哎哟，哪有。”绮罗子害羞地红了脸，不好意思地低下了头。

“真是不错的。在我看来，最好的舞者，男的当属阿浜，女人就属你了，绮罗子小姐。”

“不敢当啊！”

“说什么呢，舞蹈水平点评吗？男人中跳得最好的当然是我了……”说话间，熊谷带着粉红裙子小姐走了过来。

这位粉红裙子小姐，据熊谷介绍，是住在青山附近的某位企业家的女儿，名字叫井上菊子，二十五六岁，适婚期就要过去了——后来听说，两三年前，她嫁过人，但是因为太喜爱跳舞，最近离婚了。她故意穿着这种晚礼服，肩膀是裸露在外的，像是特意炫耀自己丰腴的肉体。可是近距离一看，与其说是丰腴，不如说是肥胖。不可否认的，比起瘦弱的身材，丰满的身材更适合穿洋装。最大的缺点还是她的头，就像是硬套上京都人偶头的洋娃娃一样，她纯日本的长相和洋装的裙子很不和谐。其实，顺其自然就很好，可她却要煞费苦心，画蛇添足地非得和洋气沾点边，结果呢，适得其反，看得过去的容貌变得无法直视。仔细端详，原来的眉毛，确实隐藏在发带下，眼睛上方的眉毛的确是画上去的，再加上眼影、腮红、口红……脸上所有化的妆都不自然。

“阿熊，你喜欢猴子吗？”奈绪美突然说道。

“什么猴子？”熊谷尽力憋着笑，问道，“为什么说这么没来由的话？”

“我家里有两只猴子呀，所以，要是阿熊喜欢，我就给你一只养好了。有兴趣吗，阿熊喜欢猴子吗？”

“真的，你家里还养猴子吗？”一看菊子就是当真了，认真地问道。

奈绪美一听，勾起她搞恶作剧的兴趣，忽闪着眼睛说：

“对呀，养着呢！菊子小姐也喜欢？”

“我很喜欢小动物，什么猫哇，狗哇的……”

“怎么，也喜欢猴子吗？”

“是呀，也不错。”

因为大家都心照不宣地听懂了这段对话，熊谷侧过脸笑得直不起身来，浜田用手帕遮挡着嘴偷偷地乐，绮罗子也好像意识到其中的奥妙，嘻嘻地跟着笑。但是，看来菊子是个厚道的女人，并没有意识到大家在嘲笑她。

“天哪，那个女人太蠢了。她是不是脑子有病啊！你说呢，绮罗子小姐，你是不是也觉得像？”一会儿工夫，第八支舞曲单步舞开始了，熊谷拉着菊子去跳舞了。这时，奈绪美当着绮罗子的面变得肆无忌惮、口无遮拦起来，继续说着。

“是吗？像什么呀！”

“我在说菊子像只猴子呀，所以，我特意和她谈论猴子。”

“是这样啊！”

“大家都在嘲笑她，她也没有意识到，真够笨的。”

绮罗子小姐用有些惊讶还有些疑问的眼神偷窥着奈绪美的神态，只是说着“哦？是呀”这样的话敷衍着她。

十一

“让治，我给你当舞伴，一起跳单步舞吧，来呀！”

等到奈绪美自己走过来，我才有机会和她共同跳一支舞。

我虽然有点害羞，可还是得壮着胆子下到舞池中试练试练，而且有奈绪美陪着我跳舞，我没有理由不高兴。即使我跳得不好，容易让人嘲笑，但是我就是要用我蠢笨的舞姿衬托出奈绪美的魅力，这正是我的目的呀。这样也恰恰满足了我的虚荣心，我就是要他们看到，然后，背后悄悄地议论“那个男人好像是奈绪美的丈夫”。也就是我想要无比骄傲地向他们炫耀“看哪，这个漂亮女人是属于我的，怎么样，多么漂亮的人儿呀，是我的”。想到这些，我就觉得心里痛快极了，到目前为止，为奈绪美付出的一切都是值得的，都有了回报。

最初进入这个舞厅，奈绪美表现出不想亲近我的样子，我也感受到她今晚并不想和我共舞，可能是我的舞技太糟糕了吧。没关系，不找我，我也不去主动烦她。在我有点退缩的时候，她主动来找我，还说要做我的舞伴。一句话就让已经有些萎靡的我兴奋地站起来。

于是，我就像发烧了一样，兴高采烈地牵起奈绪美的手，第一次来到舞池中跳起单步舞。后来发生的事情，可能是我过于紧张，都记不清楚了。越是紧张，越是听不清楚音乐，舞步凌乱，眼睛发花，心脏快要跳出了喉咙。今天的感觉和我在吉村乐器店的二楼练习时完全不是一回事。在人潮中跳舞，就像在茫茫大海上航行，可是我根本搞不清方向。

“让治，你紧张什么？你抖得太厉害了，还怎么跳舞呢？”奈绪美一直在我耳边呵斥着。

“看哪，又打滑。你转得太快，慢一点儿，慢一点儿。”

原本就紧张得要命，被奈绪美一呵斥，我的脑袋晕眩得更加厉害。那晚的舞厅地面光滑，我按照在乐器店二楼练习的样子跳舞，脚就会不听使唤地打滑。

“你看你看哪，告诉你不要抬起肩膀，那边的肩膀再低一些，再下去一些。”

奈绪美边说着边松开了我紧握的手，不时地压低我抬起的肩膀。

“你把我的手握得太紧了，我还怎么跳舞呢？不要贴得太近……肩膀压低些！”

这哪里是跳舞，分明就是为了训斥我。可是，当时的我过于紧张，连这样的训斥都听不进去半分。

“不跳了，让治。”

奈绪美终于忍无可忍，在其他人意犹未尽地让乐队再放一遍刚才的音乐时，她却把我一个人丢在舞池，独自回到座位上去了。

“真是受不了你，让治，回去多多练习吧。”

这时，浜田和绮罗子过来了，熊谷、菊子也来了。大家围在一个桌子旁，再次热闹起来，而我沉浸在幻想破灭的悲哀中，默默承受奈绪美的嘲弄。

“哈哈哈，你这么厉害，人家还怎么有勇气跳舞呢？别那样说了，你就和他跳吧。”听了熊谷的话，我一下子恼怒起来。

什么呀，还说“跟他跳吧”，没礼貌的小子，竟敢这么跟我说话！

“其实，也没有奈绪美说的那么差，还有更差的呢！”浜田继续说，“绮罗子小姐，下一曲是狐步舞，怎么样，和河合先生跳一支舞吧？”

“好哇，请。”

演员出身的绮罗子小姐大方地点头示意。我连忙摆手拒绝，惊恐地说：“啊，这样不可以，不可以。”

“有什么不可以的？像您这样客气才不行啊！是不是，绮罗子小姐？”

“不行不行。我跳得太没有章法了，等练习好了，再拜托您指导。”

“既然人家和你跳，你就大方接受嘛！”奈绪美不容反驳地命令道。仿佛这对于我来说，是荣幸之至的事情。

“让治总想和我一个人跳舞，怎么能有长进呢？跳舞要和不同的人有比较地跳，才能有长进哪！”

“Will you dance with me?”

这时候，我听到有人说了一句英文，声音越来越近，一个身材瘦高、脸上像涂过女人脂粉一样白的年轻外国人，径直走到奈绪美身旁，原来是刚刚和菊子跳舞的那个老外。他在奈绪美身旁弯下腰来，背部弓成半圆形，微笑着叽里呱啦地说着些什么，没有人听得懂，只有一句我听出来“please please”是“请”的意思。奈绪美露出为难的神情，脸蛋变得红扑扑的像有火在烧，心里不喜欢，但又不能表露出来，只能笑呵呵地应和着。她也想拒绝老外，但是不知道怎么用英文表达得委婉些。以她的英语水平，纯英语对话，还得委婉些的说辞，对她来说太难了。可是老外见她在笑，认为她同意了，便做出邀请姿势，“小姐，请吧”，手僵在半空中等待着她的答复。

“哈哈哈，别看她脾气挺大，见到老外就没辙了。”熊谷大笑着说。

“老外的脸皮厚得让人头疼，刚才我也是很勉强啊！”菊子说道。

“那就拜托您了。”绮罗子一直在等我，我心里再不想去，也得这样说了。

其实，不仅仅是今晚，严格地说，我的眼里心里就只有奈绪美，对别的女人视而不见。如果是美女，我也会认为漂亮，但是，美丽的，我只会远远观望，而不会凑近去接触。舒勒姆斯卡娅夫人是个特例，她让我产生过恍恍惚惚的心境，但绝不是一般的情欲。她是西洋人，又是舞蹈老师，因此和绮罗子比起来，更让人放松，绮罗子是日本人，又是帝国剧院的女明星，衣着华丽。

让人惊喜的是，和绮罗子跳舞，身体轻巧，舞姿轻盈，她的身体柔软如绵，双手嫩得像新长出的叶子一样。她对舞蹈节奏的把控能力很强，即使是陪着我这样舞步拙劣的舞伴，也能非常配合我的节奏，还能像很有灵气的马儿一样舞步飞跃。像这样子跳舞，我心里也变得轻松愉悦起来。我的勇气受到了鼓舞，迸发出来，脚下也随着节奏流畅轻快地旋转不停，像坐在旋转木马上一样，旋转旋转。

“跳得这么开心，太意外了。”我心里赞叹道。

“哇，您跳得太棒了，和您跳舞一点儿也不难，很默契嘛！”

……一圈又一圈地旋转，像水车一样地回旋，耳边响起绮罗子的声音……轻柔的，婉转的，多么美的声音哪……

“哦不，是您带得好。”

“我说的是真的……”接着她说，“今晚的乐队演奏得也很好。”

“是呀！”

“音乐不起劲的话，再怎么想跳舞蹈，也跳不起来。”

这时，我忽然感受到，绮罗子的嘴唇恰恰就在我的脸颊旁，就像刚刚和浜田跳舞时那样，她鬓角的头发时不时地滑过我的脸，偶尔的，她在我的耳边呢喃两句……对于一个经常被剽悍的野马般的奈绪美摧残的我来说，现在感受到的不亚于曾经想象中的那种极致的“女人味”。恍惚中，感觉她的手在轻柔地拂过我被刺伤的皮肉……

“我真想果断地拒绝他的邀请，可是在这里他没有朋友，真是可怜。”不一会儿，奈绪美回到桌子边，有点沮丧地说道。

第十六支华尔兹舞曲结束时正好十一点半钟，临时又增加了几首曲子。奈绪美说时间太晚就想坐出租车回家，我好说歹说，奈绪美才不情愿地答应坐末班车回去。出了舞厅，我们顺着银座大街走着，熊谷和浜田带着女朋友也陪着我们，一直送到车站。舞厅里爵士乐的伴奏还回荡在耳边，有人先哼起一支曲子，大家一路走一路哼唱起来，只有我不会唱。我不禁开始嫉妒他们聪明的头脑、超强的记忆力，还有充满朝气和活力的歌声。

“啦啦、啦啦啦……”奈绪美的嗓音最嘹亮，边打着拍子边走，“阿浜，你喜欢哪一首歌？我很喜欢《大篷车》。”

“《大篷车》，我知道，”菊子抢先发出赞叹，“对，那支曲子，太好听了。”

“不过嘛……”绮罗子突然插话，“我感觉《霍斯帕琳格》也挺好听的，那个乐曲用来跳舞再适合不过了。”

“《蝴蝶夫人》也不错呀，我喜欢。”正说着，浜田吹起了口哨，正是《蝴蝶夫人》的曲调。

大家在车站的检票处分开了，冬夜的露天站台刮着风冷飕飕的，我和奈绪美沉默着等车，狂欢后的寂寞之感突然袭上我的心头，奈绪美好像没有那样的感受。

“今晚过得真有意思，过几天还去，怎么样？”她对我说。

我只是蔫头耷脑地回应一声“嗯”。

这算什么？算什么舞会？向父母骗钱、夫妻争吵、哭哭啼啼地折腾人，就是为了这样的一场舞会？真是俗不可耐！不就是一群虚荣、自以为是和阿谀奉承的家伙吗？……

我为什么要去呢？就是为了向人们炫耀奈绪美吗？如果是那样，我也是他们中的一员，虚荣的家伙。然而，我最骄傲的公主奈绪美其实是怎么样的呢？

“你带着漂亮的女孩走在路上，难道就会如你所愿，路人就会投来艳羡的目光吗？”我不得不自嘲地叩问自己的内心。

“真是盲人不怕蛇的男人哪！是的，那个女人对于你是举世无双的宝贝。可是，你的至宝登上舞台时怎么样？虚荣自恋的家伙们！你说得好，这群家伙的代表者不正是你的女人吗？自以为了不起，在公开场合大声随意地说着别人的坏话，你以为你是什么人？在西洋人看来就像是不正经的女人，一句标准的英语都不会说，却搔首弄姿地陪洋人跳舞，也就是菊子小姐和她说说话。说话粗鲁狂妄，像什么样子？衣着淑女，一开口，根本无法听下去。如此看来，还是绮罗子和菊子小姐更有气质呀！”

一路上，直到回到家中，我内心的不痛快，或者说是悔恨，失望至极，还有难以言说的讨厌情绪，一直在我的心里挣扎翻腾，把一颗心堵得满满当当的。

在回家的电车里，我故意坐在奈绪美的对面，就想仔细端详我珍视的女人，她到底是哪里好，让我迷恋至此。鼻子？眼睛？我一一端详，奇妙的是，平时我最爱欣赏的这张面孔，今晚却变得俗气、卑贱。在我记忆的深处，第一次见到的那个女人，是呀，就是在咖啡厅打工的奈绪美的身影，聪明可爱，有些怯懦沉默，同如今粗鲁傲慢的奈绪美判若两人。我迷恋的是那时候的奈绪美呀，居然将一份迷恋延续到现在。奈绪美变成今天的模样到底是从什么时候开始的？无法忍受。看她惺惺作态的样子，好像在说“看哪，我就是聪明的女人”。看她傲慢的样子，似乎在告知所有人“最漂亮的女人是我”“没有比我更优雅时尚的女人了”。实际上呢，就是一个连英语都不会说，连被动时态和主动时态都搞混的家伙而已，没有人在意这些事，可我知道。

我在心里咒骂她好几遍，她靠在座位上，头微微扬起，从我的角度看去，恰好看到她引以为傲的长得像西洋人的鼻子的黑黑的鼻孔，还有鼻孔两侧厚实的鼻翼。想一想，我每天都在和这样的鼻孔朝夕相对。每个夜晚，我怀抱着那个女人，总是从这样的角度看两个黑洞，就在前些天，我还在不时地给她擤鼻涕，用纸巾抚摩她的鼻翼，又或是自己的鼻子和她的交错摩擦。是呀，这个鼻子，融合在这个女人脸部的正中央，它就是我自己身体的一部分，从来不觉得是别人的。可是，现在看它，却觉得无比恶心、丑陋。就像肚子饥饿难耐，就会拼命往嘴里塞东西，等到肚子吃饱了，突然发觉胡乱塞进嘴里的东西味道并不怎么样，于是又难受得作呕，差不多就是这样的心情。一想到还要和这个鼻子腻在一起，我就会如鲠在喉，就犹如反胃一样的不舒服，真想说“这饭食再丰盛，我也不想吃了”。

“难道是欺骗母亲的惩戒吗？欺瞒自己的父母来找乐子，是不会有好结局的。”我一路上一直在反思我的行为。

但是，读者们，如果你们觉得我不爱奈绪美了，那就错了。这样的觉察，我也是头一次。虽然会有不好的念头，但是只要回到大森的家中，回到我们没有别人的小家中，在电车里的那种反胃的感觉就会渐渐消失，又会觉得奈绪美的身体充满无比的诱惑，眼睛、鼻子、手脚都美丽无比，每个部位，又变成我可以独享的可口美食。

从那以后，我们经常一同出入舞厅，每一次我还是会对她的行为举止厌恶至极，回来的电车里我又是在内心反复痛斥她的缺点。可是，厌恶的情绪都不会持久，我对她爱憎的情绪就像猫的眼睛那样，一个晚上能变化好几次。

十二

浜田、熊谷还有几个朋友，都是舞会上认识的男人们，不知道从何时开始，经常出入我们在大森宁静的家了。

他们通常都在黄昏时来，正赶上我下班回家的时间，然后大伙就在我家的画室打开留声机跳舞到很晚，宽敞的画室很适合跳舞，这时的奈绪美也露出最热情好客的一面，由于不用顾念用人和老人家，所以，大家时常跳到深夜。开始，他们还有些不好意思玩到太晚，到了晚餐时间就会自觉离开。

“别走哇，留下吃晚饭吧。”

奈绪美总是竭力挽留那些朋友，后来，他们来玩，我们一定会在“大森亭”点西餐来招待他们。

那年的梅雨季节总是阴雨绵绵，一天晚上，浜田和熊谷来我家玩到十一点多，可是外面风雨大作，雨噼噼啪啪地打在玻璃上，没有停下来的意思。浜田他们嘴上说着“该走啦”，却一直慢慢吞吞地不离开。

“天一时半会儿也晴不了，怎么走哇，你们今晚就留下来吧。”奈绪美突然说出这样的话。

“怎么样？留下来也没关系的……阿熊肯定没关系的吧？”

“我可以的……但是，浜田要回家，那我也不留下了。”

“阿浜，可以吗？阿浜？”说着，奈绪美回头看着我，像是有什么暗示一样说，“阿浜，不用考虑太多，怕被子不够用，我们四个人可以将就一个晚上。明天是周末，让治在家，迟一点儿起床也没有关系。”

“别走了，好吗？外面的雨太大，路也难走。”没办法，我只好也跟着劝说起来。

最后，两个人就住在了我们家里。

“但是，蚊帐就一顶，不够用啊？”我问道。

“那大家凑合凑合，一起住吧，那样多有趣呀！”奈绪美高兴地提议，就像要去野营一样，兴高采烈的。

我很震惊，我最初的考虑是要把蚊帐给他们用，我和奈绪美可以点蚊香在沙发上凑合一夜，真没想到四个人要一个房间挤在一张床上睡觉。可是，奈绪美就是这样决定的，我又不能对他们露出厌烦的神色。我还在犹豫不决，奈绪美已经下了命令："你们三个来帮我铺被褥。"

她边发号施令，边爬上楼上较大的房间。

由于蚊帐太小，四个人不能并排睡，我还在纳闷儿奈绪美是怎么排列四个人的睡铺的，就看她把三个人的枕头并排，一个人的枕头横着，形成个直角。

"你们三个男人并排睡，我一个人横着睡吧。是不是安排得挺好的？"奈绪美正得意于自己的安排。

"哎呀，还真是有创意呀！"挂好蚊帐，阿熊往里面张望着说。

"这不是挤成一团，变猪窝啦。"

"能安排开就不错啦，别太讲究了。"

"给人家添麻烦还这么多事。"

"那是当然，反正今晚也睡不着。"

"我可是要睡的，我睡觉可是打呼噜呢。"

阿熊第一个钻进被窝，没脱外衣直接躺下了。

"打呼噜还想睡觉，不可能让你睡着。阿浜，可不能让他先睡着，要睡着就挠他。"

"太闷热了，还怎么睡呀！"

躺在正中央的熊谷翻过身，支起腿，躺在他右侧的浜田脱了洋装就剩下一条短裤和内衣，瘦削的身体仰躺着，小腹凹下去。他很安静，好像在倾听外面雨落下的声音。一只手随意地搭在额头上，一只手“啪嗒啪嗒”慢悠悠地扇着团扇，这声音更让人感觉闷热。

“还有，有女人在旁边，怎么会睡得好呢。”

“我是男人哪，不是女人，浜田不是说我像个男人吗？”

奈绪美在蚊帐外面昏暗的地方快速地更换了睡衣，不经意间我看到她裸露出雪白的后背。

“是吗？我确实说过，但是……”

“……睡在身边，还是觉得是女人哪！”

“嗯，是呀，就是这样的。”

“我没关系呀，我没有把你看成女人。”

“不是女人，那又是什么？”

“哈哈，你就是只海豹。”

“哈哈哈，海豹和猴子哪个招人喜欢？”

“哪个我都不喜欢。”熊谷有些睡眼惺忪地说。

我躺在熊谷的左边，默不作声地听着他们三个人叽里呱啦地聊着天，心里还在寻思着奈绪美进蚊帐后，头会对着我还是浜田。因为奈绪美的枕头不靠近任何一方。使我不得不认为，她是故意这样摆放的，这样就可以随意移动。奈绪美换上粉红色的睡袍，钻进蚊帐，站着问道：

“要关灯吗？”

“嗯，关上吧。”熊谷说。

“那好，我关上去。”

“哎呀，疼。”

熊谷突然叫道，原来奈绪美踩了他的胸口，拿他的身体垫脚，在蚊帐里伸手关上了灯。

房间瞬间变暗，可是，外面路灯的灯光映在玻璃窗上，房间里多少还有些光亮，每个人的脸和服装还是清晰可辨，奈绪美跨过熊谷的头，跳到自己的地盘上，睡衣的衣襟随着跳跃的动作“唰”的一下掀开，掠过我的鼻尖。

“阿熊，抽支烟不？”看来奈绪美并没有睡意，像个男人一样盘坐在枕头上面，低头问熊谷，“转过身来，好不好？”

“滚蛋，你是存心不让我睡觉哇！”

“哈哈哈，听见了没有？转过身来，要不然我不会放过你的。”

“疼啊，疼。哎呀，别踩，别踩了。我可是活物，轻一点儿，被踩被踢，再壮实也扛不住的。”

“哈哈哈……”

我盯着天花板，没有看他们。但是，下意识里感觉到奈绪美好像在用脚戳人家的头。

“真受不了你呀！”熊谷边翻身边说。

“阿熊还没有睡吗？”

“是呀，还没有，正忍受折磨呢。”

“阿浜，你也转过身，不然我也不放过你。”

浜田翻过身来，趴着睡。

熊谷发出唰唰声，翻出了火柴，接着点着火，“嚓”的一声我的眼前闪过一瞬间的光亮。

“让治，你也转向我这边来，自己一个人有什么意思？”

“知道了，……”

“你怎么了，想睡觉了？”

“嗯……有点睡意了……”

“你是说得好，其实是故意在装睡吧？我猜得没错，是这样吧？是不是有些不放心我呢？”

我被说中了心事，尽管紧闭双眼，可还是感觉脸突然发热，一定是涨红了。

“我只是和他们逗着玩呢，没问题的，……你要是还担心，可以转向我呀，不要一个人忍受很多，硬挺着。”

“希望被这样折磨，是不是？”熊谷说着，又吸了一口烟，再吐出来。

“不是的，这样被折磨有什么意思，我们每天都是这样逗着玩。”

“你们俩可亲热得很呢。”浜田说着，这是故意恭维我的客套话。

“哎，让治，如果想被折磨，我可以为你效劳。”

“不，不必。”

“不用的话，你转过身来，一个人单独待着，也不和大家一起，感觉怪怪的。”

我转过身来，下巴枕着枕头，这样的姿势我刚好看见弯着两个膝盖的奈绪美，腿张开成八字，一只脚对着我的鼻尖，一只脚对着浜田，八字的中央是熊谷的脸，悠闲地吸着敷岛香烟。

“让治，这幅景致看起来怎么样？”

“嗯……”

“嗯，是什么意思呀？”

“疯子！这景致根本没法欣赏，就像海豹一样。”

“嗯，是海豹没错。现在海豹在冰上休息，前面躺着三只公海豹。”

乌云笼罩一般，浅绿色的蚊帐从头顶上垂下来……黑暗中，也可以看见乌黑的长发中露出白皙的脸庞……宽大的睡袍中露出胸脯、手腕、小腿……这副样子是奈绪美平时用来诱惑我的姿态，只要她摆出这种姿态来，我不自觉地就会变成一只被引诱的野兽，我在黑暗中明显感受到奈绪美惯用的引诱的神情，坏坏地笑着，目不转睛地注视着我。

“说我是疯子，不可能，每次你一看到我穿着睡袍，你就会受不了。今晚大家都在，不好意思表现出来。让治，我说的对不对？”

“别胡乱说话！”

“哈哈，既然你这么能负隅顽抗，我今天就俘虏了你。”

“嘿，你这样可不行啊！这种事情，还是等到明天再说吧。”

“表示同意。”浜田接着熊谷的话说道，“今夜要一碗水端平才好。”

“所以呀，我不是一视同仁嘛！阿浜这边一只脚，让治这边一只脚……”

“那我呢？”

“阿熊最合适了。你靠我最近，脑袋在中间。”

“嗯，是我的幸运。”

“就是呀，你的待遇最好了。”

“可是，你不可能一整晚不睡觉哇！睡觉时候，头冲着谁呢？”

“对呢，朝着谁呢？朝着阿浜还是让治？”

“这不算是问题吧。”

“那不行，对于阿熊不是问题，对于我就是问题了。”

“真的吗？那头就朝向阿浜好了。”

“怎么样，说是问题吧。头朝着我，我不好意思，头朝向河合先生，我也不舒服。”

“听说这个女人的睡姿糟糕哇！”熊谷说。

“一不小心，有可能把脚下的人踹出去。”

“真的吗，河合先生？她的睡姿很糟糕吗？”

“是呀，特别不好的睡姿。睡在她脚下就倒霉喽。”

“嘿，浜田！”

“又怎么了？”

“你是不是睡糊涂了，还舔脚心哪。”熊谷不怀好意地笑着说。

“舔脚心怎么了？让治最喜欢舔我的脚了。他说我的脚比脸还美，很可爱。”

“难道这就是传说的拜物教？”

“我可没胡说。让治，我是不是没有瞎说？你最喜欢脚了，对吧？”

接着，奈绪美说着“一碗水得端平啊”，脚一会儿对着我，一会儿对着浜田，不停地变换睡姿，在被褥上打着转儿。

“嗯，现在轮到阿浜了。”

奈绪美躺着打转儿，一圈一圈的。转的时候，举起脚来，顶着蚊帐顶，还不时地把枕头抛过来，又抛回去。

她这只海豹精力旺盛得很，原本就露出蚊帐的被褥底边，时不时地翻卷起来，弄得蚊子趁机而入。“哎呀，太不老实，蚊子钻进来了。”熊谷翻身起来，开始抓蚊子，不知道谁踩到蚊帐，吊绳也断了。被损坏的蚊帐罩住的奈绪美，玩得更加欢腾了。接上吊绳，挂好蚊帐，又花费了很长时间。当我终于觉得屋子里安静下来，东方的天空已经渐渐露出了鱼肚白。

雨声、风声、身旁睡着的熊谷的打鼾声……这些声音在耳旁回旋，我刚刚有了些许睡意，不知怎么地又睁开了眼睛。毕竟这个房间里睡两个人都显得拥挤，奈绪美的身体和衣服散发出来的独有的香味和汗味笼罩着房间，而今夜房间里又多了两个男人，在密闭的空间里，有种地震前兆般的让人无法忍受的闷热。熊谷翻身折腾中，总能触碰到对方黏糊糊、汗津津的胳膊或膝盖。再一看奈绪美，脑袋朝着浜田，枕头却扔在我这边，一条腿搭在枕头上，另一条腿伸进我的被子里，伸展着两只胳膊，疯玩了一宿真是累坏了，小疯子终于酣然入睡。

“奈绪美……”

我听着他们轻微的呼吸声，嘴里忍不住地叨念着，伸手抚摩藏在被子下面的她的脚。这双脚哇，是一双正在沉睡的洁白美丽的脚，这双脚毋庸置疑是属于我的私人物品。她还是少女时，每天晚上，我都把它浸泡在热水里，用肥皂揉搓，她脚的皮肤一直柔嫩细滑——从十五岁开始，她的身体发育得又快又好，但是这双脚仿佛没有发育一般，和多年前一样小巧可人。大脚趾、小脚趾的形状、圆润的后脚跟、肉乎乎的脚背，全都和从前是一样的。……我忍不住轻轻吻那个脚背，久久地不想离开。

天亮了，我迷迷糊糊睡了一会儿，接着不知怎么，听到一阵大笑，我睁眼一看，奈绪美正在把捻成条的纸塞进我的鼻孔里。

“让治，你醒了吗？”

“几点了？”

“十点半了，不过，应该没什么事情要做，等到中午再起床吧。”

雨停了，周日的天空风和日丽，可是，房间里仍然残留着人散发出来的闷热气息。

十三

当时，我荒谬的生活，应该没有被公司的人察觉。我把我的私生活和公司的工作区分开来。当然，偶尔我在工作时头脑里会闪现奈绪美的样子，但还不至于影响到我的工作，别人更不可能发现这一点。在同事眼里，我应该还是那个不善言辞的“君子”吧！我一直这样认为。

可是有一天，还是一个梅雨绵绵的闷热的夜晚，我的同事波川技师，被公司派到国外工作，在住地的精养轩举行送别宴会，我按照惯例出席应酬，品尝过美酒佳肴后，大家移步吸烟室，一边品着餐后的鸡尾酒，一边天南海北地闲谈起来。时间差不多了，我正起身准备离开。

“哎，河合君，你过来坐一会儿吧。”这时说话的是叫作S的同事，呵呵地笑着，像是有些醉了的样子，和T、K、H等人坐在一张大沙发上，说话间，他一把把我拽到身边，让我挤在他们中间。

“走得太早了吧，这么大雨，你急着去哪里？”S边说边仰着头盯着我的脸瞧，看我木讷地傻站在那里，又呵呵地笑起来。

“没急着要去什么地方啊！”

“那……就是要急着回家喽？”H说。

“是的，抱歉了各位，我得先走一步了。我家在大森，雨天不好打车，再不走，恐怕就打不到车了。”

“哈哈哈，看哪，老实人也这么会找理由。”这次是T在说话。

“嘿，河合君，你的事情，我们都知晓了。”

“什么呀……”我听不懂他指的“事情”是什么，也不能判断T说话的意图，有点慌神地反问他。

“太不可思议了，一直认为你河合君是个‘君子’呢……”这次是K无限感慨地歪着头说道，“连河合君也去跳交际舞了，时代真是进步不小呀。”

“嘿，河合君。”S怕别人听到，就趴到我的耳边说，“和你散步的大美人是谁？给我们介绍介绍。”

“根本不值得介绍。”

“可是，听说她是帝国剧院的演员呢……不是吗？有人传是演电影的女演员，还有人传是混血儿，把她的住址给我吧，要不然，我们可不会轻易放你走哟。”

我明显露出发怒的神情，气得说不出话来。S根本没有意识到，还是抻长了脖子，一个劲地问：

“喂，那个女人不跳舞就邀请不来吗？”

我气得差点就骂“浑蛋”了，还以为公司不会有人知道，哪里想到，他们不但察觉，还是从那个以花心闻名的S口中说出来，这些浑蛋根本不相信我们是夫妻，还认为奈绪美是那种随叫随到的陪玩的女人。

“浑蛋，说人家的老婆是可以出来陪玩的女人，真是不像话，你们太过分了！”

对于S这样难堪的话语，我真想当着众人的面大发雷霆，痛骂他一顿，那一瞬间，我的脸色一定难看得很。

“嘿，河合君，河合君，说一说嘛，求求你。”

他们认为我是老实人，不会真的生气，死缠不放，喋喋不休地逼问。H边说着边回头看着K问：

“K，你是从哪里听说的？”

“庆应的学生说的。”

“具体说了些什么？”

“我有一位亲戚，经常去舞厅跳舞，所以他知道那个美女。”

“美女叫什么名字？”T探出头来好奇地问。

“名字呀……很特别地名字……Naomi……应该是Naomi……”

“Naomi？……是个混血儿吧？”

S死盯着我，用嘲讽的口吻问道：

“如果是混血儿，那就不是演员。”

“听说呀，那个女孩子不得了，庆应的男学生们被她迷得神魂颠倒。”

我的脸一直痉挛着，保持着诡异的微笑，嘴角不自觉地颤抖不已。直到听K说到这里，我怪异的笑容僵持住了，像是被冻结在脸上一般，一动不动。这时候，眼珠也朝着眼窝深处深深地陷进去。

“哈哈，这个家伙真是艳福不浅哪！”S眯着眼睛笑嘻嘻地说。

“你的亲戚没和她也发生点什么吧？”

“这个我倒是不清楚。他还说朋友里有那么两三位跟她发生过那种事情。”

“行了，行了吧，河合君担心呢……看，他脸色都不好了。”T这么说着，大家的眼睛齐刷刷地看向我，突然大笑起来。

“没事，没事，让他稍稍担心一下，怎么了？他瞒着我们，想独占美人，才是对不起我们吧。”

“哈哈哈，哈哈哈，河合君，没想到你这样的君子还得承受这种担惊受怕吧？”

“哈哈哈哈……”

这时候，我也顾不上愤怒了。他们，谁在说话，说什么，我都不是很清楚了。耳边只有他们的笑声，震耳欲聋。我晕头转向的，不知道如何应对，不知道是该随声附和地笑，还是该为自己的遭遇哭泣。这时候，要是不小心说了什么不该说的话，岂不是招惹他们更大的嘲弄？

我唯一能做的就是不顾一切地冲出吸烟室，顶风冒雨地一口气跑到了大街上，脚下没有着落的感觉糟糕透了，可是，我仍然觉得有人在追赶着，于是我朝银座方向拼命跑去。

等到了尾张町的一个十字路口，我朝新桥方向走去……其实，我的脚是无意识地前行着，不受控制地向某个方向移动。我的眼睛里映出被雨淋湿的人行道上的路灯。即使是下雨天，路上的行人也一点儿不比平时的少。啊，刚走过去的是一名艺伎，一位穿着法兰绒衣裳的少女走过去了，又过去一辆电车，又过去一辆汽车……

怎么回事？奈绪美可是风流着呢，把庆应的男学生迷惑得神魂颠倒的？会有这种事情？有可能，确实有可能。回忆一下，奈绪美近期的表现，不是这样的才怪。实际上我也曾怀疑过，不过，她身边的男生太多了，反倒让我放松了警惕。奈绪美还是个小女孩，贪玩了点而已。“我是男人。”就像她自己说的那样。她只是喜欢招惹男生们围绕着她，天真活泼的本性使然。即使，她有什么坏心思，那么多人围在她身边，她也没办法偷情，除非她……“除非”的念头太让人头疼了。

但是，除非……除非是个误会呢？奈绪美虽然变得骄傲自满，但还是个懂得感恩的女人。这一点我最了解。看上去她瞧不起我，其实在她心里，对我从十五岁到现在的养育之恩是万般感激的。“我绝对不会背叛你。”睡前，她常常眼含热泪地发誓，我对她说的话深信不疑。那个K说的……没准是公司里的家伙们因为嫉妒我，才开的玩笑。要是这样多好哇……对了，K说的亲戚是谁？那个学生的朋友里，有两三个和她有事情？两三个人是谁？……浜田？熊谷？……如果说可疑，我感觉这两个人确实疑点很多。可是，如果是他们两个人，为什么他们两个不会相互吃醋？他们从来不会单独来找奈绪美，总是一起的，和睦地和奈绪美一起玩乐，他们究竟在想什么？是对我实施的障眼法吗？还是奈绪美应对巧妙，他们二人并不知情？最糟糕的事情是奈绪美会堕落到这种地步吗？倘若奈绪美真的和他们有私情，那个下雨的晚上，四个人挤在一张床上睡觉，竟然当着我的面没有羞耻地玩耍半宿，如果是真实的，她岂不是比娼妇还下贱吗？

……想着心事，我不知不觉地走过了新桥，啪嗒啪嗒地踩着泥泞的水洼，沿着芝口大街，向金杉桥走去，倾盆而下的大雨笼罩了天地，不留丝毫缝隙地将我身体的前后左右团团围住，从雨伞上滴落下来的水珠，噼噼啪啪地敲打在我的肩膀上。天哪，他们三个人睡在一起的晚上也是下雨的，虽然是春天，在那个钻石咖啡厅的桌子边，我第一次向奈绪美诉说我的心意也是雨天。我就这样思绪万千地走着。而就在今晚，当我还冒着大雨走在街上时，大森的家里是不是也有不速之客呢？不会又是挤在一间屋子里睡觉吧？这样的疑虑突然地涌上心头。在画室里，随意或躺或仰的浜田和熊谷，把奈绪美夹在中间，相互开着不三不四的玩笑，这样的画面清晰地闯入我的眼帘。

“哎呀，现在可不是犹犹豫豫、胡思乱想的时候。”

突然回到现实，我大跨步地朝着田町车站跑去。一分钟、两分钟、三分钟……车终于来了，我从来没有体会过如此漫长紧张的三分钟。

奈绪美！奈绪美！今晚我怎么把你一个人丢在家里呢？就是因为我不在奈绪美身边，才发生这种糟糕的事情呀。……只有看到奈绪美的脸庞，我悬着的心才能有着落呀。我希望马上听到奈绪美豁达开朗的嗓音，看见她黑幽幽的瞳孔，我所有的疑虑才会烟消云散。

可是，如果她又提出和大家挤在一起睡的非分要求，我该怎么回答她？以后，对于浜田和熊谷，还有其他狐朋狗友，我应该以什么态度应对？我自己真的可以不惜惹怒她，对她严格管束吗？她能乖乖听我的话吗？要是不服管教，我该怎么办？不会的，如果我告诉她“我今晚被单位同事狠狠地羞辱了，她会有所顾忌，你日常的行为多少谨慎些。与其他事情不同，事关女孩子的名誉，她会听我的。如果名誉和误解在她那里都是无所谓的话，那她真是可疑。K说的话都是真的。如果……如果真是那样……

我尽力使自己平静下来，让心情平复，想象着最坏的结果。如果她的确在欺骗我，我会原谅她吗？说句没出息的话，没有她我一天都不能独活。她的堕落有一半是因为我，所以，奈绪美觉悟认错，知错就改的话，我想把事情轻轻放下，我也没有资格责备她。我最担心的是，即使我肯原谅，那个倔强的奈绪美，尤其是对我任性惯了的奈绪美，即使证据摆上桌面，她也不会轻易承认，就算一时低头赔罪，行动上也丝毫不会悔改。她大概猜透了我的心思，我不会把她怎么样的，一而再再而三地挑战我的底线。结果呢？我们夫妻因为这件事分手怎么办？……这是我最恐惧的事情。说老实话，比起她的贞洁名誉，我更在意我们的关系。就算是要追究她的错误，或是监视，也必须先对这些问题有预先的盘算才好。“既然是这样，我们还是分手吧。”如果她说出这样的话，我自己得说得出“随你的便好啦”才可以，不然……

不过，在这一点上，我知道奈绪美和我有着相同的弱点。怎么说呢，她和我在一起生活后，才有能力按照自己的想法随意支配金钱，一旦被我赶出去，除了那个狭小脏乱的千束町的家，她还能去哪里居住？如果真是那样，除非她去出卖身体，否则也不会有那么多的人围着她，讨好她。以前不必说，现在我竭力培养她的虚荣心，她是绝对不能忍受没有钱的日子的。浜田和熊谷也许会收留她一阵子，可是，作为学生，哪有什么经济条件供她为所欲为。从这个角度来讲，我让她挥霍一点儿也没有错。

对了，有那么一次我陪她学习英语时，奈绪美任性劲上来，撕了笔记本，我生气地让她滚出去，她不是也不得不赔罪吗？那次要是她真的离开大森的家，窘境可想而知，相对于我失去她的痛苦，她会更难过吧。和我在一起，她才有了现在的好日子。离开我，她只能沦落到社会底层干粗活。毋庸置疑，这一定是她最害怕的事情。有这样惧怕的心理作祟，现在和那时候不会有区别的。她今年有十九岁了，年龄越大，应该越懂事，所以她内心是明白这个道理的。即便她张牙舞爪地大喊“我要离开这里”，也未必真的会离开吧。这么容易分辨的伎俩是不会吓唬到我的，对此她心里也有数。

走在回家的路上，我这样想着反倒有了一些勇气。不管是怎样的情形，奈绪美注定不会轻易离开我，这一点我可以确定。

到了家门口，我想象的情形并没有发生，画室里面看上去漆黑一片，静悄悄的，并不像有人来过的样子，只有二楼较大的房间里亮着灯。

“嗯……看样子她独自一个人在家里。”我悬了多时的心终于落了地，深深地呼出一口气来。“真好，我还是幸福的。”我不自觉地感叹道。

我拿出钥匙打开了玄关的门，走进去随手就打开了画室的灯。画室里满地狼藉，看不出一丝有客人来过的痕迹。

“奈绪美，我回来了。”

没有应答声，我顺着楼梯上了二楼，看见奈绪美在二楼较大的房间里的床铺上睡觉，睡得正酣。这没什么大惊小怪的，平时她就是这样子，只要无事可做，不分白天还是晚上，她都会钻进被窝里看小说，然后就这样睡着了。当我看着那张无辜的脸，我更加安心了。

我轻手轻脚地来到枕边坐下，生怕打扰了她的好梦。然后平心静气地注视着她的面孔。这时我不禁回忆起小时候听过的一个故事。从前，有一只小狐狸化成美丽的公主欺骗男人的感情，睡觉时现出原形。奈绪美睡相不雅，棉布睡衣完全褪下，夹在两腿之间，乳房在外面袒露着，一只胳膊肘支起来，纤长的手指像柔软的枝条悬在半空，另一只手，恰恰放在离我膝盖不远的地方。她的头倾向伸出的手臂这边，眼看着就要从枕头上滑落下来。在她的跟前，有一本翻开的小说《该隐的后裔》，奈绪美曾经评价这本书的作者有岛武郎是“当今文坛最伟大的作家”。我的目光在这本书纯白的西洋纸和她雪白的胸部之间来回穿梭。

奈绪美的肤色常常变化，有时黄，有时白，睡觉或是刚刚起床的时候，皮肤清透得很。在她睡着的时候，体内的油脂像是都消失了一样，变得很漂亮。一般，我们通过黑暗想到夜晚，而我想到夜晚时，总是会联想到奈绪美白嫩的肌肤。与白天明亮的白皙不同的是，夜晚，这种白皙是被脏兮兮的、残破的棉被包裹着的白，而我一直被这种白吸引着。

在灯光下，我认真地端详她的胸部，宛如深蓝水底的生物忽地浮出水面。她醒着的时候，总是露出天真无邪、变幻莫测的神情，而此时她的脸上露出有如喝了苦药、脖子被人勒住般痛苦不堪的神情。可是我就是喜欢欣赏这样的脸。“你睡着的时候，总像是换了一个人，痛苦不安的神情，是不是做了噩梦？”我经常这样告诉她，“想来，她死后的样子也是美丽的。”我忍不住这样想。即使她真是狐妖，如果她的人形是这般妖媚，我宁愿被她迷惑着沉沦下去。就这么专注地看着她足足三十分钟。灯影下，她的手伸了出来，手心朝上，手背朝下，宛如张开的花瓣一样绽放，我可以清晰地看见她手腕上律动的脉搏。

当我听到她的呼吸声没有了规律，看见她慢慢地睁开了眼睛，好像没有从噩梦中抽离出来，脸上还有些许忧愁的神情。

“你什么时候到家的？”

“刚进家门。”

“那怎么不叫我起来。”

“叫了，可是你没有醒，我就没有再叫。”

“你坐在这里干什么呢？”

“欣赏你的睡相啊！”

“哼！这样子好奇怪呀！”

说着，她像个孩子一样呵呵呵地笑起来，将伸出来的手臂搭在我的膝盖上。

“我今天一个人在家，好无趣呀！以为会有人来，可是谁也没来……爸爸，来睡觉吧？”

“好哇，睡觉吧。”

“来吧，睡觉。……我刚刚睡觉时，没盖好被子，你看哪，我身上被叮了好多包，喂饱了多少蚊子。你快来，帮我挠挠呀……”

我坐在她的身边帮她挠后背和手臂。

“哎呀，痒死人了。对不起，帮我拿一下睡袍，好吗？还有帮我穿上它。”

我取来睡袍，抱起躺成“大”字的奈绪美，给她解开腰带，换睡袍的时候，她故意绵软无力地任我摆布，像尸体一样四肢无力地垂下。

“把蚊帐挂好，爸爸一起睡觉吧。”

十四

那天晚上，我们夫妻间聊的内容，就不必详细叙述了。奈绪美听我说了在精养轩遭遇的不愉快后，骂了一句“太没礼貌了，一群没有教养的家伙！”便一笑置之，之后，和我说了很多话。那时候，外面对于交际舞还缺乏成熟的了解，一看到男人和女人亲密地跳舞，就会联想到两个人之间存在不正当的关系，马上就会流言满天飞。对于新时代流行的事物持反对意见的某些报纸杂志等，又写一些不实的负面新闻误导中伤，因此，一说到交际舞，大众普遍认为是见不得人的事情。所以，我们就得做好被人背后指指点点的心理准备。

“还有，除了让治，我从来没有和其他男人单独在一起过。不是吗？

“去舞厅，我也是和让治一起的呀，找同伴到家里玩，也是和你在一起的。要是你不在家，前来的朋友也不是一个人单独来，即便是一个人，如果我说‘今天我也是一个人’，朋友也不好意思，就会自觉离开。我的朋友里没有随便的人。”

奈绪美继续说着：

“我是任性了一点儿，但到那时，对错我还是能分辨的。我要是存心欺骗让治，自然做得好，可是我不会做出那样的事情。我真是坦坦荡荡的，没有欺瞒让治。”

“我当然信任你。我只是觉得被人家言辞侮辱，心情真不爽。”

“心情不好，你想怎么样？不去跳舞了吗？”

“继续去跳舞也可以，只是要小心谨慎些，不要再让人误解。”

“难道我不是小心谨慎地和人接触吗？”

“所以呀，我是相信你的。”

“让治不会误解就好，那些家伙们说什么，我也无所谓。我这个人说话粗俗些，不被他们接受，有人讨厌也是正常的……”

接着，奈绪美略带伤感地、娇气地对我说，只要我相信她是真的爱我就好。一遍又一遍地重复着说。“我的性格不像个女人，自然交往些男性朋友，我觉得男人直爽，不会拐弯抹角，我喜欢和他们接触，不过那种情欲的无耻念头一点儿也没有。”

最后，她又说起她常和我说的话：

“从十五岁开始，是让治收养了我，这种大恩大德，我没齿难忘。”除了这些，就是“我一直把让治当成我的丈夫和父亲”，说着眼泪已经泛滥成灾，接着就让我帮她擦拭眼泪，接着亲吻就如雨点般落下来。

可是，奈绪美说了那么多的话，唯独不会提及浜田和熊谷，不知道是故意为之，还是巧合。尽管当时我特别想提及二人，看看她的反应，可还是没有说出口。当然，她说的话，我并非全然相信，只是，生活中没必要对什么事情都疑神疑鬼。何况过去的事情就让它过去吧。放眼以后的日子，看住她更重要……尽管我最初的想法是要摆出强硬的姿态威慑她，但是不自觉间，我对她的态度渐渐软下来，再加上她的泪眼婆娑和狂热亲吻，听着她夹杂着啜泣声的柔声细语，我本来有所怀疑，但还是选择相信她一次。

自从这件事情以后，我开始喜欢悄无声息地偷偷观察她的行为，感觉上，她确实与以往不同，她还是会去舞厅跳舞，但也不是总去了，即便去跳舞，也不会长时间泡在舞池里，时间差不多了就会跟我回家。有些客人也不会总找她玩了。我下班回来，总是看见她一个人安静地待着，看书、编织、听歌、侍弄花草……

“今天又是一个人在家吗？”

“是呀，就我一个人。没有人来玩。”

“那你不觉得无聊吗？”

“从一开始就决定一个人，就不会感到寂寞，我无所谓呀！”她接着说道，“我虽然喜欢热闹，但也不讨厌独自一人。小时候，哪里有什么朋友，大部分时间都是一个人玩。”

“是呀，你这么一说，还真是这么回事。记得我在钻石咖啡厅见到你时，你也不太亲近其他人，感觉到你的性格比较内向。”

“是呀，看着我很活泼，其实，我是个喜欢安静的人，性格也有些内向。……内向不好吗？”

“内向很好，安安静静的。”

“比起前阶段瞎胡闹，还是安静点好。”

“那是当然啦。”

“我是不是变得很乖？”

说着，她突然扑到我身上，环住我的脖子，一顿疯狂的热吻，吻得我差点当场晕厥过去。

“最近没有跳舞，我们今晚去跳一次吧。”

即便是我主动提出建议，她也是淡淡地回应我：

“去也行吧……让治想去跳舞的话……”

有时候回答：

“不如，我们去看场电影吧，今晚不想去跳舞。”

我们似乎又回到了四五年前单纯快乐的夫妻生活。我和奈绪美，就我们两个人，似乎最近每晚都会去浅草看一场电影，回家的路上，顺便去小餐馆吃晚餐，边吃边聊着以前的日子，“那时候哇，你……特别有意思”说的都是一些美好的回忆。

“那时候，你个子不高，坐到帝国馆的横木上，压着我的肩膀才能看到银幕。”我这么说着，奈绪美也说道：“让治第一次来咖啡厅，不怎么说话，远远地就盯着我看，叫人感觉怪怪的。”

“最近，爸爸怎么不给我洗澡了？从前不是总给我洗澡的嘛！”

“是呀，好像是那样子的。”

“好像是那样？现在不想帮我洗澡了吗？是不是我长大了，就不喜欢给我洗澡了？”

“我当然愿意呀，现在也愿意，只是有些顾虑。”

“是吗？那我又变成小婴儿了。”

由于这次对话，又赶上沐浴时节来临，我去储藏室角落里把西洋浴盆搬到了画室，开始给奈绪美洗澡。她怎么看也不是个“小婴儿”，经过四年的时间，现在的奈绪美躺在浴盆里，丰腴的身体一看就是成年人了。长长的秀发披散着，如乌云一般，身体有了精致的肌肉，凸凹有致，每个关节也出现了漂亮的凹陷，像小酒窝。她的肩膀厚实，胸部和臀部更有弹性，双腿又细又长。

“让治，我是不是长高了？”

“是呀，长高了不少。和我的身高差不多了。”

“我的身高马上要超过让治了，最近我称了体重，已经五十三公斤了。”

“是吗？真看不出来呀！我还不到六十公斤呢。”

“让治比我重？个子也没有我高哇！”

“当然比你重，男人就算是小个子，也比女人壮实一些。”

“让治，我要骑大马，你还有没有勇气当大马让我骑？就像从前一样。刚搬来这里，我们不是经常玩这个游戏吗？我要骑在你的背上，拿条毛巾当缰绳，‘驾驾……’地喊着，在房间里爬呀爬……”

“嗯，可是那时候，你很轻，也就四十五公斤吧。”

“现在，我骑在你背上，是不是要把你压垮？”

“不会。不信，你可以试一试嘛！”

我们这样有说有笑，接着，我们真的像从前一样，玩起了骑大马的游戏。

“主人，请上马吧！”

我趴在地上，奈绪美猛地骑到我的背上，五十多公斤的重量压下来，还真有点沉。她把毛巾放到我的嘴边，让我咬着当作缰绳，一边兴奋地叫喊着：“这匹马太瘦弱了，快！跑起来！驾——”，一边用脚夹紧我的腹部，勒住缰绳。我为了不被她压倒，拼命支撑着身体，在地上一圈一圈地爬来爬去。她开心极了，根本没有停下来的意思。

“让治，夏天要不要去镰仓玩呀？很久没有去了。”一到八月份，她就想去那里玩。“上次回来之后，再也没去过了。”

“嗯，很久没去了。”

“是呀，今年我们去镰仓好吗？你还记得吗，我们是在那里定情的呀！”

奈绪美能说这句话，让我心里很高兴。正如奈绪美说的那样，我们的新婚旅行就在镰仓，没有比那个地方更有纪念意义的了。要不是奈绪美说起，我还真是把镰仓忘记了。每一年我们都会选择一个地方避暑，可就是没有想到镰仓。她的这个提议简直太好了。

“好棒的提议，我们今年一定要去一次。”

我很爽快地答应下来。

定下了行程，我马上向公司请了十天假，关了大森家的大门，月初，我们两个人就去了镰仓，我们提前租下了一户种花人家的厢房，位于长谷大道到御用邸的一个地方。

我开始考虑不能住在金波楼那样差的旅馆了，怎么也得去一个高级一点的旅馆。没想到居然能租到住家的房子，奈绪美说：“杉崎女士告诉我，这是个价钱特别合适的房子。”

奈绪美还说，“住在旅馆太贵了，还要顾及他人，租房子最好不过了。”很幸运，杉崎女士的亲戚是东洋石油的董事，租了房子没有住，让杉崎女士从中介绍转租出去。当时用五百日元租用六、七、八三个月，她就七月份住在这里，后来腻烦了，没有再住下去。有杉崎女士从中介绍，费用多少都没有关系。

“没有比这里更划算的了，就租它吧。如果租下来，我们这个月都可以在这里住下来。”奈绪美游说道。

“你是知道的，我还要去上班呢，不可能一个月都住在这里。”

“没关系，你可以每天坐火车上班。”

“我们先去瞧瞧房子，不能光看价钱，得合心意呀！”

“好哇，明天我就去看一下。要是合意，就租下来。”

“可以租下来，免费住就不太好了，你还是和对方谈一谈租金的事吧。”

“行。让治工作忙，我自己去找杉崎女士谈，请她跟对方说付给租金的事。差不多一百到一百五十日元吧……”

就这样，奈绪美一个人做了决定，房租一百日元，租金也交完了。

我还是不放心，亲自去看了一下，房子比预想的还要好一些。虽说是出租的房子，却是一栋独立的平房，除了八张榻榻米大的和四张半榻榻米大的房间，还有玄关、浴室和厨房，有单独出入口，从院子直接通往街道，不会和主人家碰面。就像是在镰仓安了新家，我坐在新榻榻米上，舒展腰身，在火炉前面盘腿而坐，心情特别好。

“这房子真不错。”

“是吧，和大森的房子比呢？”

“这里更让人内心平静。好像住多久都没有问题。”

“对呀，所以我想住在这里。”

奈绪美得意极了。

一天，应该是来镰仓的第三天，我们俩中午去海边玩，大概游了一个小时，我们躺在沙滩上休息。

“奈绪美！”

突然有人走向我们。

我定睛一看，原来是熊谷。看样子，他刚从海里游上来，胸口上粘着湿漉漉的泳衣，水顺着身体滴落下来。

“嘿，阿熊什么时候来的？”

“今天来的。……我远远看着就像你们。果然是的。”

熊谷回身，朝海里挥挥手，喊道：

“喂——”

“哎——”海面上传来了别人回应的声音。

“在那边游泳的是谁呀？”

“哦，是浜田、关、中村。我们今天一起来这里的。”

“是吗？挺热闹的。你们住在哪里？”

“哪有那个兴致，还不是天气热嘛，实在不舒服，才来海边玩玩。”

奈绪美和他正在说话，浜田上岸来了。

“好久不见啦，太久没问候你了，河合先生，怎么不来跳舞了？”

“不是我不去，是奈绪美不想去。”

“是吗？奈绪美怎么回事？你们什么时候来这边玩的？”

“就是这两天来的，租住在一家花店老板的厢房里。”

“房子特别好，杉崎女士从中介绍的，我们租住了一个月。”

“真悠闲哪！”熊谷说。

“你们暂时住在这里？”浜田问道，“镰仓也有舞厅，今晚在海滨饭店就有一场舞会，要是有合适的舞伴，我还是蛮想去的。”

“我不想去。”奈绪美接着说道，“天气这么热，怎么跳舞哇？等凉快了再去吧。”

“夏天真不是跳舞的季节。”浜田说着，看向熊谷，“阿熊，我们再游一圈去吧。”

“不想去了，已经没有力气了。该走了。现在去休息一下，今晚回东京。”

“其实，关的叔父在扇谷的别墅请客，大家都是被他邀请来的。可是我们不喜欢受拘束的聚会，正准备逃跑呢！”

“是吗？有那么拘束吗？”

“当然啦。女服务生出来，一本正经地行大礼迎接，呆板的规矩下，谁还有胃口吃饭哪……浜田，我们还是回东京的好，随便吃点什么都可以的。”

熊谷嘴上这样说着，却没有站起来，而是一屁股坐在沙滩上，伸直腿，向腿上扬沙子。

“你们可以和我们一起用餐，难得来一趟。”

看见奈绪美、浜田和熊谷都沉默着，我要是不主动提议，自己反而不好意思。

十五

那晚，晚餐吃得特别热闹，这是很久没有过的了。浜田、熊谷，关和中村也加入进来，在八张榻榻米大的房间里，大家围在矮脚桌子边，聊到十点左右。最初，我对那些家伙把房间弄得乱七八糟有些反感，但是想到只是偶尔为之，再看见年轻人在一起的无拘无束、自由洒脱的样子，我也感到很开心。奈绪美在席间，热情周到，待人接物落落大方，识大体，没有一丝轻浮的样子，表现不俗。

“今晚过得太好了，偶尔和大家在一起聚聚真开心哪！”

这几人赶末班车回东京，我和奈绪美去车站送了他们。回来的路上，我们手牵着手，边走边聊。夏夜，繁星闪烁，清凉的海风徐徐地吹过。

“哦，那么有趣吗？”

看见我愉快地应答着，奈绪美也开心地说着：

“那些家伙，你接触得多了就会清楚，也不是什么坏人。”

“是吧。的确不是。”

“但是，过两天，他们心血来潮又跑来这里怎么办？关说了，毕竟他叔父的别墅在这里，所以，时常叫大家来玩。”

“又不是咱们住的地方。他们还不至于不请自来吧……”

“偶尔来玩一下，还好吧。经常光顾，我可受不了。下次来玩，我们可不能像这次这样招待他们，哪里还用什么丰盛的菜肴呀，时间差不多让他们离开就是。”

“总不能赶走他们吧……”

“那又怎么样？我可以说‘你们太吵了，请快点回去吧’，把他们赶走就是……我不可以这样说吗？”

“那个熊谷又该说些阴阳怪气的话揶揄人了。”

“说吧，人家也是好久才来一次镰仓，跑来蹭吃蹭喝，打扰别人的，才应该害羞的吧……”

我们走到一片黑暗的松树林，奈绪美突然停下了脚步。回眸一笑：

“让治……”

那声音轻柔娇媚，还甜滋滋的。我了解她的想法，默默地走过去，把她拥入怀里，仿佛吞下一口激情澎湃的海水一般，亲吻吮吸起来……

十天的假期转眼间就过完了，我们依然幸福着。最初计划我每天从镰仓坐火车去上班，说“常来家里玩”的那些家伙，只在一周后来过一次，就再没有见面了。

月末的时候，单位有紧急加班查阅的工作要忙，我有时回来迟一些，七点左右才回来这里和奈绪美吃晚餐，有时在单位加班到九点多，到镰仓就要十一点左右。原来预计连续加班一周的样子，这件事就发生在加班的第四天。

那天晚上，我本来要加班到九点，工作提前结束了，八点多就离开了公司。像以往一样，我从大井町乘坐电车去横滨，再换火车，在镰仓下车，看了一下手表，还不到十点钟。每个晚上，我都特别想早点回去见到奈绪美，然后两个人在一起愉快地享受晚餐。因此，我从车站找了人力车，沿着御用邸旁边的路往回走。

夏天，最热的时节，在公司劳累了一天，再坐很久的火车回来，当我吸入海滨独有的潮湿空气，那让人神清气爽的感觉简直无法形容。那天晚上，一场雷阵雨过后，小草被雨水洗涤得湿漉漉的，还有松枝上晶莹剔透的露珠，静静地升腾成了水蒸气，阵阵幽香环绕着我。

地上随处可见亮晶晶的水洼，沙土也洁净得扬不起一丝尘土。车夫在路上奔跑着，就像踩在天鹅绒地毯上一般，脚步轻盈。路过一家别墅样式的住宅，隔着篱笆墙，听到里面传来留声机的音乐声，偶然地，看见一两位穿着白色和服的人影在里面走动，恍惚地感到确实来到了避暑胜地。

直到木门前，我才下车。从院子往厢房的方向走去，想着奈绪美听到我的脚步声会不会马上打开廊灯，跑出来迎接我。谁知道，屋子里亮着灯，却没有任何声音，像是不在房间里。

“奈绪美——”

我喊着她的名字，没有回应，我还是走到屋子里，打开拉门，房间里确实没有人。泳衣、毛巾、浴袍随意挂在墙壁上、拉门上、壁龛上，茶具、烟灰缸、坐垫等物品还是像往常一样乱扔乱放，却听不见一点儿声音，我敏锐地察觉到，这绝不是人刚走后的宁静。

“她去了哪里？……恐怕出去不止两三个小时了。”

即便这样认为，我还是看了看卫生间、浴室，还有楼下的厨房，打开电灯仔细查看一番。我看到了什么？一片狼藉的桌子，看来这里有人大吃大喝过，一瓶上好的红酒被喝得精光，还有西餐的残渣，用过的杯子、盘子……怪不得烟灰缸里有烟头，一定是那些家伙来过了。

“太太，您看见奈绪美了吗？好像没在家里。”

我跑去上房，看见花店老板的太太。

“哦，你说奈绪美小姐？……”

太太称呼奈绪美为“小姐”，我和奈绪美虽然是夫妻，但那时奈绪美不喜欢别人知道，对外面的人只说是同居，或是未婚夫妻，不称呼“小姐”，奈绪美就会很生气。

“小姐晚上回来过，吃过晚餐就和大家又出去了。”

“大家都是什么人？”

“嗯——这个……”

太太迟疑了很久，说：

“熊谷少爷，还有一些人是一起来的……”

房东太太不但知道“熊谷”，还称呼为“熊谷少爷”，我感觉不对，但那时没有时间计较这些。

“你说她回来过一次，那么白天也在外面和他们一起吗？”

“下午，小姐一个人出去游泳了，回来时是和熊谷少爷一起的……”

“和熊谷两个人吗？”

“是的……”

当时我本来没有那么慌乱，但是太太说话犹犹豫豫的，欲言又止的样子，表情也有难色，我才渐渐感到事情没有想象的那么简单，内心不免紧张起来。我不想让太太察觉到我的不安，但是语气时不时就会透着按捺不住的急躁。

“听您的意思，他们两个和大家是分开来的。”

“是呀，那时候只有他们两个人在一起，他说今天饭店里有一场舞会，就早早出门去了……”

“接下来呢？”

“接着就是傍晚，大家一起回来了。”

“晚餐是在这里吃的吗？”

“是呢，很热闹……”边说着，太太边盯着我的眼睛，不时地露出尴尬的笑容。

“吃了晚餐，再次出去时是几点？”

“我想一下，嗯——大概是八点了。”

“已经两个小时了。”我计算着说出了口。

“那他们现在在饭店里吗？太太有没有听见他们说去哪里？”

“这个不是很清楚。在别墅一带吧……”

是呀，我想起关说过他的叔父在扇谷有一栋别墅的事。

“哦，那么他们是有可能去别墅区？我现在去接她回来吧，哪个方向，您知道吗？”

“应该就在长谷海边。”

“长谷，对吗？我怎么听说是扇谷……奈绪美的朋友关说，他叔父的别墅在扇谷……”

听我这么一说，太太脸上的神色略略一顿。

“难道不是那个别墅吗？”

“是吧，是那个……”

“长谷海边的别墅是谁的？”

“那个……应该是熊谷少爷亲戚的……”

“熊谷？”我的脸瞬间沉了下来。

太太说，从停车场顺着长谷大街，左拐，沿着海滨饭店前的路往前走，就到海边了。大久保先生的别墅就坐落在海边突出的岩石边上，也就是熊谷少爷的亲戚的，我还是第一次知道。奈绪美或是熊谷，谁都没有提到过这里，没有说过一次。

“这么说，奈绪美经常去那里吗？”

“这个……我不是很清楚。”

虽然这么说，但是太太惴惴不安的神情，不停躲闪的眼神，都没逃过我的法眼。

“看来今晚，不是第一次这样了？”

我不由得呼吸紧张起来，声音不自觉地发抖，根本无法控制。可能是被我恐怖的样子吓住了，太太的脸上变得没有了血色。

“请您放心，我不会给您找麻烦的，不用有所顾忌，告诉我吧。昨天晚上也不在家，是吗？”

“是……昨晚，小姐也出去了。”

“前天晚上呢？”

“也是的。”

“出去了吗？”

“出去了。”

“大前天晚上呢？”

“是的，大前天晚上也出去了……”

“从我晚上加班开始，每天晚上都是如此吗？”

“我……记得不是很清楚……”

“那她一般都在几点钟回来的？”

“我想大概是……十一点前就回来了……”

看来从一开始，两个人就在合伙骗我。难怪奈绪美建议来镰仓！我的脑子如暴风般高速旋转起来，我的记忆也飞快地搜索前些时日奈绪美的言行举止。一瞬间，她的阴谋诡计一一呈现。那阴谋有些复杂，这里面有像我这样思想单纯的人想象不到的层层相套的谎言，也有精心布下的圈套。而且，我也猜不到到底几个人参与了这阴谋。我好像从平坦的地面跌入深渊，是不经意间被人推下去的，从深渊下面无比羡慕地仰望地面，奈绪美、熊谷、浜田、关和其他人，欢快无比地嬉笑而过。

“太太，我出去一趟，要是奈绪美回来，请不要告诉她我回来过。要记得。”说完，我就跑了出去。

到了海滨饭店门前，按照路线往前走，尽量找黑暗的地方走，那一条路两边都是别墅，幽静异常，半夜这里的人很少，路上也不是很明亮。在一户门灯下，我看了看手表，十点多。在大久保的别墅里，奈绪美是和熊谷两个人，还是和一群家伙一起玩耍？我心中的疑问必须亲自验证一下。最好是不被旁人知晓地找到证据，看他们怎么对质。最后，再拿出作为我的撒手锏的证据，让他们有口难辩，我边谋划着边加快了脚步。

我一下子就找到了大久保别墅，我在别墅外走了几圈，观察别墅的情况。从奢华的石门望去，里面种植着茂密的植物，中间铺着一条石子路，可以通往里面的玄关。有些陈旧的门牌上写着“大久保别墅”几个大字，覆盖一层青苔的石墙环绕着宽敞的庭院。看着不像别墅，更像是有了年头的古屋。熊谷的亲戚居然有这么豪华的房子，想想都不可思议。

我蹑手蹑脚地走着，尽量不发出声响，走进门内。庭院中的植物茂密，根本看不清屋子里的情况，走进房子一看，玄关外，玄关内，楼上或是楼下，都没有动静，房门是紧闭着的，灯也是关着的，黑乎乎一片。

“怎么回事，里面还有熊谷的房间吗？”

我寻思着，又轻手轻脚地沿着房子绕到后面，果然，二楼的一个房间和楼下的厨房亮着灯。一看就知道，熊谷的房间在二楼。他的那把曼陀林靠着栏杆，房间里面有我熟悉的托斯卡纳礼帽挂在柱子上。虽然拉门开着，却没有说话声，看来房间里现在是没有人的。

走到厨房门口一看，拉门也是开着的，看来有人刚从这里出去，借着厨房照出来的灯光，我继续向前走，在四五米开外有一扇后门，门是两根旧木头柱子，没有门板，从柱子中间可以望见潮水涌向岸边，在黑暗中留下一道道白线一样的痕迹，接着我闻到一股浓郁的海水气息。

“看来是从这里出去了。”

我从后门出去，不远处，就听见了奈绪美的声音，的确是奈绪美。刚才没有听到她的声音，一定是风向的缘故……

“等一等，我鞋子里有沙子了，走不了。谁帮我倒倒沙子？阿熊，你来帮我脱鞋子好吗？”

“我可不愿意。这事不用找我。”

“你要是这样，我就不喜欢你了……还是阿浜人好……谢谢你，阿浜！阿浜是真心喜欢我，我最喜欢阿浜了。”

“浑蛋，你呀就喜欢欺负老实人。”

“哎呀哎呀……别挠我脚心，好不好？”

“谁挠你脚心了？脚上有沙子，我帮你弄下来。”

“顺便舔脚心的话，就叫你爸爸了。”

关接着开起了玩笑，四个人听到后哈哈大笑起来。

从我站着的小丘上，缓缓向下走，有一家茶店，店门口挂着苇帘，几个人的声音就是从帘子后面传出来的。我距离他们不到十米。我下班回来身上还穿着茶色羊驼呢西装，我把上衣领子竖起来，扣上领扣，生怕露出里面的白色衬衫，草帽夹在腋下。我弓着腰，朝茶店后面的井边暗处跑去，这时，听到奈绪美说：

“咱们走吧，去那边走走。”

奈绪美走在前面，他们几个跟在后面，也从茶店里面出来了。

他们没有发现我在这里，朝海边走去，我从后面看见浜田、熊谷、关和中村，四个男人都穿着单薄的和服，中间的奈绪美，披着黑色斗篷，穿着高跟鞋。她没有把斗篷和高跟鞋带来镰仓，所以，一定是借来穿的。海风吹着她的斗篷，啪啪作响，看背影，奈绪美使劲拽着斗篷，裹着身体走路。所以，丰满的臀部一扭一扭，看样子，她喝了不少酒，趺趺撞撞地走路，时不时肩膀就会碰撞到旁边的两个男人。

我一直弓着腰，屏住呼吸，直到他们走出去五十米的距离，纯色的和服看不清颜色为止，我才站起身来悄悄跟上。我以为他们要顺着海边，向材木座方向走，但是中途，他们改变了方向，向左拐了，好像是要翻过一个小沙丘，去街市那边。当他们的身影完全消失在沙丘另一边，我快速跟上去，我知道他们要去的前面有一片黑暗的松树林的别墅区，很容易隐身，所以，我不需要弯着腰了，即使再靠近一些，他们也不容易察觉。

他们刚走下沙丘，我就听见了愉快的歌声，他们就在我前面不远的地方，打着拍子，唱着歌。

Just before the battle,mother,

I am thinking most of you,

…………

这是奈绪美时常哼唱的曲子。熊谷走在最前面，像是指挥家一般，陶醉地挥舞着手臂。奈绪美还是走得趺趺撞撞，时常碰撞身旁男人的肩膀，被她撞的男人摇晃着身体，就像在划船一般，东倒西歪地前行着。

“嗨哟！嗨哟哦！……嗨哟！”

“为什么推我呀，会撞到墙壁上的。”

“咚！咚！咚！”好像有人在用手杖敲打着墙壁，奈绪美哈哈哈大笑起来。

“来呀，我们跳夏威夷的草裙舞好了。大家边唱边扭屁股，怎么样？”

“霍尼卡、呜哇、维吉、维吉！可爱的小黑妞，快来告诉我……”

他们一起扭着屁股，边唱边跳起来。

“哎呀，扭屁股还是关厉害呀。”

“那当然了。我还专门研究过怎么扭漂亮呢！”

“在哪儿学的？”

“在上野的和平博览会上，土著人在万国馆里跳舞。我可是连续看了十天之久。那舞姿的精髓都是在那几天学到的。”

“你这个小子，真够无聊的。”

“我看你不如去万国馆跳扭屁股舞好了，你的样子和他们很像哦。”

“喂，阿熊，现在几点钟了？”

浜田在问，看样子他是其中最清醒的一个了。

“不知道呢。喂，谁戴表了？快说！”

“我戴了。我看看哪……”

中村划了一根火柴，借着亮光看手表。

“已经是十点二十分了。”

“没关系，爸爸十一点半之前是不会回来的。咱们去下面，绕着长谷大街走走吧，我还想穿成这副样子，在人多的地方走一圈。”

“举双手同意！”关大声叫着。

“你们说，我这样子走在大街上，像干什么的？”

“怎么看，也是个女头目哇！”

“我要是女头目，你们就是我的小兵了。”

“我们就是海盗四男组合！”

“我就是盗贼弁天小僧啊！”

“是呀，女头目河合奈绪美……”熊谷用读旁白的腔调说着。

“……趁着夜色浓重，女头目身披黑色斗篷……”

“啊哈哈哈，快停下来吧，你的腔调太难听了。”

“……带领四个浑蛋，从比浜海边……”

“好啦，好啦，阿熊你快住嘴！”

只听“啪”的一声，奈绪美给了熊谷一记响亮的耳光。

“哎呀，很痛啊……这腔调是我天生的嗓音好不好？我没有当成说唱演员，实在是遗憾得很。”

“是呀。这么说的话玛丽·皮克福特还当不成女头目呢！”

“那谁当过？普里西拉·迪恩？”

“对呀，就是她，普里西拉·迪恩！”

“啊啊啊啦啦啦……”

浜田再一次和着音乐，手舞足蹈地跳起来，我看见他突然停下了舞步，赶紧转身奔向阴暗处，同时，浜田吃惊地“哎呀”一声。这一声惊动了所有人。

“那是谁？……哦！那不是河合先生吗？”

所有人都没有了声音。原地僵住了身子，透过月光，都回过头来，朝我仔细瞧着。

“糟糕了！”想逃离现场，是没有办法了。

“爸爸！爸爸是你吗？你在这里干什么呢？还不出来和

大家一起玩！”

奈绪美大跨步地来到我面前，斗篷啪的一下子被打开了，伸出胳膊来，搂上我的肩膀。我一看，斗篷里，她居然没有穿衣服。

“奈绪美，你在干什么？无耻！丢脸的家伙！贱人！”

“呵呵呵呵……”

奈绪美的笑声里带着浓烈的酒味。到目前为止，我是第一次见她喝酒。

十六

从当天晚上到次日白天，我好不容易从奈绪美那里追问出她欺骗我的诡计的一小部分。

就如我推测的，她坚持要来镰仓就是为了和熊谷他们玩耍。什么关在扇谷有亲戚的事情都是假的，胡乱捏造的。长谷的大久保别墅是熊谷的叔父的。不只是这些，我们租住的厢房是熊谷介绍的，和杉崎女士也没有关系。因为那个花店老板经常去大久保的别墅，所以，熊谷就想了办法，和他谈妥，让房客搬出去住，我们搬进去，具体怎么谈妥的，就不知道了。还有，奈绪美和熊谷商量之后的事情，包括杉崎女士从中介绍，什么东洋石油的董事等事情，都是奈绪美随便说的谎话。难怪她一个人就把事情顺利地谈妥办好了。据花店老板太太说，奈绪美第一次来看房子，就是和熊谷“少爷”一起来的。看来这家人和熊谷“少爷”还是很熟识的，就像一家人似的，当然啦，事先说好的，也就没办法，只能退了别的租客，给我们腾出地方来。

“太太，这些意外的纠葛给您也带来不少麻烦，实在是不好意思，抱歉得很。不过，抛开这些，我还是希望您能跟我说句实话，把事情的真相原原本本地说给我听，放心，我决不会去熊谷那里对质追究熊谷，更不会说出您的名字。我只是想了解到真相。”

第二天，我向公司请了假，然后，监视奈绪美，寸步不离。我先是警告她“一步也不可以离开房间”，把她的衣服、鞋袜、帽子、钱包通通送到上房，我也开始询问起太太。

“这么说起来，从很早开始，他们就趁我不在家，在一起来往了吗？”

“是的。一直是这样。或者是熊谷少爷来这里，或者小姐去他那里。”

“大久保的别墅里，都有谁在，是什么人？”

“今年，一家人都回去本宅了，偶尔也会回来，大部分时候都是熊谷少爷一个人来这里。”

“那熊谷的朋友们呢？他们经常过来这里的吗？”

“他们只是偶尔来，并不是经常。”

“他们都是熊谷带来的吗？还是他们自己来的？”

“这个不好说……”

后来，我才意识到，太太很为难，说不下去了。

“有时候他们是自己来的，有时候和少爷一块儿来，都不一定……”

“除了熊谷以外，还有没有人单独来过？”

“有位叫作浜田的青年人单独来过，其他人，好像也单独来过……”

“他们每次都是约出去吗？”

“不出去，就是在家里聊天。”

我最不可思议的就是这件事情，如果奈绪美和熊谷好上了，为什么还会有其他人一起来呢？他们中的一些人，也会单独来这里和奈绪美聊天，又是怎么回事？如果他们都是冲着奈绪美来的，为什么都不会吃醋生气？昨晚，四个男人不是也相安无事地有说有笑？这么推理，我反倒糊涂了。就连奈绪美和熊谷之间是否有暧昧关系我也搞不清楚了。

但是，奈绪美在这件事情上一直持否认的态度，她一直说自己没有不可告人的目的，就是想和朋友们在一起潇洒痛快地玩闹。当我质问她，为什么用诡计欺骗我时，她回答说：

“还不是你总是疑神疑鬼，对他们不放心嘛！”

“那我问你，你说的，什么关的亲戚在这里有别墅，关和熊谷没有区别吗？”

我这么一较真，奈绪美一时语塞，无言以对。她马上低下了头，咬着嘴唇不说话，翻起白眼瞪着我，一眨都不眨。

“因为你怀疑的是阿熊，我以为换成关，你会好一些。”

“不许叫他阿熊，阿熊是你叫的吗？他不是叫熊谷的吗？叫他的全名。”

我还是没有忍住，情绪集中爆发了。我一听到“阿熊阿熊”我就浑身不舒服，恶心得反胃。

“你说，你是不是和熊谷有暧昧关系？说呀，老实交代。”

“怎么会呢？你这么不相信我，你有什么证据吗？”

“没有证据，我也知道真相。”

“凭什么这么诬陷人家？……你怎么证明？”

奈绪美很坦然地面对我的质问。嘴角时不时浮现出嘲讽的冷笑。

“昨晚你狼狈的样子怎么解释？你丑陋的样子，你还记得吗？”

“那是因为他们把我灌醉了，把我弄成那副样子。……我不过是在街上走走罢了。”

“好。你就认为你是清白无辜的？”

“是的。我就是清白的。”

“你发誓？”

“好，我可以发誓！”

“好。你别忘了你说的话。可是，我以后再也不会相信你说的话了。”

接着，我就沉默着离开了。

我怕她给熊谷写信，所以，我把写信用的信纸、信封、墨水、铅笔、钢笔、邮票等东西都收走了。把这些东西和她的生活物品都存放在太太那里。为了禁止她在我上班期间偷偷溜走，我只给她留下一件红色丝绸的睡袍。第三天早晨，我假装上班离开镰仓，在火车上，我寻思着，怎么才能收集到她偷情的证据。最后，我决定先回一趟空了一个多月大森的家看看。如果她和熊谷有染，肯定不是在这个夏天开始的，我觉得去大森的家翻翻奈绪美的东西，没准会发现点什么信件或是其他的什么东西。

那天，我比平时迟上了一趟车，所以到大森的家时已经是十点钟了。我从前面的门廊走进去，用钥匙打开大门，穿过画室，上了二楼，想去她的房间查看一下。当我打开房门，刚要迈步进去，不由得“啊”的惊叫出声来，呆滞地站在门边，说不出一句话来。因为一个人悠闲地躺在房间里，是谁？浜田！

浜田也看见我来了，脸一下子变得通红。随即站了起来。

“您好！”

“你好！”

然后，两个人傻愣在原处，不知如何是好。

“浜田君怎么会在这里？”

浜田的嘴唇动了几下，似乎要说些什么，但还是没有说出口，在我面前低垂着头，像是乞求我的怜悯。

“怎么回事，浜田君，你怎么在我家里？”

“我……是刚刚来的。”

他似乎意识到事情的严重性，也没有打算回避，所以，清晰地回答了我。

“但是，我家门是锁着的，你是怎么进来的？”

“从后门进来的。”

“后门也锁着的。”

“哦，我有钥匙。”浜田用小得不能再小的声音回答道。

“你怎么会有钥匙？”

“奈绪美给我的。我这样回答，我想您已经知道我为什么会在这里了。”

浜田静静地抬起头来，目光直直地盯住我错愕的脸。他的表情里透出敢作敢为的坚定，看不出往日油腔滑调的样子。

“河合先生，我可以猜出您今天出现在家里的原因。我以前确实欺骗了您，您怎样惩罚我，我都全然接受。现在说有点迟或许还像个笑话，我居然还想向您坦白罪行，在您这次发现之前。……”

浜田陈述时眼睛里噙满了泪水，顺着脸颊吧嗒吧嗒地流下来，这一切发生得太突然，我呆呆地瞧着他，无所适从，尽管我有些相信了他，但还是有一些不理解的地方。

“河合先生，请您原谅我……”

“可是，我还是弄不清楚，你从奈绪美那里拿来钥匙，来这里干什么？”

“在这里……在这里……我今天约了奈绪美小姐见面。”

“你和奈绪美在这里见面吗？怎么会！”

“不只是今天，……我们已经来过很多次了。”

详细询问下，我才知道在我和奈绪美去镰仓后，他和奈绪美秘密约会了三次。在我上班以后，她也出了门，坐晚一点儿的车去大森的家。一般是上午十点多来这里，十一点半就回去，下午一点多就已经回到了镰仓，房东太太也不会怀疑她去了大森。浜田还说，“今天也是和奈绪美约好了十点钟在这里见面，所以，我上楼时听见了声音，还以为奈绪美小姐来了”。

听了他的自述，我无比惊讶，一开始我只是内心一片迷茫。吃惊得不知怎么样表述。她的行为简直太过分。当时我就是这样的心情。有必要说明一下，我当时三十二岁，奈绪美刚刚十九岁。一个十九岁的女孩子，竟然如此胆大包天，狡诈诡辩到如此地步。我竟然不知奈绪美是这样恐怖的少女，到目前为止，我还是不敢相信发生的一切。

“你和奈绪美是什么时候开始有了那种关系？”

原谅不原谅浜田此时并不重要。我现在就想知道事情的真相，刨根问底也要知道。

“很久之前就开始了，那时您还不认识我。”

“那是不是第一次我见到你的时候……去年秋天的样子，有一天我下班回家，看见你和奈绪美在庭院里说话，还记得吗？”

“是呀，差不多有一年了。”

“那你们就是从那次开始约会的吗？”

“不是的，时间还要早一些。去年三月我到杉崎女士家里学钢琴，那时我认识了奈绪美小姐，后来，也就是三个月以后吧……”

“那时候，你们在哪里约会？”

“就在大森的家里。上午奈绪美不用外出学习，一个人觉得特别没意思，就让我来陪着玩，这就是最初来这里的原因。”

“哦。那么说，是奈绪美邀请你来玩的？”

“是。其实，我根本不知道您的存在。奈绪美告诉我说，老家在乡下，现在住在大森亲戚的家里，您是她的表哥。直到您第一次来黄金国舞厅跳舞，我才意识到你们之间的关系不一般。但是，那时候的我对这份感情已经无法自拔。”

“这个夏天，奈绪美非要去镰仓，想来也是和你一起商议的吧？”

“这件事情和我无关。怂恿奈绪美小姐去镰仓的是熊谷君。”浜田说着说着，激动起来，“河合先生，被她欺骗不止你一个人，我也是被她欺骗的。”

“按你的说法，奈绪美和熊谷也有那种关系？”

“可以肯定的。现在最能摆布奈绪美的人就是熊谷。我早就察觉出奈绪美小姐喜欢熊谷。但是，令我很难想到的是，她和我好的同时，又和熊谷有暧昧关系。关键是，奈绪美小姐说，她只是喜欢和男孩子玩闹而已，绝对不会有什么见不得人的事情，而我也觉得她说的是真心话。”

“哎！”我感叹地舒了一口气，“这是奈绪美常用的小伎俩，她对我也是这样说的，我也是轻易就相信她的话了。你是什么时候发现她和熊谷有事情的？”

“您还记得吗？那次下雨的晚上，我们四个人挤在这里一起睡觉。就是那个晚上我发现她们之间的关系……那天晚上，我真的可怜您。因为，我看见他们两个恬不知耻的样子，总觉得不是正常的关系。我越是感觉到自己的嫉妒心，越是能感同身受地体会您的心情。”

“你是怎么发现他们之间的关系的？是从他们的态度上推测的，还是自己猜想的……”

“不是这样的，我的猜想是有事实依据的。天快亮的时候，您在睡觉，我有点睡不着，蒙眬中发现他们抱在一起亲吻。”

“奈绪美知不知道你发现了？”

“她知道了。是我后来告诉她的，而且我要求她必须和熊谷分手。我可不愿意被人耍。既然是这样，我就想不得不迎娶奈绪美小姐了……”

“什么？娶奈绪美？”

“哦。是这么回事，我本来设想把我们的事情都和您摊牌，迎娶奈绪美小姐为妻的。奈绪美小姐说，您是个通情达理的人，只要我们向您坦白说出我们痛苦的恋情，您一定会答应的。不知道这话是真还是假，奈绪美小姐说，您为了培养她成为优秀的女人才收养了她。虽然你们住在一起，但是并没有约定好要结婚。而且，您和奈绪美小姐的年龄相差太大了，即使结婚了，你们也不会幸福到老的……”

“这些……这些是奈绪美说的？”

“是呀，她就是这样说的。她一再向我保证，近期就和您坦白事实，嫁给我。所以让我再等等，而且和熊谷彻底决裂。可是，原来这些话都是假话。其实，奈绪美从开始就没打算嫁给我。”

“奈绪美是不是和熊谷发一样的誓言呢？”

“这个事情搞不清楚的，应该不至于吧，因为奈绪美是个喜新厌旧的人，而熊谷也不是专一的家伙。那个人比我狡猾多了。”

岂有此理，我本来就不憎恨浜田，听他推心置腹地说了这番话，我反倒觉得我们之间有点同病相怜。由此，我更加憎恨熊谷，强烈地感觉到他才是我们共同的敌人。

“浜田，我们不能一直在这里聊，还是找个地方边吃边聊吧，我有好多事想问你呢！”

我和他从大森的家里出来，感觉西餐厅不适合我们聊天，就带着他找了一家大森海岸的松浅餐馆。

“河合先生，您今天是请假了吗？”

浜田的语气明显缓和了很多，没刚刚那么紧张了，好像卸下了沉重的包袱似的，一路上我们融洽地交谈着。

“是呀，昨天就没去公司了。其实，公司这段时间还是很多业务要忙，不去上班，我也很过意不去，但是最近，脑子里很乱，根本不能安心工作呀！”

“奈绪美小姐知道您今天在大森吗？”

“我昨天一整天都在家，今天和她说了去上班，其实来了这里。这个女人嗅觉很敏锐，说不定也猜到了什么，但是应该想不到我会在大森吧。我想去她的房间里搜搜看，是不是能发现信件什么的，所以现在在这里。”

“是吗？我还以为……您是来找我的，如果是这样，奈绪美小姐稍后也会来呢。”

“不会的。你放心。我离开家时，把她的衣物和钱包都收走了，她一步都走不出去。她现在穿的衣服，连门口都没办法去。”

“这样啊！穿的是什么？”

“你也知道的那件，粉红色的睡袍。”

“哦，是那一件哪！”

“就穿那么一件衣服，连腰带都没有，不会出门去的，这就像是把野兽关在笼子里。”

“可是……要是刚才奈绪美小姐来了，哎呀，不知道会闹成什么样子。”

“嗯……我一直搞不清楚你是什么时候和奈绪美小姐约好见面的？”

“前天。被你发现的那个晚上。那个晚上，我有点不开心了，奈绪美小姐可能是为了安抚我，就约好今天来大森见面，当然，我也是个废物，就应当和奈绪美小姐彻底分手，或是打熊谷一顿，但是我都做不到。我知道我是个没出息、懦弱的家伙，可是没办法，就这样犹豫不决地和她交往着。所以呀，明明是被骗的，可也是因为自己笨哪。”

我总觉得他的话是在说我。当我们在松浅餐馆榻榻米上相对而坐的时候，我突然觉得这个男人其实蛮可爱的。

十七

“浜田君，你能和我说这些实实在在的话，我很高兴。来吧，我们干一杯！”

我边说边举起了酒杯。

“河合先生，您是原谅我了吗？”

“算不上原谅不原谅的。你也是被奈绪美欺骗了，之前并不知道我和奈绪美之间的关系，所以，不是你的错。我并不恨你。”

“您这样说，我就没那么内疚了。感谢您的谅解。”

但是，浜田还是低着头，劝酒也不举起酒杯，很难为情的样子。然后犹犹豫豫地问道：

“对不起，我还是忍不住想问一句，您和奈绪美小姐真的不是亲戚吗？”

有好一会儿，浜田才鼓足勇气这样问我，接着还是忍不住轻轻叹气。

“是的，我和奈绪美根本就不是什么亲戚关系。我生于宇都宫，奈绪美是地道的江户人，她老家现在还是在东京。她本人有意愿去学校学习，但是，家庭条件一般，不能培养她。我也是瞧着她可怜，在她十五岁时收养了她。”

“那么现在你们是夫妻吗？”

“是。我们已经结婚了。我们在双方父母的见证下，正式办理了手续。只是，那时她十六岁，年龄太小，不喜欢别人称呼她为‘太太’，听着别扭，所以我们约定好了，暂时当作朋友一起生活。”

“难怪会造成误解，原因在这里。看奈绪美小姐的样子，不像是结了婚的人，她自己也不承认，所以我们误解了她。”

“奈绪美固然是有过错的，但是我自己也有责任。我不喜欢一般夫妻的生活方式，不喜欢枯燥乏味的婚姻生活。这个想法本身就是错误的根源，以后，我要改正过来。这次我算是受到了惩罚。”

“还是改正过来好。还有哇，河合先生，我自己就不对，还去这么评价别人有点可笑。不过，熊谷真不是好人，您要多留意呀！我绝对不是用这样的方式来报复他。熊谷、关、中村他们，这些人都不是什么好人。奈绪美小姐这么好的人，都是被他们带坏的呀。……”

浜田君激动得不能自持，两眼噙满了眼泪。原来眼前的这位年轻人，是这样用心地爱着奈绪美呀，这么看来，我不禁在内心对他有种感激和内疚交织在一起的复杂感情。假如，我没有告知我和奈绪美已经结婚的事实，他一定会恳求我让奈绪美嫁给他的。还不只这些吧，就是现在，只要我同意退让，他一定会迎娶奈绪美的。这个年轻人的眉宇间，有一种年轻的冲动与热情，让人不得不感觉到他会说到做到。

“浜田君，我接受你的忠告，尽量在两三天以内办妥此事。如果，奈绪美可以和熊谷分手，我便不再追究过往，不然，我不会再和她过下去。”

“但是……但是请您不要抛弃奈绪美小姐，好吗？”浜田着急地乱了方寸，接过我的话说道，“要是您也不要她，奈绪美小姐一定会沉沦下去，她太可怜了。”

“谢谢你！真心谢谢你！对于你说的这番话，我真的感到欣慰。从她十五岁我收养她开始，即使人们有再多的嘲笑，我也没有想过抛弃她。只是那个女人太倔强，我得想想办法，让她主动放弃那些狐朋狗友。”

“奈绪美小姐确实是固执得很，即使是一件小事，只要争吵起来，她也会和我闹别扭，所以，请您耐心些和她慢慢说清楚。我这样说，请您不要介意……”

我对浜田再三表示感谢，“谢谢！”“谢谢！”……

如果我们之间没有年龄、地位等差距的话，如果我们很早以前就是好朋友的话，我可能会拉他过来，一起拥抱哭泣。我当时的确激动到这种地步。

“浜田君，以后你一个人可以来我家里玩的。不要心存芥蒂。”临行前，我嘱咐他几句。

“好的，但是，暂时我还是不来了。”浜田犹豫着，不想让我看清他的脸，始终低头说。

“怎么了？”

“暂时不行……等我彻底忘掉奈绪美小姐的时候吧……”

“再见了。”这么一说，他顺手压低帽檐遮挡眼泪。没有去乘坐电车，从松浅餐馆门前向品川那边走去。

接着，我去公司上班，只是，工作时有些心不在焉，奈绪美现在干什么呢？我只给她留下一件薄睡裙，她应该哪里都去不了了吧。思来想去，我还是放心不下。毕竟最近意料之外的事情太多了，因为自己一再受骗，我的神经变得异常敏感，甚至有些变态，没事的时候臆想出各种不同的情景，在想象中，我越来越感受到，奈绪美这个女人的智商是我达不到的高度，总是有新的主意，不知道她下一次会做出什么事情来，让人无法招架。没准趁我不在家时候，又会搞出什么荒唐的事情。我应付着做完了手头的工作就连忙赶回镰仓。

“我回来了。”我回来的时候，房东太太就站在门口。“她还在家吗？”

“嗯，好像是在家的。”

我放心地吁了一口气，问道："有客人来吗？"

"没有客人来。"

"她在家做什么呢？"我朝房间里努努嘴，示意房东太太。这时我看见，奈绪美的房间关着隔扇，玻璃窗户里面没有光亮，静悄悄的，跟没人在一样。

"不太清楚她在做什么……一天了，都在自己的房间里，没有动静……"

嗯，难得她会乖乖地待在家里一天不出来，不过，过于安静是怎么回事呀？她现在怎么样了？我心里有些忐忑不安地上了楼梯，打开拉门。当时是傍晚六点多，一进屋就看见奈绪美身体摆成一个大字，仰躺在光线不足的房间角落里睡觉。只见，她的睡衣缠在腰间，可能是有蚊子叮咬睡得不安稳来回翻滚的缘故吧，睡衣只掩盖住了小腹，白皙的手脚，像开水烫过的圆白菜的根茎，从红色睡衣中伸展出来。

这时，我又忍不住被她诱惑的样子弄得怦然心动，我悄悄地打开电灯，迅速地换好了和服，故意大力地开关衣橱的门。不知道是不是装睡，奈绪美的鼻息还是很平稳，没有变化。

"哎，该起床了，天都黑了……"

我坐在桌旁假装写信，三十分钟过去了，终于按捺不住，先开口说话。

我大声喊了几次，她才不情愿地伸伸懒腰"哎呀"一声。

"快起来呀，你。"

"嗯。"

她答应一声后，好长时间过去了还是没有起床的意思。

“你在等什么呀，我在叫你起床好吗？”

我站起来，用脚粗暴地踹她的腰。

她极不高兴地“啊”了一声，伸直两条柔软的手臂，攥紧红扑扑的小拳头用力地向上伸展，强忍着哈欠，缓慢地坐起来，偷瞟了我一眼，立刻若无其事地别过脸去，用手不停抓挠脚背、小腿肚子、后背上被蚊子咬过的地方。也不知是睡太久的缘故，还是偷偷哭过，她的眼睛里还有血丝，头发蓬乱地披散在肩上，像是妖怪一样。

“快把衣服换上吧，别那个样子。”

我去上房取来她的衣物包裹，丢在她身边，她沉默着一句话也没有，拉着脸换上衣服。晚餐送来了，两个人安静地吃了饭，吃饭时一句话也没有。

在漫长的沉默里，内心的郁闷可想而知，我一直在思考怎么样才能让眼前的女人向我老实交代，怎么让这个倔强的女人说出实情来，浜田对我的告诫我铭记在心。奈绪美小姐非常固执倔强，即使是一件小事，和她拌几句嘴，她也会和你闹别扭。浜田之所以告诫我，看来是因为他亲身经历过，我也有过同样的经历。关键是，不能让她发火，既要保持自己的威严，又要和颜悦色地和她讲话，不能争吵。也就是说，和她交流最不可以做的，就是我摆出严肃的考官的样子质问她：“你和熊谷到底是什么关系？”“你和浜田是不是也是一样的……”

这样拷问，她绝不会马上实话实说，反而会反抗到底，死不承认。而我呢？就会逐渐失去耐心，狂躁起来。倘若到了那种程度，那根本就没有办法友好地谈下去，看来，拷问在这时是最不可取的办法。还是打消让她说出实情的想法，由我来说出今天发生的事情，一五一十地说给她听。这样就算她嘴巴硬，也不得不承认一些吧。我看就是这样，拿定了主意，我就开始对她和盘托出：

“今天早上，大概十点，我回了一趟大森，在家里遇到了浜田。”

“嗯……”

奈绪美听后一惊，刻意回避了我的眼神，嗓子里“嗯”了一声。

“聊了一会儿，到了中午，我邀请浜田到松浅吃了个便饭。……”

奈绪美没有搭理我，我一直在注意观察她的表情，尽可能用平静的语言告诉她，不想过分刺激她，直到我说完，奈绪美一直低着头，没有一丝畏惧的神情，只是脸变得苍白。

“浜田都告诉我了，我不问你，事实我也都清楚了，所以你不要继续抵抗。承认错了就好，只要你承认就行。……怎么样？你做错了没？向我认个错吧？”

奈绪美根本不说话，我担心这样质问结果不会太好，但是，我还是尽力保持用柔和的语气对她说：

“奈绪美，怎么样？只要你承认做错了，之前做的错事，我就一笔勾销。我并不是要你低三下四地求我。只要你保证以后不再犯类似的错误就好。明白吗？这些事你承认吗？”

奈绪美终于点点头承认了一切。

“行。现在你保证以后不再和熊谷他们往来，好吗？”

“嗯。”

“一言为定啊！”

“嗯。”

这个回答让我们彼此都有了体面，不管怎么样，这件事总算有了结果。

十八

那个晚上，我和奈绪美就像什么事情都没发生那样在枕边低语，可是在我的内心并不能真正放下。眼前的女人，已经不是纯洁的女人。这样的念头在我的心中，不能释然。奈绪美是我精心养育、栽培的女人，只有我详细了解她肉体的一切。意思就是，奈绪美这个女人，就像是我培植出的果实一样。为了这颗果实能成熟，我付出了一切精力、财力。所以，品尝它的滋味是我这个栽培者应得的报酬。而其他的人没有这样的权力。谁知道，有一天它被无关的人品尝到了滋味。这颗果实被玷污了，这不是她道歉就可以获得原谅的。她神圣高贵的肌肤，被两个无关紧要的窃贼践踏过，留下了永远无法抹去的肮脏的脚印，我越是这样想越是感到无力挽回的悔恨、难过。我并不憎恨奈绪美，对于这件事情，我恼恨无比。

“让治，你原谅我吧。”

奈绪美看见我偷偷在流泪，不像白天那样态度强硬，我点点头，可是泪水还是不经意地流下来，虽然，我说“我已经原谅你了”。可是内心还是感伤我们的关系已经无法回到从前了。

这个夏天的镰仓之行就这样草草结束了。我们回到了大森的住处，可是我心里的结却没有办法解开，不自主地在一些场合就会显露出来。之后，我们的感情也不如从前亲密，表面看似和解了，但是我的内心并没有原谅她。有时我上班时，也会担心奈绪美和熊谷约会。因为放心不下，每天早上去上班，我还是会偷偷绕到后门观察她的举动，尤其是到了她出去学习英文或音乐的日子，就偷偷尾随着她，没事就趁着她不在的时候翻看她的信件，我变得像个秘密侦探一样，总想暗中做点什么打开自己疑神疑鬼的心结。奈绪美似乎察觉到我暗中的所作所为，没有向我表示不满，却故意在行动上和我计较起来。

“哎，奈绪美！”一天晚上，奈绪美又是一脸冷淡地假装睡觉，我推着她的身体说道，“你为什么要装睡呀！你是不是讨厌我了？”

“我没有。我就是想睡觉，所以闭着眼睛。”

“睁开眼睛，我想和你说说话，你怎么可以闭着眼睛聊天？”我这样说，奈绪美眼睛只睁开一条缝，眯着眼睛看我，这样看着，她显得更冷漠。

“怎么回事？你是不是讨厌我了？真的是这样吗？……”

“为什么问这样的话？”

“我从你的神情察觉到的，近期，我们倒是没闹过别扭，可是我们确实在暗中较劲，哪里还有夫妻的样子？”

“我没有那样，是你在和我别扭着。”

“彼此彼此。你的表现不能让我安心，我当然就会疑神疑鬼。”

“呵呵！”奈绪美在我说话过程中讥讽地笑了一声，“那好哇，我问你，我的表现哪里让你疑心了？怀疑我可以呀，证据拿出来。”

“没有证据，但是……”

“不能提供证据，你就疑心这儿疑心那儿的，你这个人是不是有毛病啊？你不信任我，让我没有作为妻子应有的自由和权利，却要求像正常夫妻那样生活，你觉得会有可能吗？让治，你以为你做的事情我不知道吗？偷偷跟踪我，偷翻我的信件，你做的事情我都知道得一清二楚……”

“我的做法是不好，但是，我是因为以前的事情，神经变得敏感多疑，你怎么不能体谅我呢？”

“那你要我怎么样？你不是说，以前发生的事情一笔勾销的吗？”

“只要你对我坦诚，真正地爱我，我就会好起来。”

“你要相信我才行啊！”

“我相信你，以后我保证都相信你。”

说到这里，我要检讨男人的肤浅。白天还好，晚上，我一定会败给她。不是真正的败，是男人体内的那只野兽被她驯服了。说真话，我并没有真正原谅她，但是我的兽性让我认命，让我主动向她缴械投降。奈绪美已经不是什么神圣的宝贝，不再是我崇拜的偶像，而是一个娼妇。我们的关系再也没有恋人的纯洁，也没有夫妻间的情爱。从前发生的一切就像是梦一般消失殆尽。既然是这样，为什么还是对不再贞洁、不再干净的女人情有独钟？因为我被她的肉体征服了，到了不能自已的程度。如果说奈绪美是堕落的，那么我也是。我为了奈绪美抛弃了作为男人本该有的节操、洁癖、纯情，舍弃了曾经的尊严，屈身在娼妇面前，都不觉得耻辱。有时候竟然将可耻的娼妇当作女神一样仰望。

奈绪美非常了解我的弱点，她开始意识到自己的肉体对于男人有什么样的价值，一到了夜晚，就能俘获男人，所以，白天故意对我冷淡无情，就像是对着陌生人一样表情冰冷，很显然是为了让我知道，她是在对一个男人出卖自己女性的肉体，除此之外，对于这个男人没有一点儿兴趣，没有任何感情可言。有时候，我同她讲话，她也是爱搭不理地应付着。只有在不得不回答的时候，才会说“是”或者“不是”。我只能认为她的做法，无非是要向我无声宣战。

“让治，不管我的态度冷淡与否，你都没有权利生气，你不是已经得到你要的东西了吗？你不是在我这里得到满足了吗？”我一看她，就被这样的目光盯着。而且，她的眼珠子一动不动地盯着的表情仿佛就是在说：“哼！这个家伙真是烦人，就像狗一样下流卑鄙，我是没办法，委屈一点儿忍着吧。”

这种对峙的状态不可能持久，我心里懂得，夫妻之间暗潮汹涌的争斗，早晚有一天会决战一场。某个晚上，我特别温柔地对奈绪美说：

“奈绪美，咱们不要这样无聊地暗战了好不好？你要怎么样我不知道，可是，我受不了现在像陌生人一样的生活了。不要这样过下去了……”

“那你要怎么样？”

“我们再真心地努力一次，做回正常的夫妻，好吗？你和我现在都在破罐子破摔，所以过不好的。努力想办法回到以前好吗？”

“即使我们拼尽全力，感情也很难恢复如前了。”

“也许是你说的那样，但是只要我们心往一处想，一定可以幸福起来的。只要你答应我，就会好起来……”

“有什么办法？”

“你为我生个孩子吧，做孩子的妈妈好吗？生一个也行啊！我们生了孩子，就是真正意义上的夫妻了，我们一定会是幸福的家庭。答应我好吗？”

“我不喜欢。”

奈绪美当即拒绝了我。

“你曾经对我说过不生孩子，要永远保持青春，像个少女一样的。夫妻之间有个孩子是件可怕的事呀！”

“以前确实是这样想的，但是……”

“怎么了？难道你现在改变了想法，没有以前爱我了，是吗？无论我变得多么衰老、多么狼狈都没关系了是吗？原来，你并不是真的爱我了。”

“怎么会呢？以前我们像朋友一样相处，以后我想像普通的夫妻那样好好爱你。”

"你以为这样，我们就会回到从前了吗？"

"也许并不完全是，但是真正的夫妻。"

"不行……不行……我不要。"不等我把话说完，奈绪美就开始捂住耳朵拼命摇头，"我想要从前的幸福生活，其他的，我都不在乎。我是为了这些才回到这里的。"

十九

如果奈绪美实在不想生孩子的话，我还有其他的办法——搬出大森的"童话之家"，组建一个普通的日本家庭。我正是因为想要与众不同的婚姻生活，才住在这个怪异的不实用的画室里。我们的生活变得如此堕落不堪也是因为这套房子。像我们这样的年轻夫妻住在这房子里，又没有女佣打扫，生活过于随意，单纯的生活也变得不再单纯，甚至龌龊不堪。我考虑雇用一位打扫的女佣和一位做饭的女佣。当我不在家的时候还可以替我监视奈绪美。再换一个可以住下我们夫妻和两位女佣的纯日本的中等家庭的房子，绝不是"文化住宅"。家里用的西洋家具都卖掉，换成日本式的家具，再给奈绪美买一架钢琴。这样安排就可以让杉崎女士在家里教授音乐，同样邀请哈里松小姐来家里教授英语，这样奈绪美就没有必要外出了。按照这个计划，得有一大笔资金才行。我打算向家里筹借，一切安排妥当之前，我并不打算告诉奈绪美。我先四处看看房子，考虑一下家具的问题。

家里邮寄来一千五百日元的汇款单，还捎话说是暂时邮寄这些钱。我在信中让家里帮忙找女佣，母亲在这封有汇款的信中说：“正好有一个十五岁的女孩子，叫阿花，以前是家里用人仙太郎的女儿，那个孩子知根知底，可以放心使用。做饭的女佣，我再用心找找看。在你搬家前一定让她们过去。”

奈绪美也在暗中观察我，一开始表现得很坦然，好像在说“看你能做出点什么事情来”。可就在我母亲的信件到达的第三天的傍晚，她突然按捺不住了，装得又可爱又性感地问我：

“让治，给我买件新的洋装，行不行？”

语气却带着莫名的嘲讽。

“洋装？”

我听后愣了一下，呆呆地看着她的脸，感受到“原来她知道了寄钱的事情，想要试探我的口风啊！”

“行不行吗？洋装不可以的话，做和服也可以。给我做一件崭新的冬装好吗？”

“我没有想买那些东西。”

“为什么呢？”

“你的衣服不是很多了吗？”

“是很多，但是都是我不喜欢的款式了。想要件新的。”

“不可以，以后都不可以浪费在买衣服上。”

“好哇！那你说，那些钱干什么用的？”

还是没忍住问出来了呀。我这样想着，但是故意装作不知道的样子。

“哪里来的钱？哪里有？”

“让治，我看见书箱下面的信件了。让治不是也喜欢偷看我的信件吗？那我这样做也是无可厚非的……”

这个举动已然让我吃了一惊。奈绪美说到钱的事情，我以为她只是看到挂号信而已，因为里面还有汇款单，但是没想到，她偷看的是我放在书箱下面的信件。看来如我所料，她想要知道我的秘密，寻找到我的信件来看。汇款的金额她一定也是知道的，其他的包括搬家和找女佣，看来她也是了解的。

“寄来那么多钱，给我做件衣服有什么不行的？……你不是说过嘛，‘只要是为了你，住在再狭窄的房子里，再不方便，我都可以忍耐。’还说过‘用这些钱过宽裕的生活’你都忘掉了？和以前的你相比，现在的你变化太大了。”

“我爱你的心从来没有改变，只是换了一种爱你的方式。”

“那我们要搬家的事情，你为什么不告诉我？你计划着不和我说一声，就要求我搬家吗？”

“我想找到适合的房子，当然会和你商量后再……”我尽力缓和语气，安慰她说，“奈绪美，说真心话，就是现在，我也想要你过上更好的生活。衣服讲究，居住体面，我会提高你的生活档次，让你成为时髦的夫人。这样，你就不会有现在的抱怨了吧。”

“真的吗？那可真是不错的想法。”

“明天一起去找新房子吧，只要房间比现在的多，你还能满意，去哪里都可以。”

“我想找西式洋房，日本的房子，呵呵，我可不习惯……”

对于她的说辞，我一时语塞，于是，奈绪美摆出一副“呵呵，又是这样”的表情，接着刁难道：

“你找的乡下女佣还是回绝了吧，女佣是我要使唤的，所以，我会托付浅草娘家来找。”

这样的争执越来越多，我们之间的气氛像是阴郁的天空，一整天不说话都已经习以为常，最终发生冲突的一次，是因为我发现了奈绪美和熊谷没有断绝往来，那是在从镰仓回来两个多月后的十一月初。

对于发现事情的始末没必要细细说明，我全身心投入搬家的事情中的同时，感觉奈绪美的行为举止有些异样，所以，我并没有松懈对她的监视，到底还是被我看见她偷偷约熊谷到大森家附近的曙楼见面。

那天早晨，我发现奈绪美化的妆与平时不同，要艳丽些，我有了疑心，走出家门后，马上折返，躲在后门储藏间的炭包后面。果然，到了大约九点钟，今天原本不是学习外出的日子，奈绪美却打扮整齐离开了家，她没有像往常一样去车站，而是朝着反方向，着急忙慌地赶路。我跟在她十几米远的地方，匆忙跑回家，换上了学生时代用过的斗篷和帽子，罩在西服外面，光着脚穿上木屐，跑出了门。远远地跟着奈绪美，一直往前走去，她走进了曙楼，十多分钟后，熊谷也来了，走了进去。而我就在外面看着他们出来。

他们回去的时候，也是一前一后，这次是熊谷晚走一会儿，得有十一点多，奈绪美先行离开的（也就是说我在曙楼附近待了将近一个半小时）。她和来的时候一样，旁若无人地径直走回了一千多米外的家。我也加快脚步跟着。所以，她打开家门进去不到五六分钟的时间，我也跟着回到了家里。

走进家门的一瞬间，我看见奈绪美的眼神落寞、充满凄惨之感，她呆呆地杵在那里，目光直勾勾地盯着我，在她的脚下，散落着我刚刚换下的帽子、斗篷、鞋子、袜子。看见地上的东西，奈绪美大概也知道了一切。秋日明朗的清晨，在画室灯光的照射下，她的脸变得惨白，结局明了，寂静至极。

"滚出去！"

我一出声，就被自己的怒吼声镇住了，我没有再发怒，奈绪美也没有再说话。我们两个人剑拔弩张，怒目相视，伺机寻找对方的弱点。这个时刻，我居然发现奈绪美的脸实在是太漂亮了。我发现女人的相貌，越被男人憎恨就越漂亮。唐·何塞杀死了卡门，就是因为他越是恨得咬牙切齿越觉得她美丽，因而杀死了她。此时此刻，我完全明白他的心境。奈绪美不眨眼紧紧地盯着我，脸上的肌肉僵硬，苍白的嘴唇紧闭，站立的姿势就是恶魔的化身。原来，这样就可以暴露坏女人本来的面目。

"给我滚出去！"我又竭力地喊出来，我被无法理解的憎恨、惊恐和美丽操控着，狠狠地捏住她的双肩，一把推出了门外。"滚出去！快滚出去！我叫你滚，听见没？"

"放过我一次……让治！以后不会了……"

奈绪美的表情瞬间变得哀怨，声音也变得微微颤抖，眼泪溢满眼眶，甚至直接跪在了地上，乞求我的原谅，一再地求我。

"让治，原谅我吧，是我不对。……原谅我吧，原谅我吧。……”

她突然的变化，可怜兮兮哀求我的样子，让我有点意外，这倒是让我更加怒不可遏，我握紧双拳，“噼噼啪啪”，拳头雨点般打在她身上。

“畜生！狗！不是人！我要和你分开！你怎么还不滚出去！”

奈绪美像突然感受到“这次真的无法挽回了”一样，又一次改变态度，忽然站了起来，用平时说话的语气，淡淡地说：

“那好，我走！”

“滚，现在就滚出去！”

“好！马上出去……我还要去二楼拿自己换洗的衣物。”

“你现在就滚回浅草的家，东西叫人来取。你的东西，我一件也不留。”

“那可不行，有些东西，我现在就要用。”

“都随便吧，快点拿走，快点！”

我心里一直不认为奈绪美真的会收拾自己的东西离开，不过是缓兵之计，所以我也毫不示弱地怒吼。她径直上了二楼，真的开始收拾行李，又是篮子，又是包裹，打包了好几个，自己背不走，让人力车夫帮忙，装上车才走。

“请多保重吧，感谢您长时间对我的照顾。”临走前，她面无表情冷冷地说道。

二十

奈绪美坐车走了以后，我不自觉地掏出怀表看了一眼时间，正是中午十二点三十六分。……她从曙楼出来，是十一点钟，接着我们吵架，没想到形势急转直下，刚刚还在这里的奈绪美就这样消失了。……不过是一小时三十六分钟而已。……人们习惯在看护的病人咽下最后一口气的时候，或者是大地震的时候，不自觉地看表，我居然此时也掏出怀表确定时间，难道也是出于这样的心情吗？大正某年十一月某日正午十二点三十六分，就在这一刻，我和奈绪美居然分开了。我和她的关系，也许就此终结。

“我终于可以放下负担了。终于解放了。”

这段时间我被暗战搞得身心疲惫，所以，坐在椅子上不停地感叹，不由得发起呆。最开始的感觉是轻松自在，“真是不容易的事情，终于有了结果”。这不仅是精神上的疲惫，也是身体上的疲劳，想要彻底放松下来，这是身体上的迫切需求。奈绪美就像是那种浓烈的酒，明知喝多了会伤身，可是每天一嗅到那芳香的气息，一看见美酒斟满，我就不能自控地要喝掉。就是这样，日复一日，体内的酒精积累越多越是疲倦不堪，厚重无力，后脑像铅一样沉重，猛地站起来都会天旋地转，向后仰起就会倒下去。宿醉的感觉挥之不去，肠胃不舒服，记忆力减退，对什么事情都没有兴趣，像个病秧子，没精打采。头脑里总是浮现各式各样关于奈绪美的幻象，这样的幻象常常使我感到打嗝似的反胃，她身上的体味、汗味熏得我上不来气。现在，奈绪美走了，眼不见心不烦，我的心情就像进入梅雨季节的天空突然放晴般轻松下来。

但是，就像我所说，此时就是这般感觉，实话实说，这般轻松自在的心情仅仅持续了一个小时。无论我的身体如何健康，只用一个小时是很难驱散疲劳感的。我只是在椅子上短暂地休息，不一会儿，奈绪美因为发怒变得异常美丽的脸又浮现在我的脑海里，挥之不去，就是那“越被男人憎恨就越漂亮”的脸。那是一张让我死也不会忘却的极其可恶的淫妇的脸，她已经深深烙印在我的心里，擦不掉的。随着时间的流逝，她的身影时不时地就会出现在我的眼前，又好像在死盯着我，而且那愤怒的表情、娇媚的脸蛋洋溢着无穷无尽的魅力，深陷在我的心底。

如今回想起来，她脸上浮现的妩媚的表情，直到今天也是第一次见到，那邪恶的表情就是“恶魔的化身”，同时，也是她身体和灵魂具有的一切的美，都发挥到极致的样子。我不只在吵嘴时能感受到那种绝美的震撼，我在心里无数次地赞叹“真是太美，太美了”。可是，为什么不在她的面前跪下，向来是婆婆妈妈、软弱可欺的我，就算是再愤怒，也不应该对这般宠爱的女人破口大骂，大打出手。当时的勇气是哪里来的？现在我越想越觉得不可思议，以至于痛恨自己用暴力解决事情是错上加错。

“你就是个愚蠢的男人，做了一件不可挽回的事情。就算她身上缺点多，但是能和这张娇俏的脸蛋相比吗？那种绝世美颜，今后再也看不见了。”

我好像听到有人这样呵斥我，是呀，我干了一件多么愚蠢的事情！那个平时谨小慎微地呵护她，连她的手指都不敢碰一下的我，现在却得到这样的结局，我一定是魔怔了。这样的想法在我的脑子里回旋。

一个小时前，我还觉得她是莫大的负担，用各种诅咒的话语中伤她，现在为什么又开始诅咒自己了？甚至后悔当时的鲁莽冲动，为什么会态度反转？对那种下贱女人，又为什么会有一种不舍？这种突然的心理变化，连我自己都有些震惊，恐怕只有丘比特才能破解这个谜团吧。我不知道什么时候站起身来，在房间里来来回回走着，考虑着怎么才能不想念她。可是，这种情感似乎不受控制地冒出来，总是想起她。过去五年共同生活的情景，一幕一幕在眼前轮转。哦，那时候她是那样说的，是的，就是那个表情、那样的眉目，这些都成了我对她不可替代的回忆。对，最难忘的是奈绪美还是十五六岁的少女的时候，每晚我用西洋浴盆给她洗澡，还有，我趴在地板上给她当大马，她就骑在我的背上，手里挥舞着毛巾，嘴里喊着“驾——驾——”，我趴在地上在画室里一圈一圈转着。

为什么这些无聊的小事总是在我的脑海里浮现？太愚蠢了，哪怕是愚蠢的，只要她还肯回到我的家里，我一定让她先玩骑大马游戏，还让她骑在我的背上，我驮着她满屋子爬。要是愿望实现了，我得高兴成什么样子！有时候，我觉得这件事情就是我理想中幸福的事情，光是想象还不够，可能是太过想念，偶尔我会不自觉地趴在地板上，在房间里爬，而且我还会走到二楼——写到这里我都感觉羞耻——找出她穿过的旧衣服，披在背上，手上套着她的袜子，在房间里爬。

从书的开始读到这里的读者想必还记得，我有一本记录“奈绪美成长”的纪念册。那是在她少女时，我记录她身体成长发育的笔记，详细记录了奈绪美少女时期的成长过程，像专家一样对她仔细研究记录下来的内容。在我的日记里贴满了奈绪美各种表情、姿态的照片。由于我想念奈绪美了，我从书箱底下翻出这本收藏多年的，已经蒙了一层灰的记录本。这些照片我是绝对不能给其他人看的，所以照片是我自己冲洗的，可能是最后一步的漂洗不够好的原因，照片上有一些像雀斑一样的斑点，有一些照片就更破旧了，就像是旧画像朦朦胧胧的，给人更加怀念的感觉，像是追忆十年二十年前的往事一般——重温孩童时期遥远的梦。

照片中有她每个时期喜欢穿的服装和装扮的样式，太多了：奇异的、轻便的、奢华的、有趣的……我几乎没有遗漏地全部收藏在日记里。有一页还贴着奈绪美穿着天鹅绒西服男装的写真，还有一页是她将轻薄的棉巴里纱缠住身体，像雕像一般挺立的照片。这一页照片，奈绪美身上穿着闪亮的绸缎短外褂，里面是绸缎和服，窄幅腰带系到胸部，还有丝带和衬领的配饰。她喜欢摆出各种花样的动作表情，尤其喜欢模仿电影女明星的各种姿态，像是玛丽·皮克福特的笑颜、葛洛丽亚·斯旺森的目光、波拉·尼格丽的嚣张、贝比·丹尼尔斯的装腔作势的神态：生气的、嫣然一笑的、惊悚的、迷离的……翻看她的照片，只觉得她的表情和姿态千变万化，她模仿起来惟妙惟肖，她是那么聪慧可人，简直难以用语言形容。

“哎……我居然赶走了这么美妙的人儿。”

我的心揪着疼，悔恨得无以复加，手里继续翻阅着日记，照片拍摄的样式很多，拍摄方法细致考究，还有身体某些部位的特写：鼻子、眼睛、嘴巴、手的形状，胳臂、肩膀、背、腿的弧度，还有更为细致的，手腕、脚脖、手肘、膝盖、足底，就像拍摄希腊雕像或是奈良佛像一般细致入微。拍摄角度如此细致，奈绪美的身体在我的眼中就是艺术品，比奈良的佛像更加完美的艺术品，细细翻阅这些照片，我的心中甚至涌起类似于宗教的感动：啊，我究竟有什么样的想法，才拍出了如此精美的作品？难道我早有预感，这些照片会成为我悲伤的纪念吗？

我对奈绪美的思念愈加强烈。天很快黑下来，窗外星辰闪烁，有些微凉。但是，我从中午十一点到现在都没有吃饭，也没有烤火，甚至连开灯的力气也没有，在渐渐黑暗的房子里的楼梯上爬上爬下，边嘟囔着“愚蠢哪，愚蠢”，边用手不停拍打自己的头，朝着空洞洞的房间，静悄悄的画室墙壁，喊着“奈绪美、奈绪美”，不停地叫喊她的名字，最后扑倒在地板上。无论怎样，无论要什么，我都要找回她，我要无条件地匍匐在她的脚下。不管怎样，有什么样的欲望，我都要满足她。

可是，奈绪美在哪里呢？在做什么？她拿了那么多的行李，一定去东京站坐汽车了，这样的话，她到达浅草的家就要五六个小时了。面对娘家的人，奈绪美会老实说出被赶出来的原因吗？还是编造谎言，就像以前那样，蒙骗她的家人呢？奈绪美最讨厌听到谁说她是生在千束町的女孩子，娘家依靠卑贱的工作生活着。她把亲兄弟姐妹看成无知的人，一般都不会回娘家。在这个并不融洽的家中，正在商量善后的策略。兄弟姐妹一定会让她回来道歉，奈绪美一定会说“我凭什么给他道歉呢，你们去把行李取回来”一类的话，态度固执到底。之后毫不在意似的，举止泰然地和兄弟姐妹说笑，吹牛皮，偶尔还夹着不标准的英语夸夸其谈，显摆自己时尚的衣服、饰品，装得就像是富家小姐看望贫民般的不可一世。但是，无论奈绪美怎么和家人解释，毕竟此事非同小可，总会有人来我这里……倘若她说“我为什么要向他道歉”的话，哥哥也好，姐姐也好，总会来一个人替她取走行李。难道奈绪美的亲兄弟姐妹们对她的境况漠不关心？就像奈绪美对他们也无所谓一样，他们心中根本没有奈绪美的位置，也没有想要负责？“好，那孩子就托付你好了。”当初就是这样一句话，把一个十五岁的女孩子丢给我，完全无所谓我怎么对待她。这一次还是放任自流，奈绪美的生活可以这样随随便便不管不顾？即便如此，也应该来个人取东西呀！“你现在就滚回浅草的家，行李回头让人来取。”我气头上时，对她就是这样交代的，怎么到现在也没有人来呢，怎么回事？虽然她临走前拿了许多行李，但是还有一些她非常看重的衣物在我这里，看哪，这不是还有好几套呢吗？想必她是不会把自己关在破烂不堪的千束町家里的，应该会穿着她的奇异的服装在邻舍间走来走去地炫耀。如果是这样，那就更加需要这些没取走的衣裳了，没有这些，还拿什么炫耀？那天晚上，我一直在等待奈绪美的家人来，等到天黑透了，我甚至都忘记了开灯这件事，突然地，我意识到，万一她家人来，看到所有的房间都是黑黢黢的，以为家里没人就糟了。我慌忙起身去开了所有屋子的灯，确认大门的名牌还挂在原来的位置，接着拿了把椅子，就坐在门口等待，一坐就是好几个小时，仔细探听着外面来人的声响。时钟上显示：八点、九点、十点、十一点……根本没人来敲门。整整一天过去了，没有任何人的音讯。我开始有点悲伤，脑袋里的奇怪想法层出不穷。

奈绪美家里没有人来取行李，也有可能她根本没在意此事，以为不出两三天，这件事情就会过去了。“不用放在心上，他对我很痴迷，离不开我，他没有我怎么能行？一定会来接回我的。”难道她心里打着这样的算盘？对她来说，过惯了奢侈的生活，不可能再回去过底层的生活了。但是，其他的男人，哪个会像我一样宠着她，珍视她，让她随心所欲地过日子？奈绪美那个家伙对于这一点心里有数，虽然嘴上不服软，但是心里八成盼望着我去接她。也许是明天早上，她的哥哥姐姐就会来调解此事。他们夜晚忙着照看生意，没准白天才得空出门。总之，没有人来取行李，说明事情还有转机。如果明天还是没有人来，我就去她浅草的老家接她回来好了。事情到了这个程度，也顾不及面子什么的。哪怕被她兄弟姐妹们嘲笑，被她看穿我的心思，我也要去一趟向她道歉，厚着脸皮，也让哥哥姐姐说些好话，帮帮我，反复求她回来，这样一来，她有了面子，一定会趾高气扬地回家的。

我整宿没有睡觉，睁着眼睛一直到第二天下午六点多，还是没有任何消息，我已经等不及了，锁了门就去了浅草。我希望快点见到奈绪美，只要见到她我就安心了。可能这就是热恋的、那时候的我吧。我的心里除了“看见她，和她约会”的想法，再无其他。

千束町的家在花园后面纵横交错的小路上，我七点抵达。还是有些不好意思，我轻轻拉开格子门，走进土间，轻声问道：“您好，我从大森来，请问奈绪美回来了吗？”

她姐姐先听见我的声音，从隔壁的房间里探出头，表情有些惊讶地问道：

“怎么了，你是在问奈绪美吗？……她不在家，没回来过。”

“那是怎么回事？应该不能不回来呀。昨天她说会回娘家来。”

二十一

最初我认为是奈绪美故意不让姐姐告诉我她回家的事，所以我说了老半天好话，请她务必帮我劝奈绪美和我回去，可是，聊了一阵子，从谈话里感受到奈绪美确实没有回家。

“这事不对呀，她带走了大部分行李，不回家还能去哪里？”

“什么拿走了行李？”

“篮子、包裹、皮包什么的，装走了很多东西。其实我们昨天因为一些小事争吵起来，之后她……”

“她临走前，说要回家了吗？”

“不是她要回家，是我要她回家去。我让她回浅草的家，再让人来取行李。我考虑，你家里来个人，事情的原委就知道了。”

“嗯，说的也对呀！不过，她确实没有回来，如果真是你说的那样，没准儿她一会儿就能回来呢！”

“可是她昨天就出门了，到现在还没有消息，可就……”

我和姐姐正说着话，她的哥哥出来说道。

“那我们还是出去找找吧，如果你知道她常去的地方。到现在还没回家，怕是不会回来这里了。”

“而且阿直很久没有回过家了，那孩子，上次回来，还是一两个月前的事情了。”

“抱歉地说，如果她回家了，不管她怎么解释，还是请大家尽快告知我。”

“没问题。其实，事情发展到今天，我们也不想再管她了，只要她能回到家里，我们第一时间就通知你。”

我坐在门槛上，喝着苦涩的茶，一点儿办法都没有。看着听说妹妹离家出走也并不是很担心的姐姐和哥哥，再诉说我的苦楚也没有任何成效。所以，我再三拜托他们，只要她回来，一定和我联系。倘若是白天，那就给我的公司打电话，要是我近期请假不在公司，就马上给我大森的家拍电报。只要我还没到，千万不能让她离开家里。虽然再三强调、反复嘱托，我还是觉得他们这些人迷迷糊糊办事靠不住，为了保准，我又把公司的联系方式和大森家的门牌号码和地址都详细地写下来给他们。看他们懵懵懂懂的样子，恐怕到现在连我家的地址都不知道。

“接下来，我还能怎么做？她到底去了哪里？”

我心急得快要哭出来了，也许已经哭了出来。我就这样走出了千束町，漫无目的地在公园里边走边想，从奈绪美没有回娘家这点来看，事情比我预期的要严重得多。

“难道她去了熊谷那里？去那个家伙的家里了？”

想到这儿，奈绪美临走前说的“那可不行啊！有些东西，我还要用呢”，也就有了出处了。嗯，没准儿就是这么回事。她就是想去熊谷家，才带了那么多的行李。也许这是他们两个人的阴谋。如果是这样，事情就不好办了。我不知道熊谷家的地址，即使我找到他家，那家伙也不可能明目张胆地让奈绪美住在他父母的家里。虽然说那家伙胡来惯了，但是他的父亲是个绅士，决不会允许儿子这样胡作非为的。那小子不会和奈绪美一起离家出走了吧？两个人躲藏起来了？该不会向家里要了钱，在外面闲逛呢吧？即使是这样，知道他们在一起也好哇！我还可以去找熊谷的家人谈判，让他们严加管教自己的儿子。就算那小子不听家人的劝告，还是不回来，等他们把钱花光了，生活没了着落，还是会各回各家的，奈绪美也会自然而然地回到我的身边哪！一定是这样收场的。但是在这段时间，我为她担惊受怕的感情怎么计算？还有，这件事一个月能否解决，还是要花费两个月、三个月或是半年的时间？要是这么长的时间，那就棘手了。时间长了，奈绪美乐而忘返就糟糕了，免不了她不去结交第二个、第三个男人。看来事情不能拖拖拉拉，越早解决越好。和她分开越久，跟她的缘分就越浅，她正在离我越来越远。

看着吧，我是不会让你轻易离开的，我决不会放你离开。无论如何，我都会把你带回来。虽然我不信奉神明，可是现在，我忽然就想去拜拜观音菩萨。真心实意地祷告菩萨，"让我早点找到奈绪美，最好明天她就回到我这里。"接着，我漫步街头，进了两三家酒吧，喝得不省人事，才回大森的家，看时间已是半夜十二点多了。我喝得大醉，但是脑子里还是会想着奈绪美的事情，怎么也睡不着觉。渐渐地我清醒了，又开始反复想这件事，怎么才能找到她的住处？她真的和熊谷在一起吗？有没有证据证明什么，去找那小子会不会太唐突了？可是如果不去找私家侦探，也没有其他办法呀……这样想来想去，我突然想到一个人——浜田。哎呀，我怎么把浜田忘了呢？这个小子一定能帮助我。记得我和他在松浅分别时，留了他的地址，明天就给他写信。写信还是太慢，要不拍份电报？拍电报未免小题大做，还是打电话吧，让他来一趟？用不着吧，不至于让他过来。还不如让他帮忙找到熊谷呢，还是找到熊谷重要。浜田肯定知道他在哪里，找他帮忙，应该能快点有熊谷的消息。现在，能理解我的苦衷，拯救我于水火的，只有浜田了。也算是"临时抱佛脚"吧。

第二天早上，我七点多就起来跑到附近的电话亭，查找电话簿，很快就查到浜田的电话。

“您找谁？啊，浜田少爷还没起床……”女佣接听了电话。

“实在不好意思，我找浜田有急事，请你务必让他接听电话。”我一再恳求后，又过了好一会儿，我终于听到浜田昏昏沉沉的声音了。

“你是河合先生吗？住在大森的河合先生？”

“是呀，我是住在大森的河合先生，打扰你了，今天这么早来打扰你，实在对不起呀，主要是，有一件急事，奈绪美离家出走了……”

说出“离家出走”这句话时，我一时心急不自觉地说成了哭腔。天气特别寒冷，在这个如寒冬一般的早晨，我在睡衣外面只搭了一件棉外褂，就匆忙出来打电话。因此，我拿着话筒，全身不听使唤地不停打战。

“奈绪美小姐吗？果真如此呀！”浜田无比平静地说道。

“怎么？你已经知道什么了吗？”

“昨晚，我见到她了。”

“你见到过奈绪美了？……你昨夜真的见过奈绪美吗？”

听见这话，我浑身颤抖得更厉害了。和以前的颤抖不同，由于抖得太厉害，门牙磕在话筒上。

“昨晚，我去黄金国跳舞时，奈绪美小姐也在那里。我没有问什么，但是能看出她和以往不同，因此，想到是这么回事。”

“谁陪她去的，熊谷吗？”

“不只是熊谷，还有五六个男人，其中还有洋人。”

“洋人？”

“嗯。而且她穿着洋装长裙，非常漂亮。”

“她离开家的时候，没带洋装啊……”

“是洋装没错，是非常漂亮的那种长裙。”

我好像魔怔了一般，脑子里一片空白，不知说什么才好。

二十二

“喂……喂……怎么了，河合先生？……喂……在吗？”因为我意识一时恍惚，浜田催促道，“喂……喂……”

“哦，我在。”

“是河合先生吗？”

“是的……”

“怎么回事，河合先生？”

“我……不知道怎么办……”

“那您拿着话筒也想不出办法……”

“我知道……可是，浜田君，我现在无计可施呀……简直是愁死人了。她出走以后，我整宿整宿无法入睡。”我为了博得浜田的同情和帮助，用极其可怜的语气继续说着，“浜田君，现在我除了你，也没有别人可以恳求，请你帮助我好吗？我……不管怎样也要搞清楚奈绪美在哪里？到底在熊谷那里还是其他男人的住所。还有我请求你帮助我，通过你的关系查找起来方便一些……我想，比起我自己去找，还是你更有门路一些……”

“嗯，我问问就能知晓了。”浜田爽快地答应了，“不过，河合先生，奈绪美大概会去哪里呢？”

“我本来以为会在熊谷那里。我老实对你说，奈绪美还在背地里和熊谷有来往。前几天被我抓到，我们吵起来，她才离家出走的。”

“原来是这样。”

“可是刚刚听你说，她还和包括洋人在内的其他男人在一起，还穿着漂亮的长裙，我就不明白怎么一回事了。不过，我想要是你见到熊谷，大致情况就知道了……”

“好的，好的。”浜田打断我的唠叨，说，“那我还是先查问一下。”

“那还请你快一点，拜托你！……如果可以，能今天告诉我结果最好了……”

“嗯，可以呀！如果今天打听出结果来，我怎么通知你呢？你现在在大井町公司工作吗？”

“从发生这件事情后，我一直请假，怕奈绪美回来看不到我，就尽量在家里守着。实在抱歉，打电话不方便的话，能和你见面就最好了，有时间吗？倘若情况了解到了，你可否来一趟大森家里呢？”

“好呀，反正我也闲着没事情做。”

“太感谢了，你能帮我，真是太感激了！”

知道浜田能帮助我，我就更加期盼他早点带着消息来大森了。我有点焦虑地追问：

“你大概几点能到呢？两点或者三点差不多了吧！”

“我觉得差不多。不过，还是多问一些人，才能找到那小子。

我会想办法去找，大概两三天能找得到。”

“没关系，我就在家等你消息。不管是明天还是后天，我都在家等着。”

“好的。详细的情况，等我到你家再说。好，再见。”

“喂……喂……还有……”我慌忙叫住浜田，接着说“喂……那个……如果，你能见到奈绪美的话，如果方便说，我想你帮我给她带句话。……我不想再追究是谁的过错，对于她的堕落我也有责任。所以，我为我的过错向她道歉，她只要回到我身边，提出什么条件我都答应，一切条件都可以。如果不愿意，那么她回家见一面也可以。”

在“一切条件都可以”这句话后面，我还想说：“就是她让我下跪认错，我也愿意。让我匍匐在地磕头都行，让我怎么样都好。”我多想说出来，但是这些话毕竟不好意思说出口。

“……我就是这样想念她，可以的话，请把我的心意转达给她。”

“好。如果可以，我一定转达给她。”

“还有，我很担心她倔强劲上来，可能心里想回家，也会故意要脾气不回。要是那样的话，你就对她说，我现在茶饭不思，强拉她回来，好了……”

“知道了。知道了。虽然不敢承诺什么，但是我一定尽力去做。”

在电话里，我请求的事情太多，浜田的语气都有些不耐烦了。我连续打了三个电话，直到钱包里的五个铜币都花完了才挂断。我哭诉一般，声音颤抖着恳求人家帮我那么多的忙，也许是我有生之年的第一次。

但是，打完电话，我不但没有轻松，反而更加期盼浜田的消息。他说今天差不多，可是今天不行的话，我该怎么办？……不对，应该说我会怎么样？我现在就做一件事——想念奈绪美，除此以外，没有其他事情可做。我什么也干不下去。睡觉、吃饭、出去……都没有心情，像具行尸走肉一般地活着而已。独自一个人在家发呆，却让一个和我没关系的人为我的事情奔波，而我只能在家等待他的消息，除了等待，没有其他任何办法。其实，没有比什么也不能做更让人痛苦的事情了。我还要加上一层痛苦——对奈绪美爱得无可救药。

我虽然在这份爱情中痛苦地煎熬着，却也只能将命运交给别人，只能呆呆地盯着时钟的指针，光想一下都无法忍受。即使是短短的一分钟，也觉得时间的脚步太迟缓、太漫长。一分钟要走过六十圈才够一小时，一百二十圈才是两个小时，假如等三个小时，无所事事，只是枯坐死盯着时钟指针嘀嗒嘀嗒、嘀嗒嘀嗒地转一百八十圈！也许不是三个小时，可能会是四个小时、五个小时，又或者半天、一天、两天、三天的话，这样度日如年地苦等，一定会让我疯掉的。

盯着时钟，我在心里盘算着，浜田要是来也得傍晚了。没想到通电话后四个小时，也就是十二点左右，家里的门铃响起来了，喜出望外地听见浜田喊道“你好”的声音时，我兴奋得跳起来，跑着去给他开门。语气紧张地说：

“你好啊，稍等，马上给你开门。”

说着话，我在想："真没料到，这么快就到了。一定是见到了奈绪美，顺利地说服她一起回来了。"这么想着，内心就更加欢呼雀跃，兴奋地打起了小鼓。

一打开门。我四下里找去，开始以为奈绪美在浜田的身后藏着，可是根本没有人影，只有浜田一个人站在门廊上。

"刚才很抱歉，调查得怎么样？找到奈绪美了吗？"我马上直奔主题地问道。

浜田很镇定，用可怜的眼神注视着我，非常利索地回答道：

"啊，找到是找到了，但是……河合先生，那个女人简直太差劲，你还是忘了她吧。"然后无奈地摇头。

"怎么回事？为什么要这样说？"

"为什么？你还是不要问了。……我是真心为了你才这样说，我看你还是早早忘了她吧。"

"怎么，你见到奈绪美了？劝她回来，但是根本说不动她，是吗？"

"不，我根本没有和奈绪美见着面，我去了熊谷家里，了解到她最近的情况才来的。她的所作所为实在太过分了，到了让人惊讶的地步。"

"但是，浜田君，奈绪美现在在哪里？我就想知道她住在哪里？"

"在哪里？她没有一定的住所，一直在到处借宿。

"奈绪美小姐还有一些你不知道的男友，只是在和你吵架后，她去了熊谷家。事前打声招呼，偷偷去也还好，但是，当时她拿了很多行李，坐着人力车，突然出现在熊谷家，结果熊谷全家都被她吓到，因为家里没有人认识她，也没有人欢迎她进门，熊谷也被搞得和家人没办法解释。”

“那后来呢？”

“没办法，熊谷把她的行李拿到自己的房间，两个人就去了一家不太正经的旅馆，那个旅馆就在大森家的附近，名字里有个楼字，就是你抓到他们约会的那家旅馆，你说他们的胆子是不是太大了。”

“也就是说那天，他们又去了那里？”

“看样子是的，他就是这样说的。熊谷很嘚瑟的样子，绘声绘色的，我听得很气愤。”

“那天晚上，他们就住在那里了？”

“那倒不是。他说在那里待到天黑，之后去银座闲逛，在尾张町的十字路口分开的。”

“这太不可思议了。熊谷那小子是不是在编故事？”

“你先听我说完，分别时，熊谷有些怜悯她，就问她：‘晚上去哪里住哇？’她毫不犹豫地说：‘住的地方多着呢，我要去横滨。’完全看不出忧愁的样子。和熊谷分开后，她就向着新桥方向快步离开了。”

“横滨？谁在那里住？”

“对呀，这就是让人不可思议的事情。就算奈绪美小姐朋友多，但是不会在横滨也认识人吧。她可能只是嘴上说着漂亮话，实际回大森的家住了吧。熊谷也是这样猜想。谁知第二天晚上，奈绪美打电话来说：‘我在黄金国等你，快过来玩呀！’他到那里一看，奈绪美小姐真是穿着亮丽的长裙，手里有一把孔雀羽毛扇，戴着项链、手镯等饰品，璀璨夺目，被好几个男人包围着，其中还有个洋人，和他们有说有笑。”

听浜田说的内容，我感觉打开了魔法盒，令人意想不到的事情一个又一个地蹦出来。也就是说，奈绪美那个晚上真的去了洋人的住处，那个洋人叫威廉·马卡内尔，他就是我第一次去黄金国跳舞时，不做自我介绍，等不及来到我们面前，邀请奈绪美跳舞的那个厚脸皮的男人，脸上涂抹了厚厚的脂粉，没有一点儿阳刚之气。最让我大惊失色的还是熊谷对浜田说的，奈绪美在去洋人家过夜之前，和那个马卡内尔并不是很亲近的样子，但是，看得出来奈绪美早就对他感兴趣。他的模样的确招女人喜欢，举手投足像个绅士，不但在跳舞的人中有“色魔洋人”的绰号，连奈绪美也觉得“那个洋人的侧脸很有魅力，有点像约翰·巴里”。因此，可以看出奈绪美早就对他有意，其实马卡内尔也觉得“这个女人对我有意思”，和她私下里偷偷交往也是可能的。可见，他们算不上朋友关系，奈绪美就凭着有点熟悉，就去登门找他。奈绪美这个不速之客，在马卡内尔看来，简直就是直奔虎口的小肥羊，“你今晚就住在我家里吧，怎么样？”“嗯，住下也不错。”……

“不管怎样，我还是难以理解，第一次去男人家里，当晚就留下来过夜。……”

“但是，河合先生，奈绪美小姐似乎并不是十分在意。连马卡内尔也有点难以相信，昨晚还在问熊谷：‘这位小姐是干什么的？’”

“让不知底细的女人留宿，他自己都觉得太不靠谱了。”

“不只是留宿，还花钱给她买了裙子、手链、项链……只是一个晚上，两个人就变得很亲密的样子，奈绪美口口声声叫着‘威利，威利’的。”

“看来，项链、洋装什么的，都是那个男人给她买的了？”

“听熊谷的意思，有的是洋人买的，还有些是洋人借女性朋友的东西，彦根都是这样的。也许就是奈绪美小姐撒娇说要穿洋装一类的话，男人都受不了这套，只能满足她的欲望，让她开心呗。那洋装不像是现成的，特别合身，穿的鞋是法式细高跟鞋，底面都是漆皮，鞋尖镶嵌着碎宝石，光彩夺目，大概是人造钻石。昨夜，舞池中的奈绪美，就像是童话里的灰姑娘一样。”

我听着浜田的描述，心里忍不住想象奈绪美打扮成灰姑娘该有多美！我的心脏“扑通、扑通”地狂跳起来，转念间，又有一种说不出的，不检点、羞愧的，还有后悔、厌恶的复杂心情一下子涌了出来。一个熊谷，我还可以忍耐，可是一天时间，她竟然又跑到素不相识的洋人家里住下来，向人家借用衣裳，这些哪里是一个有丈夫的女人该做的事情？那个和我生活这么多年的奈绪美，居然是这么肮脏的、下贱的女人。难道是我一直没有认清她的本质？一直做着愚蠢的白日梦？是呀，浜田说的没错，无论我对她的感情如何不舍，也必须斩断和她的关系。作为男人我实在是颜面扫地。

“浜田哪，别怪我唠叨，我想谨慎一些，今天你说的这些话都是真的吗？熊谷可以证明，你也可以证明吗？”

浜田看见我脸上有泪，用同情的目光注视着我，点点头说：

“听你这么说，我很了解你此刻的心情，更觉得有些话还是不要再说出来了。其实，我昨晚也在黄金国，所以熊谷说的话都是真实的，此外还有一些事情，你听了也会相信，但是，还请你不要再问了，你一定不想知道的。相信我，我不会为此胡编乱造、夸大其词的……”

“嗯嗯。已经很感谢你了。知道这些就够了，不需要再解释什么了……”

不知怎么，说到这里，我一时语塞，再也说不下去了，任凭眼泪大滴大滴地落下来，“不可以这样”，我突然控制不住地紧紧抱住浜田，脸贴在他的肩膀上，接着号啕大哭起来，声音嘶哑地怒喊起来。

“浜田，我不会再要那个女人了！我要彻底离开她！”

“你说得对，你说得对！”

浜田感同身受地被我感染，声音有些涩。

“老实说，今天我来这里，就是要告诉你，奈绪美这个女人真的不值得你再眷恋了。不过，她保不准哪天，又会像什么事情都没发生一样，出现在你面前，因为那些人，其实没有一个真心对待奈绪美小姐，用熊谷的话说，就是玩玩而已，甚至给她起了很难听的绰号。在你一无所知的情况下，不知给你丢了多大脸呢！……”

曾经和我一样狂热地追求着奈绪美的浜田，而且是和我一样被她抛弃的浜田——这个年轻人满心悲愤地为我考虑，而说出的每一句话，都有锋利的手术刀割掉腐肉般的效果。“他们没有人真心待她，只是当作玩物，甚至取了下流的绰号给她”——这句恐怖至极的实话，反倒让我内心畅快了，就像是治好了疟疾，瞬时浑身清爽，连眼泪也不再流了。

二十三

“河合先生，不要把自己闷在家里，出去透透气，散散心吧？”有了浜田君的开解，我稍有些精神，就让他等我收拾收拾自己。两天了，我一直没有洗漱，也没有刮胡子。今天一番洗漱后，整个人都清爽了，就和浜田一起离开了家，此刻是下午两点半左右。

“现在正是去郊外散步的好时候。”

浜田向我提议，我点头同意了。

“那我们朝这边走好了。”

他边说着，边向着池上方向走去，忽然，我有些恶心，停了下来。

“啊，对了，那个方向不吉利。”

“是吗？怎么回事！”

“之前说过的曙楼就在那边。”

“啊？那是不好。那我们怎么走才好？要不，我们就一直走到海边，去川崎好不好？”

“好，那边应该是安全的。”

说完，浜田转身向后方，朝着反方向的车站迈开了步子。仔细琢磨，其实，那个方向也不是很妥当。如果奈绪美要去曙楼，没准儿这个时间还得和熊谷一起出来，也不能保证不和那个洋人在京滨之间坐车往返。看来，国营电车站是千万不能去的。

“真是抱歉，今天麻烦你了。”我随口向浜田说了句客套话，然后穿过胡同，通过田间小路的岔道口。

“没关系的，这没什么的。我早就预料到有这么一天。”

“是呀，你有没有觉得我这个人太荒唐了？”

“其实，之前那个时候，我岂不是更荒唐，所以，我没资格嘲笑你。我只是在自己迷恋的旋涡里逃出来后，更加同情你的境遇。”

“可是，你还是个青年人，不像我，三十多了，却遇上这样倒霉的事，太没有脸面了。要不是你帮忙，我不知道要蒙在鼓里到什么时候。……”

在田间散步，深秋的天空都像是在安慰我，天高云淡，空气十分清爽，冷风吹得人精神抖擞，只是哭肿的眼睛有些疼痛。远远地可以望见铁路那边，我觉得讨厌的国营电车，正在田野中奔驰而过。

“浜田君，你吃过饭了吗？”沉默着走了一段路，我突然问道。

“还没有。你呢？”

“从前天到现在，我只是喝了一些酒，没吃过饭，现在肚子有点咕咕叫了。”

“那样会饿坏身体的，你可要保重啊！”

“没关系的。要不是你，我还不会恢复啊，放心，我不会再做傻事了。明天开始，我要振作起来，去公司好好上班。”

“嗯。上班可以分分神，我过去失恋的时候，也会为了忘掉烦恼，整天玩音乐。”

“音乐的确可以让人忘掉烦恼，可是我不会玩音乐。就知道沉迷于工作。……既然我们俩都饿了，那找个地方吃点什么吧？”

两个人一边聊天，一边来到了六乡。进了川崎街上的一家牛肉火锅店，两个人围着热气腾腾的火锅，就像那次在松浅时一样，喝酒聊天。

“再干一杯吧！”

“不行啊！没吃任何东西，就喝这么多酒可不行。”

“少喝点没事的，庆祝一下我今晚丢掉了一身晦气，举杯庆祝吧。明天开始，我要彻底戒酒，但是，今晚我要不醉不归！”

“真的吗？我要祝你身体康健。”

浜田的脸喝得红扑扑的，一脸油油的粉刺就像是煮开的牛肉冒着油光。我也醉了，心里像打碎的五味瓶，搞不清楚该欢喜还是该悲伤。

“浜田哪，我想问你一句话，你说呀！”我趁势找个合适的档口，凑近他问道，“你说的奈绪美被他们起了下贱的绰号，叫什么？”

“真没办法说出口，实在是下流。”

“下流也和我没关系了，现在我和那个女人没有关系了。你不用再顾虑什么。到底叫什么，你告诉我。我知道了，没准儿心里更舒坦。”

“你也可能会觉得爽快了，但是，我真是难以说出口，请不要再追问。反正是不正经的绰号，你可以想象的。不过，绰号的缘由，我可以告诉你。”

“那你说出来，我听听。”

“但是，河合先生，还是不说吧。”浜田一直皱着眉挠着头说，“这些实在不好说出口，你听了以后，心情肯定不会太好。”

“没事的，不用替我担心。你说就好。我现在就剩下好奇心而已，想探听那个女人的秘密呀！”

“那我就告诉你一些她的秘密好了……你觉得今年夏天在镰仓的几天，奈绪美小姐有几个男人？”

“我知道哇，只有你和熊谷，难道还有其他人？”

“河合先生，你不要太惊讶，其实，关和中村也和她好过。”

我喝得晕晕乎乎，但是身体还是像触电一般地颤抖起来，拿过眼前的酒杯，连干了五六杯后，才开始说话。

“你是说，那时候，那些家伙没有一个置身事外了？……”

“嗯。你猜他们在哪里和奈绪美小姐约会的？”

“难道是大久保的别墅里？”

“不，就在你租的花店老板的厢房里。”

“什么——”

我仿佛被人掐住脖子一般说不出话来，有气无力地说了一句：

“真的吗？太意想不到了。”

“所以，那个时候，最受不了的是花店的太太。因为和熊谷家的关系，她又没办法撵那些人出去，在那时，各种男人多次来这里，自己的家变得污秽不堪。在左邻右舍面前失了面子，还有如果让你知道，可不是小事，她整天担惊受怕。”

“难怪呢，有一次我向太太了解奈绪美的情况，她显得有些慌乱，像是在担心什么，原来是这么回事呀！你们俩在大森的家幽会，花店的厢房又成了不堪之所，发生这么多事情，我却什么也不知道。耻辱哇，奇耻大辱！”

“哎呀，河合先生，大森的事情不要再提起了，不然，我还得向你道歉。”

“呵呵呵，不用道歉了。过去的事了，已经没有忌讳了。不过呀，一想到我居然被这个小丫头骗得团团转，还一直被蒙在鼓里，心里莫名的痛快。手腕太高明，我真是佩服得五体投地。”

“就像是相扑比赛用的招数，被对方的一个大背跨，直接摔在地上。”

“嗯。一样的，你说得形象。……这样说来，那些家伙都是被奈绪美哄骗的，互相并不知情？”

“错了，他们都是知道对方的，有时候，都有可能两个男人撞在一起。”

“不会打起来吧？”

“那些家伙相互之间都有默契，把奈绪美当成共享的美味。所以，后来给她起了不正经的绰号，背地里，大家都是那样称呼她。你不知道最好不过了，起码心里是庆幸的。我总觉得这样下去不好，也想从那些家伙手中把奈绪美解救出来，可是，对我的劝告，她一点儿也听不进去呀，反倒对我不理不睬的，看不起我的样子，她真是冥顽不灵。”

浜田说着想必是想起了当时的情景，看来心里受了不小的伤。

“河合先生，我上次在松浅见到你，不曾对你说过这些事情吧。”

“那时候，你只是说奈绪美最听熊谷的话。”

“嗯，那时候，我是这样对你说的。这些绝不是我随意捏造的，奈绪美小姐和熊谷都是性情粗野的人，也许臭鱼烂虾是一家吧，两个人一直很亲密。所以，熊谷是那几个人的老大。我推测肯定是那小子教唆那群家伙干的坏事。才对你那样说，但是我不能对你说太多。我担心你抛弃奈绪美小姐，怕你放弃她，所以，什么话都是往好的方面引导。”

“可是我的努力都白费了，非但没有带好她，还反被她拖下水了。”

“不管是什么类型的男人，只要和奈绪美小姐沾点关系，都会变这样。”

“我也觉得她身上有种不可抗拒的魔力。”

“她身上确实有那样的魔力呀，我也感受到了，只要和她亲近，就会被她牵着走。”

奈绪美、奈绪美……我们不停地重复这个女人的名字，我们把她的名字当成下酒菜，喝着酒，好像顺口的发音要比牛肉还香气扑鼻，用舌头品尝着滋味，用唾液吞噬着。

“也不错呀，一辈子让这样的女人欺骗一次。”我万分感慨地说。

“那是！不管怎么样，因为有了她，我才尝到了初恋的味道。稍纵即逝的美梦啊！想一想，我还是感激她的。”

“可是呢，以后怎么办？那个女人下场如何？”

“不关心，也许会一直堕落下去，用熊谷的话说，‘她不会在马卡内尔家久住下去，顶多两三天吧，又会去别处。我家里还有她的包裹，说不准回来找我’，看来奈绪美没有自己的家呀！”

“她家就在浅草，是开铭酒屋的，我觉得她太可怜，从来不对外人提起。”

“原来是这样。看来，出身决定命运哪，宿命难逃。”

“奈绪美对我说过，她家的祖辈是旗本武士，她出生在下二番町的大别墅里。奈绪美的名字是她祖母起的。按照她的说辞，她的祖母是在鹿鸣馆时代跳过舞的，非常时尚的女性，当然也不知道她说的哪一句才是真的。反正该是她的家庭影响了她，现在看来，我深信不疑。”

“听你的话，太恐怖了。奈绪美小姐的身上天生流淌着下贱的血液，所以才有那样的命运。她有幸被你抚养长大，却不知道珍惜……”

我们一直聊了三个小时，出店时已经晚上七点多了，但还是意犹未尽。

“浜田，你是坐国营电车回去吗？”我们走在川崎街上，我问道。

“是呀，现在走回去，路途太远了。……”

“可不是吗？我坐京滨线，她要是住在横滨，坐国营电车似乎会碰面的机会多。”

“那我也坐京滨线吧。……不过，总有一天会碰上奈绪美小姐的，她哪里都去，难免会碰面。”

“那样的话，还真不能随便走了。”

“她肯定常常去舞厅，看来银座一带是不能去的地方。”

“大森也可能有危险，有横滨、有花月园，还有曙楼……这样下去，我得搬出这个家，去寄宿屋住了。我现在还很厌恶她，等气消了再说。”

浜田和我一起坐京滨线回去，我在大森下车，和他道了别。

二十四

正当我因孤独和失恋而无比痛苦的时候，又发生了一件令我哀痛的事，我在乡下的老母亲因为脑出血突然离世了。

事情就发生在和浜田见面的第三天早上，在公司接到的消息。我马上去了车站，傍晚时分到达老家。可还是来晚一步，母亲已经失去了意识，见到我也不认识，又过了两三个小时，便辞世了。

我幼年丧父，是母亲含辛茹苦把我养大成人，对我来说，这是第一次体会“亲人不在的悲痛”。何况我和母亲的感情远远超出一般的母子关系。从前，在我的记忆中，自己从来没有反抗过母亲，或是被母亲教训过。因为我敬重母亲，更因为她对子女非常细心，做子女的备感爱的呵护。一般来说，儿子长大成人，离开家乡，去大城市闯荡，父母总会不放心，或是不信任孩子的品行，甚至变得疏远。而我的母亲，哪怕是我去了东京以后，仍然相信我、体谅我的心情，总为我的处境着想。我还有两个妹妹，作为长子的我远离家乡，做母亲的肯定会寂寞不安吧。但是，母亲从不会抱怨，总是盼着我顺顺利利，有所成就。因此，我离开家乡后，比在她身边更加强烈地感受到母爱的伟大。尤其是和奈绪美结婚那会儿，还有之后，我提出那么多任性的要求，母亲都包容我、理解我，爽快地答应我的要求。每次看到母亲的来信，我都被母亲的慈爱和温暖感动得不能自已。

如今母亲突然辞世，让我十分悲痛，在灵前看守时，我精神恍惚，如同在做梦一般。就在昨天，我还在被奈绪美魅惑得魂不附体，而此刻，我跪在灵前，给母亲上香，这两个“我”的世界，根本不能相提并论。就在我整天沉陷在失去母亲的哀伤、悲痛、震惊之中的时候，我突然开始反省自己，一个声音传来：“昨天的我是真的我，还是今天的我才是真的我？”有一个声音窃窃私语：“你母亲的死，不是偶然，你的母亲在告诫你、警示你！”因此，母亲往日的音容笑貌更加让我怀念，我更加后悔做了这么多错事，懊悔的泪水不停地流下来，怎么也忍不住。当着别人的面流泪，太丢人，我就跑到后山，爬上去，站在高处俯视少年时代常去的森林、小道和田野风景。我在那里，任凭眼泪决堤而出，久久地大哭一场。

巨大的伤悲将我的身心洗涤，变得澄清，还有那些积压在心底和肉体中的龌龊的因子，都被冲洗干净。如果没有这悲伤，我也许还沉浸在失去奈绪美的悲伤中，为失恋的打击痛苦不堪。这样想，母亲的去世并不是没有意义，至少我不应该让母亲的死毫无意义。当时我就在考虑，反正自己已经不喜欢都市里的空气，虽说想要做出一番成绩，但是到了东京，一直沉溺于轻佻浮华的生活中，怎么会成功？怎么成就事业？可见像我这样的乡下人，到头来还是最适合生活在乡下。我一度脑子里有一个念头，我为什么不回到家乡，亲近家乡的山水。守护母亲的坟墓，与村子里的人为伴，做一个像祖辈一样的农民。可是，叔父、妹妹和亲戚们都认为："这是你头脑一热的想法，是你现在心里悲伤的缘故，可是再痛苦，一个男人，志在四方，不能因为母亲去世，就无视自己的前途。人都会因为父母的离世有些消沉气馁，但是时间会慢慢化解悲伤，所以呀，你想回家乡来，不是不行，但是要仔细考虑清楚再做决定。你突然离职，对公司也不太好吧。"

我真想说："何止因为母亲的离世而伤心那么简单，还有一些没有说，我的老婆也不和我过了，投入别人的怀抱……"就快脱口而出的话，又让我生生咽回去。在亲人面前说这些，真是没脸面的事情。再加上家里有丧事，实在没办法开口说出来。至于奈绪美没有和我回来的原因，我就假称她生病不舒服蒙混过关。做完头七的法事，后面的许多事情，我就委托给替我管理财产的叔叔婶婶，并且听从了大家的劝告，回了东京。

回公司上班后，我也没有以前上班的精神状态，大家对我的评价也不像从前，我曾经因为品行端正、努力上进而获得的“君子”的绰号，也因为奈绪美的事情名誉受损，失去了上司和同事们的信任。甚至，也有人趁机不怀好意地说三道四，我是想以此为借口休假。这些事情令我对上班渐渐失去了兴趣。二七法事那天，我回到乡下住一宿，告诉叔父“我可能并不会很快辞职”。叔父回答“哦，知道了”，也没有把我的话当一回事。次日，我又勉强地去公司上班。在公司里有事情忙不会胡思乱想。可是，一回到家里，尤其是傍晚到夜里这段时间，内心始终煎熬着，到底是回到乡下，还是留在东京，我犹疑不决。所以，我没有出去找地方寄宿，仍然住在大森空荡荡的大宅子里。

下班后，我为了不遇到奈绪美，特意避开热闹的场所，坐京滨电车直接回到大森的家。或者在附近的餐馆买个套餐，或是荞麦面条、手工面条等，随便糊弄一口，之后又陷入无聊当中。没办法，只能去二楼的屋子睡觉了，可是又不会马上睡着，两三个小时呆呆地瞪着眼睛躺着。我就寝的房间就是那个阁楼的房间，这里还有奈绪美没有拿走的行李，过去五年来，随意、放纵、肆意的气味，已经深深陷入墙壁和柱子。那气味就是她身上的臭味，懒惰惯了的奈绪美从来不洗衣服，衣服脏了一团塞起来，所以，这些难闻的味道一直弥漫在二楼的屋子里。我实在受不了，就去画室沙发上睡觉，可是在那里也睡不着。

母亲去世三周后，也就是那一年的十二月初，我终于下定决心辞职。公司要求说，要干到年底才能走。这件事，我没有和任何人商量，自己决定，所以老家到现在还不知情。

反正最多也就一个月，我就可以解脱，我的心情总算平静下来，也不会感觉那么无聊了。空闲时间，我会看看书、散散步，不过到那时也不会去危险的区域。一天晚上，我实在无所事事，就朝着品川方向散步。为了打发时间，突然有了心情想去看一场电影，心想着松之助的电影不错，于是就走进电影院，发现上映的是劳埃德的喜剧，那些年轻的美国女明星一上场，我还是会忍不住地胡思乱想。我当时就在警告自己："以后真的不能再看西洋的影片了。"

十二月中旬，一个周日的早晨，我还躺在二楼睡觉时（因为画室温度越来越低，睡觉会觉得冷，所以我搬回二楼），听见一楼有动静，像是有人进来了。我心里想：不对呀，门是锁着的。我正在琢磨这事的时候，听到熟悉的脚步声，有人"噔噔噔"地爬上楼了，我还没反应过来，就听见一声甜甜的嗓音响起：

"你好！"

只见眼前的门开了，奈绪美站在了门外。

"你好哇！"

她又说一遍，好像什么也没发生过一样地看着我。

"你怎么来了？"

我仍然在床上躺着，平静而又冰冷地问道，其实心里吓了一跳，没想到她会这么不知羞耻地跑回来。

"我吗？当然是取行李呀！"

"取行李可以，但是，你又是怎么进来的？"

"从大门进来的。……我有大门的钥匙呀！"

“那走的时候，留下钥匙吧。”

“好吧。”

说完，我翻过身，不想再和她说话。她就在我的枕边稀里哗啦地收拾起行李，不一会儿，我听到她“嗖”解开腰带的声音，我回头一看，她就在屋子的角落，在我能看到的地方换衣服。刚才她进屋的时候，我注意到她身上的衣服，是一件我没有见到过的铭仙绸料和服，又脏又有味道，可能每天都是同一件和服的缘故吧，身上的那件薄呢长衬衣也是脏兮兮的。接着，她从柜子里翻出一件金纱丝绸长衬衣，从头顶套到身上，然后扭动身体，把里面那件长衬衣像金蝉脱壳似的脱在榻榻米上，在长衬衫外面套上一件她喜欢的衣服，是龟甲飞白大岛茧绸，紧紧地束上红白相间的方格窄腰带。我想该系宽腰带了，谁知道，她转过身，在那里蹲着，开始换布袜子。

她的脚是对我最大的诱惑。所以我尽可能不去看她，可还是忍不住想看。她当然是故意这样做的，把脚放在我眼前，像鱼鳍那样摆啊摆的，偶尔还会偷看我的反应。换完衣服，她把脱下来的衣服匆匆收拾起来，说道：

“再见。”

说完，拽着包裹就往门外走。

“哎，把钥匙留下再走。”

这时，我突然对她说一句话。

“哦，对了，对了。”她说完，从手袋里拿出钥匙，“我放在这里，好吧？不过，我的东西多，一次拿不完的，还得再来。”

“你不来也行，我会派人送到你浅草的家里。”

“送到浅草不行，我用起来不方便。”

“那给你送到什么地方？”

“地方，我还没定下来。”

“一个月期限，不来拿，我就把东西都送到浅草……你的东西不能总放在这里了。”

“好的，有空就来取走。”

“还有，我把话说在前头，你让别人来取就行，你自己就算了。让他雇辆车，一次性都拿走。”

“是吗？好，我能做到。”

之后，她就离开了。

我觉得终于可以放心了，没想到，才过了两三天时间，大概晚上九点，我正在画室看报纸，只听“咔”的一声响，有人用钥匙把大门的锁头打开了。

二十五

“谁呀？”

“是我呀！”

说话间，大门已经打开了，一个黑色大熊一样的物体从门外阴暗处闯进门来。它一下子就甩掉了黑色东西，露出像狐狸一般白色的肩膀和胳膊，定睛一看，是一位完全不认识的、穿着浅蓝色丝绸长裙的年轻女郎。性感的脖子上戴着闪烁着七彩光芒的水晶项链，黑天鹅绒礼帽压得低低的，露出白皙的鼻子和下巴，使人感觉无比神秘，还有那红艳的嘴唇特别显眼。

“晚上好！”

那个女人摘下了礼帽，我感觉十分惊异：“这个女人是谁呀？”然后目光停留在她的脸上看了又看，才发现面前的女人居然是奈绪美。我这么说，好像有点不可思议。事实上，奈绪美的形象变化就是这么大。如果只是穿戴的变化，我也不至于惊讶，甚至认不出她。最让我陌生的是她的面容，像被施了魔法一样，她像是换了一张脸，从肤色、眼睛、表情到面部轮廓都不同了。要不是她说话声音未变，即使摘下礼帽，我也许还以为她是不熟识的洋人。还有，我在前面也叙述过，她的皮肤很白，白得特殊。洋装外面露出的丰满的肉体，每个部分都像是苹果肉那样白嫩。奈绪美在日本女人中也算是白的那种，不过，不应该这样白。看着她一直露到肩膀的胳膊，怎么看也不像是日本人的。记得一次在帝国剧院看歌剧时，我对年轻的欧洲女演员的雪白的胳膊看得入迷，就是这样的胳膊，甚至比她们的还要白嫩。

奈绪美摆动着浅蓝色柔软的衣裙和漂亮的项链，穿着人造钻石装饰的漆皮高跟鞋迈着大步，“噔噔噔”几步就走了过来。嗯，这双鞋就是浜田嘴里说的那双灰姑娘鞋吧，我当时看见后心想。只见她一只手叉腰，趾高气扬地扭动着身子，没有预兆地装模作样地直接走到手足无措的我的面前。

“让治，我又来取行李了。”

“我不是对你说过吗？你不可以来取，让别人来。”

“可是，我找不到可以帮助我的人哪！”

我们交谈的时候，奈绪美身体一直在动。脸上表情严肃，惺惺作态的，两只脚一会儿碰到一起，站得笔直，一会儿迈出一只脚，或者用脚后跟磕一下地板，每次都变化双手的位置，耸肩时全身的肌肉像铁丝一样紧绷起来，让每个部分都能发动起运动神经。我的视觉神经也跟着紧张起来，她的举手投足，全身上下每一寸肌肤，我都要仔细端详一番。我先是仔细琢磨她的脸，终于发现很难辨认的缘故，她把发际的头发剪到两三寸长，每一根发梢都是齐齐的，就像是中国女孩的头发那样，像门帘一般垂在额头前，其余的头发梳起来盘在一起，平且圆，从头顶一直盖到耳朵上，像一顶黑色礼帽。这是她头一次梳这样的发型，由此可见，面部变化来源于这样的发型变化吧。仔细一瞧，眉毛也和以往不同，她的眉毛天生黑粗，可是今晚见到的是细柳淡淡的弯月形，那弯弯的弧度周围皮肤被刮出青色。这是修眉的代价，我一眼就可以分辨出来。让我弄不懂的是她的眼睛、嘴唇和肤色。眼珠像西洋人，也许是眉毛变化的缘故，应该还有其他的变化是我没辨认出来的，可能是眼睑和睫毛？我是这样猜测的，却也搞不懂到底是怎么回事。嘴唇也是怪怪的，上唇的中间部分，涂抹得像是樱花花瓣一样，唇上是艳丽的红色，流露出明丽的自然光泽，和普通的口红不同。她皮肤白皙，怎么看，都是她自己的皮肤，没有擦粉的痕迹。不仅脸是白皙的，肩部、胳膊、手，甚至手指都是白皙的，如果她涂了散粉的话，那么全身都得涂抹才行。总之，这个让人捉摸不透的神秘的魅惑少女——与其说她是奈绪美，不如说是奈绪美的灵魂在某种反应下，变成了一个具有理想之美的幽灵，我甚至是这样判断的。

“我到二楼去取些行李，好吗？”

奈绪美的幽灵这样对我说，声音还是熟悉的奈绪美的声音，肯定不是幽灵什么的。

“好，行……行是行，不过……”我有些语无伦次，亢奋地说，“你又是怎么打开门的？”

“怎么打开的？当然是用钥匙呀！”

“钥匙？你上次不是留在家里了吗？”

“钥匙，我有很多把呀，不止一把。”

这时她的红唇突然有了狡黠的微笑，眼神里露出妩媚，看着又有些嘲讽的意味。

“告诉你好了，我配了好几把大门的钥匙，所以，还你一把也没关系呀！”

“可是我会受不了，你要总是这样突然到访，我真的会受到困扰。”

“放心吧，等我的行李都拿走了，我才不来了呢，叫我来也不来。”

然后她脚后跟一拧，转过身去，“噔噔噔”就上了楼梯，进了阁楼的房间。

之后到底过去了多少时间？我窝在画室的沙发里，呆愣地等待她从二楼下来……还不到五分钟吧，也有可能半小时过去了，又或是一个小时？我实在不清楚这段时间的长短。在我心中，只有奈绪美的身姿，就像听了一首美妙的乐曲—

样，变成恍惚的影子萦绕不去。那首曲子特别高亢、纯净，犹如是世外桃源传来的高亢的女声。到了这种地步，已经无所谓情欲、爱恋，我内心陶醉在与这些都没有关系的虚无缥缈的感受中。我反复思量，今晚的奈绪美，和之前那个无耻的奈绪美，与那个被男人们起了下流绰号的下贱女人的奈绪美，很难画上等号。像我这样的男人，只配匍匐在她的脚下，她就是这般高贵得令人不敢靠近的女人。她那白嫩嫩的手指，只要让我稍有触碰，我必将浑身通了电一般，战栗不已，而不仅仅是高兴可以形容的啦。

我不知道自己当时的心情是怎样的，也不知道如何形容才能让读者了解。打个比方吧，一位乡下的父亲来到东京，一次在街头偶遇幼时离家出走的亲生女儿，而现在的女孩已经变成大都市的时髦女孩，见到这个土里土气的乡下人，也没察觉出是自己的父亲，而父亲认出了女儿，但是身份悬殊，没有特意去靠近女孩，“难道这个女孩子是我的女儿吗？”父亲吃惊地想，惊讶的同时默默地离开了。这时候我的心情就像是这位父亲，当时感受到的就是这种寂寞又惊喜的心情。再举个例子，一个被未婚妻抛弃的男人，五年或者十年之后，有一天，他站在横滨码头上，一艘商船到了港口，一波波回国的人陆续下船。不经意在人群中看见了她，即使猜到她回国了，男人也不好意思跟她见一面。经过这么多年，自己还是没有长进，还是一个穷学生，而那个女人早已看不出当年小女孩时的粗俗，化茧成蝶般地蜕变成巴黎、纽约的奢侈的时尚的女人，二人之间已经是云泥之别。我此时的心情就犹如那个穷学生的感受一样：自暴自弃，瞧不起被她抛弃的自己，但意想不到的是把她的成就当成自己的喜事一样开心。

我举的两个例子，恐怕也不能完全表述出我的心情，勉强可以这样比喻吧。总之，以前在奈绪美的身体里，像是浸透着无论如何也抹不去的污秽的流言。但是，今晚的奈绪美，这些污秽都被她天使一般白皙的皮肤遮盖住，就连回忆都觉得可耻的这个女人，现在像是触碰她的指头都玷污了她一般。我到底是不是在梦中？不是梦的话，奈绪美究竟是从哪里学会了魔法、妖术呢？两三天前，她还穿着肮脏的铭仙绸……当她再次迈着步子下楼梯的时候，那双人造钻石的皮鞋尖停在我的面前。

“让治，过两天我还会回来。”她说。

她就站在我的眼前不远处，保持三尺的距离，微风都能吹起来的衣裙边没碰到我。

“今晚我只是拿了两三本书，我一次也拿不动太多的行李，又是这样的穿着，不方便。”

我的鼻子这时嗅到一种淡淡的香味，啊，这香气让人忍不住遐想，想到大海边的国度，……还有艳丽的异国花园……哦，这是以前教舞蹈的舒勒姆斯卡亚伯爵夫人……是她肌肤里散发的香味。原来，奈绪美和她用一个品牌的香水。

我根本没听进去奈绪美说什么，只是“嗯嗯”地点着头，她的身影再次消失在夜晚的阴暗处，我像是追逐梦幻一样，用灵敏的鼻子贪婪地嗅着房间里将要散去的香味。

二十六

各位读者，从前面的叙述中，您可能已经猜测到我和奈绪美不久就会破镜重圆——这件事情看着水到渠成，并不是很难推测。最后的结果，确实像大家想象的那样，但是过程大费周章，满是曲折坎坷，我也总是上当受骗，吃了一番苦头。

我和奈绪美，从那次以后聊天就很随意了，没有之前的拘束。能够变成这样，是因为第二天傍晚、第三天傍晚，几乎是之后的每个傍晚，奈绪美都会来我这里拿些东西。进来后就跑到楼上，打包些行李下楼，都是用绉绸方巾打包的零碎东西。

“今晚又拿什么东西？”我问道。

“这个包裹里都是些无关紧要的物品。”她模棱两可地回答说，“我口渴了，是不是可以请我喝茶？”

奈绪美边说着边坐在我身边，聊了一会儿，有半个钟头的样子，然后才走。

“你是不是住得离这里不远哪？”一次晚上她来我家，坐在桌前喝着茶，我随口问道。

“为什么要问这个？”

“就是问一下，没什么的。”

“为什么要问这些？……问这些想干什么？”

“倒也没什么，就是好奇心作祟，想了解而已。……你到底住在哪里？告诉我怕什么？”

“不想告诉你。”

“为什么？”

“我没有义务告诉你，满足你所谓的好奇心。既然你想知道，等我走了，跟踪我好啦，秘密侦查员的工作是让治最擅长的。”

“我还不至于做这些事，……但是我觉得你住的地方，肯定在这附近吧？”

“是吗？凭什么这样推论？”

“因为你每晚都来拿东西呀！”

“每晚都来怎么了？也不一定就说明住在附近哪。可以坐电车或者是汽车来这里呀！”

“这么说，你是特意从其他地方坐车来的？”

“不告诉你。”

之后，她巧妙地把话锋一转：

“每晚都来这里，你不喜欢？”

“也不是不喜欢……我告诉过你不要来，你还是照常自己回来，我有什么办法阻止？”

“当然了，我就是倔强，你越不喜欢我来，我越是想要来，……难道你怕我来？”

“嗯，也不算是一点儿不怕……”

她突然仰起雪白的脖子，张开红唇，哈哈大笑起来。

“你就放心吧，我不会做过分的事情，其实我更想冰释前嫌，以后和让治做个好朋友。这样如何？这样，你还害怕我吗？”

“跟你做朋友，我怎么感觉有点奇怪呀！”

“有什么奇怪的，曾经的夫妻，成了普通朋友有什么奇怪的？你的想法才老土，落后时代呢。从前，咱们俩的事情，我一点儿也没放在心上。就算是现在，倘若我想引诱你，不是轻而易举的事情吗？但是，我发誓，绝对不会做这样的事。让治好不容易下定决心，我怎么忍心让你功亏一篑呢？”

“让你这么一解释，你是不忍心、可怜我，才想和我做朋友的是吗？”

“我也不是这个意思。只要让治意志坚定，就不需要我的同情了。”

“这正是最奇怪的。本来我足够坚定，可是和你一接触，我的意志就动摇了。”

“笨哪你，让治。这么看来，你不想和我做朋友？”

“是呀，不愿意。”

“不愿意，那我可要引诱你了……我要把你的决心踩在脚下，踩得稀巴烂。”

奈绪美说着，不知道是说笑，还是正经的，眼神也开始变得古怪，嘴角有一丝冷笑。

“作为普通朋友纯洁地交往，还是被我迷惑再次丢面子，到底选择哪样？我今晚就要让治做选择。”

我心里嘀咕，这个女人要和我做朋友，到底要干什么？每晚都来我这里，肯定不是简单的戏弄我，应该还有别的想法。莫非是先做朋友交往，再渐渐诱惑我，最后不是以她主动道歉的形式，做回夫妻吗？她如果真是用这个套路来对付我，那就太麻烦了，不这么做，我也会马上同意的。因为在我心中，不知道什么时候，某种炽热难以抑制的情感又在涌动，只要和她做回夫妻，我绝对不会说“不愿意”的。

如果找到合适的时机和方式，我也许会主动提出：“喂，奈绪美，为什么要做普通朋友呢？既然是朋友，我们还是做夫妻吧。”

但是，今晚奈绪美的表现，即使我真诚邀请，她也不会点头答应我的。

她要是了解到我真正的心思，还可能会得寸进尺要挟我：“我可没有这样的福气呀，还是做普通的朋友吧。”

我的真心受到这样的回应，让我如何收场？更何况，如果奈绪美的本意并不是和我做回夫妻，而是让自己更有资本为所欲为，将各种男人玩弄于股掌之中，还把我拉进去，成为其中之一，就更不能随便说出心思了。现在，我问她的住处，她都不愿坦言相告，可以猜测身边也许还有其他男人，也说不定啊！如果不清不楚地恢复夫妻名分，我又会走上老路。

这时，我突然心生一计，也讪笑着说：“做朋友也行，我可受不了你的逼迫。”

我也有自己的小心思，和她先做朋友来往，一点一点摸索她的心思。如果她对我还有一点真心，到时候我再说出我的心意，说服她回来做夫妻也来得及，也许还可以在更适当的时候娶她吧。

“你同意做朋友了？”奈绪美说，有些不相信地盯着我的脸瞧，“不过，让治，真的只是普通朋友哇！”

“当然啦。”

“咱们俩都不能有非分之想。”

“这还用说嘛，不这样，我也够麻烦的。”

“呵。”奈绪美像往常一样冷笑了一下。

之后的日子，她越来越频繁地进出我的家门。晚上刚下班，她就像小燕子一样飞进屋来。

“让治，今天你请我吃个晚餐吧？咱们是好朋友，吃晚餐是很正常的事。”

让我请她吃西餐，吃饱以后才回家。有时，外面下雨，她很晚才回来，很礼貌地敲敲卧室的门。

“晚上好哇，这么早就睡了？要是睡下了，就不用起来啦，我今晚想住在这里。”

说完就跑到隔壁房间，整理床铺睡下。有时候，早上起来，看见她大大方方地躺在房间里，呼呼地睡大觉。而且，她总是有充分理由地强调：“我们是朋友哇，没办法。”

每当这个时候，我就会忍不住想，她天生就是个下贱的女人，我也知道她的本性就是多情，喜欢在男人面前露出身体，也完全不当一回事，可是平时又会很保守地掩藏起自己的身体，哪怕是一点点也不会露出来让男人看见。她平时就是这样竭力隐藏，这正是下贱的妇人保护自己的心理在作怪。因为她的肉体就是“卖点”、是“商品”，所以，有时候比贞洁烈妇更加保守，如若不是如此，“商品”就会贬值。奈绪美深知其中的奥妙。所以她在自己的丈夫面前，将自己的身体包裹得更加严实。那么要问她是不是始终这样中规中矩，其实不然。她总是故意当着我的面换衣服，过程中又会不小心，内衣滑落，她大声地“哎哟”一声，接着赶紧用手把裸露的肩膀护住，跑回隔壁的房间。还有时候，她洗完澡，坐在镜子前，正要解开浴巾，好像意识到不妥，马上赶我离开。

“啊，让治，你怎么还在这里呢？快点走。”

奈绪美就是用这样的小伎俩，让我有意无意地窥见她肉体的一部分，有时是脖子、胳膊肘、小腿、脚后跟……总是露出某一个部位，但是她的肉体比以前更加白皙有光泽，更加美艳动人，这一点绝对逃不过我的眼睛。之后，我就在想象她的全身，在想象的美妙世界里，剥光了她的衣服，一遍又一遍地欣赏她的美。

“让治，你在看什么，都愣神了。”

有时候，她就在我面前，背对着我换衣服。

“看你呀，你的身体好像比以前更有风韵了。”

“真烦人，女人的身体可以随意看吗？”

“没看到。穿着衣服我也知道，你的翘臀最近更翘了吧？”

“是呀，更鼓了，屁股越来越大。但是我的小腿还是纤细的，可不像萝卜一样粗。”

“嗯。我记得你的腿从小就长得笔直笔直的，并腿站立都没有间隙，现在还是一样吗？”

“是呀。”

说着，她用衣物遮住上半身，站起来给我看她的腿。

“你看，就像你说的那样笔直。”

一时间，我脑子里浮现出某个照片上看见的罗丹的雕像。

“让治，你是不是想看我的身体了？”

“想看，就让我看吗？”

“怎么可以呢？咱们只是普通的朋友哇。……不说了，你先出去吧，我要换衣服。”

然后，她推着我的后背，把我推到了门外，然后关了门。

就是这样的引诱，奈绪美总是挑逗我的情欲，到了紧要关头，又在前面设置层层严密的关卡，不让我前进一步。我和奈绪美隔着一道玻璃屏障，无限接近，却又无法越雷池半步。如若忍不住伸出手去，必然戳到那面玻璃屏障上，纵使心急如热锅上的蚂蚁，也不可能触碰到她的身体。有时候，奈绪美表现得像是要撤掉我们中间的屏障，我心想“可以了吗”，可是往前一步，屏障又复原了。

“让治，你真好，让我吻你一下吧。”

她经常和我开玩笑这样说。我明明知道她在戏弄我，可是每次看见她嘟嘴的样子，我就会想去吻她，可是在马上要触碰到的一瞬间，她又无情地躲开，隔着三寸远，对着我的嘴吹口气。

“这就是朋友间的亲吻。”

说完，她咯咯咯地笑。

用这种与众不同的“朋友间的亲吻”问候，我也只能满足于这样的寒暄——吸入女人的气息，代替她的嘴唇的亲吻，确实让人不可思议，后来也就成为我们之间的习惯，每次分别，她就会说：“再见啦。以后我再来。”说完，她就嘟起小嘴，我也凑过脸去，把她吹出的气息深深地吸进去，闭着眼睛，非常享受地咽下这份香甜的气息。她的气息潮湿、温热。不像是从人的肺里呼出来的，带着香甜的花香。后来，我才明白，她为了挑逗我，在嘴唇上涂了香水，但是这种伎俩，我在当时是无从知晓的。我以为一旦变成她那样的妖妇，大概连五脏六腑都和普通的妇人不同，因此，通过她的身体，到达口腔里的气息，也会变得不同寻常，香气四溢。

我整个人就这样被她蛊惑着，被她愚弄着。我现在已经不想再说什么"要正式结婚""总不能被你当猴耍"一类的话，老实说，一开始我就知道是这样的结局，所以，假如我真的怕被她蛊惑，我完全可以不和她联系，可是我却想"为了探究她的真心""为了寻找合适的时机"，其实都是自欺欺人。我嘴上说着害怕被她引诱，其实比谁都想被她引诱。但是，她总是没完没了地跟我所谓的"做朋友"，不会再诱惑我。这就是她最让我后悔的决定，让我懊恼得不行。时机差不多了，她就会突然摘下"朋友"虚伪的面具，伸出她最擅长的魔手。就快出手了，她马上会出手的，她绝对不会就此罢手，我只要顺其自然就好。她说"过来呀"，我就"过来了"；说"等一下"，我就"等着"，一切都听从她的吩咐，最后一定会有作为奖赏的食物。尽管我每天都在期盼中预感到一切将会发生，但是始终什么都没有发生。虽然我猜想"今天她摘下假面，明天就会伸出魔手啦"，但是到了那一天，千钧一发的时刻，她又巧妙地溜走了。

到了这一步，我真是后悔，我忍不住想告诉她："我受不了了，想要引诱我，那就来吧。"我将自己全身的空隙、弱点全都暴露给她，到那时，我甚至等不及地去勾引她，可是她依然对我置若罔闻。

“你在干什么？让治，这不合乎规矩。”

奈绪美像哄孩子一样的眼神止住我的动作。

“我管不了什么约定啦，我受不了……”

“不可以，我们还是朋友……”

“奈绪美……不要这样说了……好吗？……求求你……”

“哎呀，不可以就是不可以。真是烦哪！好吧，破例给你一个吻，如何？”

其实，她只是像往常一样吹了一口气，说：

“这样行了吗？只限于这样的接触，克服一下吧。就是这样，也超出了朋友的关系。因为是让治，我才特别关照的。”

可是这种特别的关照和安抚，更加刺激了我的神经，内心根本平静不下来。

“坏蛋，今晚又没戏了。”

我变得暴躁起来，她却像一阵风似的逃开了，可是我好一会儿什么也干不了。自己跟自己发脾气，随手乱摔物品发泄怒气。犹如关在笼子里的猛兽，在笼子里来来回回踱着步。

我因为这种疯狂的、男人的歇斯底里而恼火，她每天都来，我每天都要恼火一次。我的歇斯底里比别人更严重，哪怕发作过去了，心情也无法平复。情绪抚平后，反而更加执拗地想象奈绪美肉体的每个细节。换衣服时，和服下面露出纤细的小腿；对着我的嘴吹气时近在眼前的性感红唇……这些景象，比实际看到的还要清晰、鲜明地在脑子里回放，不可思议的是，连不曾窥见过她的肉体的部分竟然也像是照片底片显影一般呈现在眼前，然后像大理石维纳斯雕像的影像，突然在我的心底现身。我的脑子就像黑色天鹅绒帷幕环绕的舞台，在那里，有个叫奈绪美的女明星闪亮登场。聚光灯从四面八方齐聚在舞台中心，用圆形的明亮的柱子，清晰地包裹着在黑暗中摆动的她的身体。我全身心地注视着她，她的皮肤发出的白色的光越来越刺眼，有时，炙热得险些烧到我的眉毛。就像是电影里的特写镜头，她的每个部分都很清晰……这个幻象，与实际太过相像，强烈刺激着我的感官，有一个缺点就是不能触碰，其他方面比实际的还要生动。由于我盯得太过专注，到最后我觉得天旋地转，身体里的血液一下子上涌，心脏怦怦乱跳，结果我再次歇斯底里地发作，踹倒了椅子，撕掉窗帘，摔碎了花瓶。

我的幻想越来越离谱，只要闭上眼睛，就会看见奈绪美在黑黑的眼皮子里面。我经常想念她芳香的气息，向着虚空张开嘴等着，吸入一口混着她的气息的空气。无论是走在大街上，还是在房间里，只要我想念她的嘴唇，我就仰天大口吸入空气，我眼睛看到的地方都是奈绪美的红唇，满屋子的空气都是奈绪美呼出的香甜气息。奈绪美就是这样包围着我、让我痛苦、听我呻吟、朝着我坏笑，像恶魔一样无处不在。

“让治，最近怎么了？看起来有些不正常。”一天晚上，奈绪美进屋这样说道。

“当然不正常了，被你折磨的呗。”

“哼……”

“哼是什么意思？”

“我要严格遵守约定啊！”

“那遵守到什么时候？”

“永远。”

“开玩笑呢吧，这样下去，我会疯掉的。”

“那我教给你一个办法，用冷水冲凉。”

“你真的打算一直这样……”

“又来了。因为让治用这样的眼神盯着我，所以，我更想要戏弄你了。不要靠近我，远一些。一个手指都不可以哦。”

“至少送个朋友式的吻吧。”

“你要是听话的话，我可以考虑给你，不过，你就不怕你的歇斯底里发作？”

“发作吧，我管不了那么多了。”

二十七

那天晚上，奈绪美让我坐在桌子的对面，这样便能“一个手指都不碰到”，笑嘻嘻地注视我焦急的脸，闲聊了一个晚上，直到半夜十二点钟。

“让治，今晚我还是要住在这里。”她照常用讥讽的语气说道。

“好的，住吧，对了，明天是周日，我一整天在家。”

“别想太多，就算我住在这里，也不会都听让治的哦！”

“我知道，你也不是那种乖乖女呀！”

“如果是，让治就高兴了。”

这样一说，她“扑哧”一下笑了出来：“好啦，好啦，你先去睡吧。最好不要说梦话哦。”

奈绪美把我赶到楼上，然后独自去了隔壁的房间，锁上了门。我当然会因为她在隔壁的房间很难入睡。以前，我们还是夫妻的时候，怎么会分屋睡觉呢？她就躺在旁边，越是这样想，越是懊悔不已。就在墙的那头，奈绪美不停“吧嗒吧嗒”地走来走去，多半是故意弄出声响引起我的注意，一会儿铺褥子，然后又去拿出枕头，该睡觉了吧。啊，现在，她应该去散开头发，也有可能在换睡衣，这一整套动作，我太熟悉了。就是看不见，我也能知道。现在……掀开被子，接着就是她的身体“咚”的一声躺倒在床上。

“干什么呢，用得着这么大声音。”我自言自语地说，也有心让她听到。

“还没睡吗？还是根本睡不着！”墙那边的奈绪美问道。

“是呀，怎么也睡不着。……我在想事情。”

“哈哈哈，让治在想什么？不问你，我也能知道一二。”

“说来真是奇妙，你明明就在墙那边，我却拿你没办法。”

“有什么奇怪。以前也是这样啊！我第一次到让治的家，那时候，我们也是这样睡的。”

奈绪美这么一说，我莫名地伤感起来。是吗，曾经的我们也那样过吗？对，对，对，那时候，我们是多么纯洁的感情啊！但是，伤感并没有抑制我的冲动，反而感叹我们之间的缘分之深，感觉自己这辈子也离不开她。

“那时候，你多么天真无邪呀！”

“如今的我也还是天真无邪呀，有邪念的是让治呀！”

“你喜欢怎么说就怎么说吧，反正我要追你到天荒地老。”

“哈哈哈——”

“喂。”说着，我敲一下墙壁。

“哎呀，干什么，这里可不是只有你一家住，安静！安静！”

“这墙壁太多余了，我巴不得敲碎它。”

“真是吵死了，今晚老鼠真是不消停。”

“可不是吗？这只老鼠要歇斯底里了。”

“我可不喜欢老头儿老鼠。”

“谁是老头儿呀，我可不是老头儿，我刚刚三十二岁。”

“那我刚刚十九岁呀，在十九岁的孩子眼里，三十二岁的人就是老爷爷了。说实话，你还是再娶个太太吧，这样，你的歇斯底里也会好了。”

不管我们聊什么，最后奈绪美都是哈哈地笑。就这样聊了半天，她说：“我睡了，晚安。”

说完，开始假装打呼噜，但是不长时间，感觉她真的睡着了。

第二天早晨，我刚睁开眼睛，发现奈绪美衣衫不整地坐在我枕边。

“你干什么？”

“昨晚让治太闹人了。”

“哦。最近是这样。我的歇斯底里总是发作。你害怕吗？”

“很有趣呀，再发作让我看看。”

“已经好了。今天早上就好了。……哎呀，今天天气不错。”

“好天气那就起床吧，现在可是十点多了。我一个多小时前起来，才洗了澡回来。”

我听了这话，躺在床上仰起头观赏她出浴后的样子。女人在洗过澡之后是最美丽的，并不是刚出浴的时候，而是一会儿之后的样子，大概十五分钟或是二十分钟。皮肤好的女人，手指会因长时间在洗澡水里浸泡变得红胀，等出浴一会儿后，皮肤的温度恢复正常，皮肤就会像蜡凝固后变得透明。奈绪美就是出浴后，从澡堂子走回来，一路上冷风吹过，现在正是她最美的样子。那水嫩的，轻薄的皮肤，还含着水蒸气，半透明的白，隐藏在和服下的胸部，显现的是像水彩画颜料一样的紫色暗影。她的脸红扑扑的，像是敷了明胶面膜一样有了光泽，只有眉毛有些湿湿的，在她的上方，一片冬日里晴朗的蓝色天空透过窗玻璃变成了淡淡的青色。

“怎么回事，一早上就去泡澡了？”

“什么怎么回事，和你有什么关系？多管闲事。……哎呀，真是舒服呢。”她用手指啪啪地拍打着脸颊，然后突然把脸贴到我眼前，“喂，你看看我，长没长胡子？”

“长胡子了。”

“我去一趟理发店吧，刮个脸就回来。”

“你不是说不愿意刮脸吗？西洋女人是不会刮脸的。”

“现在，美国流行女人刮脸了。你仔细看看，我的眉毛，美国女人就把眉毛修成这样子，细细的。”

“哈哈，是吗？原来你变了模样，眉毛变细是修出来。”

“是呀，你真是老土哇，现在才知道。”

奈绪美说着，好像在想其他的事情。

“让治，你的歇斯底里好了吗？”她突然这样问我。

“好了。怎么了？”

“如果好了，我有事情拜托你。……我现在不想去理发店，你帮我刮脸好了。”

“你让我刮脸，那不是故意让我发病吗？”

“当然不是，我就是真想拜托你帮个忙。你不会这点忙都拒绝我吧？不过，你的歇斯底里要是发作了，把我的脸刮花，我就倒霉了。”

“把我的剃刀借给你，你自己来。”

“自己怎么刮呀，如果只是刮脸还好，可是从脖子到背后，我怎么刮得到。”

“为什么刮那些地方？”

“这还要问吗？穿礼服，肩膀也要露出来呀！”

奈绪美说着话，故意露出雪白的肩膀来。

“你看哪，我根本够不到那里。”

然后，她又马上把衣服拉上遮住肩膀，这是她惯用的伎俩，可对我确实是难以忍受的诱惑。奈绪美哪里是要刮脸呢，纯粹是戏弄我，故意去泡澡，又刻意让我帮忙刮脸。我虽然明知她的伎俩，但让我给她刮毛，绝对是迄今为止最新的招数。今天我就可以趁机接近她，仔细看清她的肌肤，当然还可以触碰。一想到这些，我就没有办法拒绝她的要求。

奈绪美让我在瓦斯炉子上烧水，洗脸盆盛水，换吉列刀片，各种准备工作。我在做准备的时候，奈绪美把矮桌子挪到窗户一侧，桌上摆好一面小镜子，之后坐在榻榻米上等待着，又把长毛巾缠在脖子上，可是，当我站在她身后，把肥皂浸湿，正要开始刮脸，她突然阻止我说：

“让治，你愿意帮忙当然好，但是我还是有一个条件。”

“条件？”

“是的，也不是很难办到。”

“那是什么事？”

“你要是因为给我刮脸，到处乱摸，我可不愿意。就是说，刮脸的时候，一点儿也不能触碰我的皮肤。”

“但是……”

“但是怎样？不触碰皮肤也可以刮脸哪。肥皂用刷子涂抹，剃刀也是用吉列刀片。……即使是去理发店，手艺好的师傅也不会触碰我的皮肤的。”

“你把我和理发店的师傅比，有可比性吗？”

“说得好，其实心里别提多想给我刮脸呢。你要是不愿意，我也不为难你了。”

“没有不愿意呀，可别冤枉我。你看我一切准备就绪，还是让我刮吧。”我瞧着奈绪美近在眼前的细长的脖颈，咽着唾液只能答应着。

“那你接受我的条件了？”

“接受，接受。”

“那真的做到不碰哦。”

“好，不碰就是。”

“如果碰到了，就立刻结束。把你的左手放在膝盖上。”

我按照她说的做，老实地把左手放在膝盖上。然后右手从她的嘴边开始刮起。

她陶醉地享受着剃刀刮脸带来的快感，眼睛直直地盯着镜子，顺从地让我刮。我的耳朵里，听到的是她睡觉时发出的均匀的呼吸声；我的眼睛里，看见的是她下巴下面律动的脉搏。我与她的脸近得轻易可以触碰到她的睫毛。明媚的阳光照射着窗外干燥的空气，她脸上的每一个毛孔都清晰可见，我从来没有在如此明亮的地方，长时间地凝视着我最爱的女人的脸。这么细细端详着，渐渐觉得她的美丽的脸，像个庞然大物逼近我。那双细长的眼睛、笔直的高挺的鼻梁，还有从鼻子到嘴唇的两条线，线下面丰满艳丽的红唇。啊，这就是奈绪美的脸，一种神奇的物质。我烦恼的根源就是这个物质吗？我越想越觉得奇妙。我不由得用刷子往那个物质的表面涂满肥皂沫。可是，无论我怎么用刷子涂抹，它还是安静的、不反抗的，用柔软的弹性颤动不已。

我手中的剃刀，像是银色的虫子似的游走在光滑的皮肤表面，从脖子向肩膀转移。我看见她雪白的后背是那样的丰满厚实，像一堆白色的奶酪，猛然闯入我的眼帘。她每天都在镜子中欣赏自己的脸，可是，她知不知道她的后背也很美。她也许还不知道。最了解她的人是我，我曾经每天都帮她洗澡，给她搓后背。那时候就像今天这样，抹上满满的泡沫。……这是我已经死亡的恋情。我的手、我的手指，曾经在这凄美妖冶的白雪上玩耍，开心地、自由地踩踏。现在，那上面或许还有些痕迹。

“让治，你的手在抖动，稳一点。”

奈绪美突然说道。我的脑子一直在响，嘴里也是干燥的，身体不自觉地颤抖着，我自己也感觉到身体的异样。忽然一个念头闪过“我是真的疯了”。我拼命控制自己的行为，又发觉脸上一阵热，一阵凉。

可是奈绪美的胡闹还没有结束，肩膀刮干净了，她撸起袖子，竖直地抬起胳膊，说：

“该刮腋下了。”

“什么，腋下？”

“是呀，穿着洋装，就得刮腋下，不然，被人看见是没礼貌的行为。”

“你是故意的。”

“什么故意的？你想什么呢！……我感觉身上有些凉了，你快点。”

她话还没有说完，我突然丢掉剃刀，搂住她的胳膊，与其说是搂住，不如说是咬住了。奈绪美似乎早有察觉，马上用胳膊推开了我，但是我的手指仍然触碰到了她。因为有肥皂的缘故，滑溜溜的。她再次把我推搡到墙边，尖声大叫：

“你要干什么？”

再一看，她的脸色苍白——大概我的脸也是苍白的，所以她的脸也是苍白的。

“奈绪美！奈绪美！不要再折磨我了，求你。我什么都答应你。”之后我自己在说什么，事后我完全想不起来了，就像是发高烧时说胡话一样，快速地诉说着什么。

奈绪美就待在原地，一动不动地、惊讶地瞪着我的脸，没有一句话。我跪在她的脚下，祈求道：

“你怎么不回答，说句话，好不好？不然就杀了我吧。”

“疯了你。”

“疯子不好吗？”

“谁愿意和一个疯子接触。”

“那你可以把我当大马骑，就像以前那样骑在我身上。不喜欢和我说话，就骑到我背上吧。”边说着，我边趴在了地上。

有那么一瞬间，奈绪美觉得我真的疯了。她的脸这时变成了青色，死死地盯住我的眼睛，神情恐惧。可是，马上，她的脸露出大胆放肆的神情，突然一步跨到我的背上，声音像个男人般，说：

“是这样吗？”

“好哇，当然。”

“今天起，什么都听我的吗？”

“嗯，听从你的安排。”

“我要多少钱，你都满足我？”

“满足。”

“我想干什么，你都不许干涉，是吗？”

“是。”

“不要叫我‘奈绪美’，要叫我‘奈绪美小姐’，听见了吗？”

“好。”

“你保证吗？”

“是的，我保证。”

“那行。看你可怜兮兮的，就把你当人吧。不骑着你了。……”

于是我和奈绪美搂在一起，身上都是肥皂泡沫。

“现在我们又是夫妻了，我不会再让你离开我了。”

“我走了，你会很难过吗？”

“是呀，难过极了。有一段时间，我以为你不会再回来了。”

“怎么样，这回知道我的厉害了吧？”

“知道了，确实是知道了。”

“那好，刚才答应的，都不要忘了。我要干什么就干什么。虽然是夫妻，但是我不喜欢做回那种受束缚的夫妻。办不到，我就离开你。”

“那以后我们就以‘奈绪美小姐’‘让治先生’相称？”

“时常带我去跳舞吗？”

“好。”

“交再多的朋友也可以吗？不会抱怨吗？”

“嗯。”

“不过，我和阿熊已经分手了。”

“什么？和熊谷分手！”

“是呀，那个人太讨厌了。……以后我要尽可能接触洋人，洋人比日本人有趣多了。”

“你说的是横滨的马卡内尔？”

“洋人朋友，我认识不少呢。就算马卡内尔，也只是普通的朋友。”

“哦，谁知道呢……”

“瞧哇，你就是这样怀疑人的，讨厌你这样。我这么说，你就相信我。你说吧，你信不信？”

“信！信！”

“这些以外，我还有其他要求……让治辞了工作以后，想做点什么？”

“我想被你抛弃后，就回到乡下去。但是，既然你回家了，我也不回去了。把乡下的财产变现带来这里。”

“换成现金，有多少？”

“差不多有二三十万吧。”

“就这么多？”

“有这些钱，我们的后半生不是足够了吗？”

“我们能尽情享乐吗？”

“我得工作呀……你可以不用工作，但是我得开个事务所，自己干出一份事业。”

“钱全部投入到你的事业中去，那我可不干，必须把我的花销那部分留出来。”

“好。”

“那给我一半吧。有三十万日元的话，就是十五万日元，二十万日元，就是十万日元。”

“你算得真精细。”

“当然了。事前讲好条件，有什么说出来。你愿意吗？你这么说，是不是不想让我当你的太太了？”

“没有不愿意。”

“不愿意就直说好了。现在还能反悔。”

“你放心吧。我不是说愿意了嘛……”

“我还没说完，既然这样，我们可以换个更时髦、更好的房子吧。”

“当然可以啦。”

“我想住在西洋人的街上，租个西式洋房，有漂亮的寝室和餐厅的房子，雇用厨师和服务生在家里……”

“东京哪里有那样的房子呀？”

“东京没有，但是横滨有哇！横滨的山手正好有一户空房子要出租，前几天我就看过了。”

这时，我才明白，她是个城府这么深的女人。这一切，原来她从一开始就有了盘算，用诱饵诱我上钩呢！

二十八

接下来就是三四年之后的事情了。

我们搬到了横滨，租借了奈绪美早早看中的山手地区的一座洋房。但是，奈绪美习惯了奢侈的生活，没多久就感觉这座房子有点小，然后我们就搬到本牧的一座瑞士家庭住过的房子里，买下之前所有的家具。由于大地震，山手那边的房子几乎全部变成了废墟。幸运的是，本牧这边的许多房子在灾难中幸存下来，我们的房子几乎没有损害，只是墙壁有些裂痕。所以，现在我们还住在那座房子里。

再后来，我按照创业的计划辞掉了大井町的工作，变卖了乡下的财产，和上学时的两三个好友合开了一家合资公司，专门销售电机。我是这个公司的主要投资人，业务上的事情大多是朋友们去费心。因此，我不用每天到事务所工作。可是不知道什么原因，奈绪美不喜欢我整天待在家里。所以，不管我是否情愿，每天早上，十一点多的时候从横滨到东京一趟，在京桥事务所里待一两个小时，下午四点再坐车回家。

从前，我特别勤快，早上早起，可是最近，不到九点十点的，我也起不来了。起床第一件事，我马上穿好衣服，蹑手蹑脚地走到奈绪美的房间门前，敲敲门。奈绪美比我起得晚，这个时间应该还在睡觉。她有时候听见了就“嗯”一声算是回应，有时候没睡醒。只要听见她回应了，我就进屋去和她打招呼，没有应答，我就直接离开家里，去事务所了。

不知道什么时候开始的，我们夫妻开始分房睡了。开始是奈绪美提议的，理由是“女人的房间是神圣之地，就是丈夫，也不能随意出入”，然后自己霸占了大一些的房间，把小房间留给我。虽然还是隔壁住着，但是两个房间有房间隔着，中间隔着夫妻专用的浴室和厕所。这意味着，从一个房间到另一个房间，是有段距离的。

奈绪美每天都要睡到十一点多，在床上抽烟，或是看报纸。抽的是女士细烟，德米特里牌的。看的报纸是《都新闻》，还喜欢看传统或是时尚的服装杂志。其实，她从来不看里面的文字，只是翻看里面的图片，一张一张仔细地看，主要看洋装的样式和做工。她的房间里东面南面都有窗户，露台下面可以看见本牧的海景，阳光充足，房间从早上开始就很明亮。奈绪美的床，按照日本房间尺寸，足有二十张榻榻米那么大，占据宽敞房间的正中间，而且绝不是普通的床，是某国驻东京大使馆卖出的床铺，上有天盖，四周垂着白色的纱幔。决定买下它，也许是奈绪美觉得躺着更惬意吧，所以，比以前更不喜欢起床了。

每天，她在洗漱之前，要先喝红茶和牛奶。这时的女佣要去备好洗澡水。等到她起来了，就去泡澡，之后是女佣按摩。然后梳头发，修指甲……常说是“化妆七件套”，可我看来，何止七件。还要将几十种中药材和仪器用在脸部，等到去餐厅吃饭也是下午一点半左右了。

吃完午饭，整个下午，奈绪美都无所事事。晚上或是赴宴会，或是请客人来家里，又或是到饭店跳舞，每个晚上总是有安排的。所以，到时间，她要重新上妆，换上和服。如果有宴会，那还要泡澡，让女佣帮忙，浑身上下都敷上白粉。

奈绪美的男朋友一直在更换。浜田和熊谷再也没出现过。有一段时间，她好像中意那个马卡内尔，但是很快他就被迪根替换掉了。接着，迪根之后是叫尤斯塔斯的男人。尤斯塔斯很讨厌，比马卡内尔还要让人生气，特别招奈绪美的喜欢，有一次，我借机在舞会上打了尤斯塔斯一顿。结果，舞会被我闹黄了，奈绪美就站在尤斯塔斯的身边，骂我疯了。是的，我越来越狂躁不安，拼了命地追赶尤斯塔斯。大家上前抱住我，大声叫着“乔治，乔治！”我的名字是“让治”，但是西洋人喜欢叫我“乔治”，从那次之后，尤斯塔斯再也没来过我家，但是奈绪美又提出新的要求，我只能无条件服从。

尤斯塔斯之后，又是第二个、第三个尤斯塔斯，不用想也是这样的。现在的我已经驯化得让自己都觉得难以置信。人这种动物，真是只要遇上一次可怕的经历，那件事就会成为固定的观念，永久印在脑海深处。因为我至今也没有忘记奈绪美出走以后品尝过的苦涩滋味。她说的那句话“这回你领教我的厉害了吧”至今还在我的脑子里回旋。奈绪美的下贱和倔强，我是早就了解的，但是摘掉这个缺点，她的价值也不存在了。我越是觉得她下贱、轻浮，越是喜爱她，深深地落进她的陷阱里。其实，我也清醒过，但越是清醒、气恼自己，越是深陷，无法自拔。

人一旦丧失自信，便无可救药了。现在，我的英语也比不上她了。也许是她经常和洋人交流，潜移默化地学会了吧。在晚宴上，她用流利纯正的英语和那些妇人、绅士左右逢源地攀谈着，她本来英语发音就好，加上洋人的腔调，我常常接不上话。她现在也喜欢随洋人的喜好，叫我“乔治”。

关于我们夫妻的故事，就讲到这里。诸位看过后，觉得我愚昧的人尽管嘲笑我吧，觉得间接吸取教训的人，请引以为鉴。我就是迷恋奈绪美，随大家去评说吧，都没什么的。

奈绪美今年二十三，我三十六。

春琴抄

第一章

春琴，是大阪道修町的一个药材商家的千金，全名鵙屋琴，逝世于明治十九年十月十四日，葬在大阪市内下寺町净土宗的某座寺院里。不久前路过那里，忽然萌生扫墓之念，便托寺内僧人引路，僧人将我领到正殿后面，对我道："此处便为鵙屋家的墓地。"随之望去，只见在山茶树下整齐排列着鵙屋家历代的坟墓，却唯独没有发现春琴的墓碑。春琴作为鵙屋家的千金，其墓应被多人探望，于是便向僧人求解。僧人沉思片刻后道："那边那座可能是。"便将我引到东侧略陡的坡道上。

当地人都很清楚，下寺町东侧的对面是生国魂神社的高岗，而从寺院到高岗的必经之路便是我脚下这略陡的坡道。坡道上能看到一些在大阪不易见到的珍贵树木，在半山腰的一段小平地上，便找到了春琴的墓碑。来到碑前，墓碑正面刻有她的法号"光誉春琴惠照禅定尼"，背面刻有"鵙屋琴，号春琴，明治十九年十月十四日殁，享年五十八岁"，侧面则刻"门生温井佐助立"。春琴虽终生姓鵙屋，实际却与其弟子温井检校过着如同夫妻的生活，可能这也正是将她的墓地建造得稍微远离鵙屋家墓地的原因吧。寺院僧人又道："曾一度不知道这座墓也是鵙屋家的。鵙屋家族日渐没落，这几年很少见来扫墓的族人，专门为春琴扫墓的更是少之又少。"我问道："难道这座墓碑就一直无人探望了吗？""也不算是。

有一位住在荻茶屋的七十岁左右的老妇人，每年都来一两回。你再看这边。”他指向春琴墓左侧的一座小小的坟墓，“老妇人也会为这座坟墓焚香供花，为他们捐献诵经钱。”我顺着僧人的手指看向这座小坟墓，仔细打量：其石碑大小只有春琴墓碑的一半，正面刻“真誉琴台正道信士”，背面刻“温井佐助，号琴台，鵙屋春琴门人，明治四十年十月十四日殁，享年八十三岁”。原来是温井检校的坟墓，墓碑大小及“弟子”字样都恪守师徒之礼，这也是检校的遗愿。而详细背景，后面会由荻茶屋的老妇人详解。

日落时分，鲜红的夕阳余晖洒在墓碑上，坡道上独留我在此徘徊，偶尔瞭望脚下的城市。静静回想，这地方本是难波区海港的丘陵起源，由朝西的高岗延续到天王寺的方向。现今粉尘污染，周围的草植都已奄奄一息，枯萎的树木也满身灰尘地蜷缩着。不禁让人想象墓碑建造之初，此地绿草如茵、古木参天的美景。就算到了现在，整个大阪的墓地也数这个地区最为清幽，风水最好。两个被微妙的姻缘影响而彼此陪伴的人长眠于此，远望着夕阳余晖中的东洋第一工业城市。即使此地已不再是当年温井检校看到的风景，但两座墓碑依旧在讲述着当年师徒的深厚情谊。

温井检校家信奉日莲宗，历代家人都葬在江州日野町的一座寺中。而温井检校为了死后葬在春琴旁边，竟放弃了祖辈的信仰，改信净土宗。而且春琴在世时，两人就定好了法名，选好了墓穴的位置、结构等。两座墓碑对比起来，春琴的墓碑高六尺，温井检校的却不足四尺。两墓碑并排在石制佛坛上，春琴之墓右侧为一棵松树，葱郁的树枝跨越墓碑向屋檐伸展，温井检校之墓便在距春琴之墓左侧两三尺远的树枝无法遮蔽处。看起来就像无比恭敬地随时待命，不禁让人想象出温井检校生前恭诚事师、如影随形的景象，使得如今木石看起来都像有灵性一样，仿佛依然沉醉于昔日的幸福之中。在春琴之墓前跪拜行礼毕，我手抚温井检校的墓碑沉思良久，直到夕阳渐沉。

第二章

帮助我更加了解春琴的是一本名为《鵙屋春琴传》的小书。这本小书由手漉和纸印刷而成，共有三十多页，据说是作为弟子的温井检校托人在春琴三周年忌日的时候编写而成的。全书采用书面语，温井检校在书中被写为第三人称，虽是由温井检校口述而成，但真正的执笔者也是温井检校本人。

书中写道："春琴家以药材出售为主要营生，世代继承鵙屋安左卫门之位，定居于大阪道修町，春琴之父是第七代。春琴之母茂女是京都麸屋町迹部氏的女儿，嫁到了安左卫门家族后，生了两男四女。春琴是家中第二个女儿，出生于文政十二年五月二十四日，天资聪慧，美丽端庄，举止优雅，无人能比。四岁时就展露出了过人的舞蹈天赋，举手投足间尽显动人气质，连艺伎看后都自叹不如。其师常叹道：'此女天赋极佳，日后定会闻名于天下，但其生于富贵人家，不知这是幸事还是不幸。'春琴后又习书识字，进步亦是飞快，其学问很快便超越了她的两位兄长。”此本传记将春琴描绘得堪比神仙，但其真实性却无从考证。不过很多事情的确可以证明春琴的确天生“优雅端庄”。那个时代的女子大都偏矮，春琴的身高却几近五尺，且手脚小巧纤细。尚存的一张她三十七岁时的照片，画面虽模糊，却依然能看出她的瓜子脸和精致立体的五官。明治初期、庆应年间的照片上不时会有白斑，不知是否故意为之，好让人有一种时代久远之感。照片上的春琴带有大阪富贵阶级女性的独有气质，虽美丽却没有鲜明的个性，给人印象不深。

照片上的春琴让人无法相信当时已失明了二十多年，她的姿态全然给人闭目思考的感觉。佐藤春夫曾说：“聋者若愚，盲者若贤。”聋者与人交谈，脑袋会侧向正在说话的人，眼睛睁大，眉头紧锁，嘴巴张开，给人痴傻的感觉。而盲人静静端坐，微微颔首，很像默默思考。人们习惯了观音菩萨低眉端详众人，心中已认可微睁双目便能传递慈悲与博爱，于是往往对盲人心生敬畏。春琴也是这样，给人展现明辨事理的温柔女子的模样，于是看她的照片竟能感受到拜见观音时的慈悲。据说春琴年幼时，照相机还未传入日本，而此照片拍摄后不久春琴又遭遇了不幸，从此再也不肯拍照，于是世上便只有这一张她的照片。但真实的春琴到底是什么样，恐只有当时的那些人知道，模糊的照片，久远的记忆，都已随时间的流逝，使我们的还原距真相有一段距离。

第三章

《鵙屋春琴传》继续写道：“春琴在家中被父母视为掌上明珠，兄妹六人中父母对她最为疼爱。奈何春琴九岁不幸患上眼疾，没过多久便双目失明了。父母痛心无比，其母更是悲伤到近乎疯狂，痛惜最爱的女儿遭此横祸。春琴也自此断了学习舞艺的念头，转而专注于古琴和三味线，潜心修习丝竹之道。”春琴为何患上眼疾，书中并没有记载，但温井检校说过：“春琴无论是气度还是琴艺都远超常人，难免树大招风，曾两次遭人暗算，她的不幸也随之而来。”静静思考，感觉其中定有蹊跷。温井检校也曾提及可能是结膜炎导致的失明。春琴自幼备受宠爱，行为举止虽有些傲慢，但也可爱，再加上生性天真善良，待人接物礼貌得体，对兄弟姐妹也很亲热，十分得长辈垂爱。可小妹的乳母却对此不满，甚至对春琴产生了怨恨。结膜炎是花柳病病毒入侵眼结膜引起的，按照温井检校的说法，定是这位乳母用了某种手段让春琴遭此劫难。不过此说法也只是一种猜想。春琴生命的最后几年，脾气日渐暴躁，很可能也与她的失明有关。当然了，也可能是因为温井检校太过怜悯春琴，从而恶意揣测他人，乳母之事很可能只是他的一种臆想。总之，春琴失明的真正原因已无从得知，只要明白春琴九岁时已双目失明就行了。

传记中提到了春琴放弃舞艺，专注于学习古琴和三味线。她常向温井检校感慨：“舞蹈才是我的天赋所在，只夸赞我古琴和三味线技艺的人，根本不知道我的舞蹈跳得多么好。若不是失明，我决不会选择琴艺这条路。”这些话中，虽有着春琴“就算不是有天赋也能够得到满堂喝彩”的自负感，但却被温井检校所珍视，铭记在心中。在美化春琴的同时也不忘加以修饰，可见他对春琴的崇拜之情。

而前文提到的荻茶屋的老妇人名为鸣泽照，是生田流的勾当，曾是春琴和检校晚年的侍女。老妇人说：“春琴师父的舞蹈的确跳得非常好，但从五六岁开始就已经跟着春松检校学习古琴和三味线，从不曾懈怠，所以并非双目失明后才开始修习丝竹的。富家的小姐年幼便要接触各种风雅之事，这也是那个时代的特点。春琴师父天赋惊人，像《残月》这样难度很大的曲子，十岁的她只需听一遍，便可弹出，她的水平不是凡夫俗子可以比的。双目失明后春琴别无选择，只能更加专注于丝竹之道。可以说每一次弹奏都倾注了她的灵魂。”两者的说法对比后，似乎觉得老妇人的说法更可信些，春琴的才华可能一开始就在琴艺上，而舞艺的造诣到底如何，只能打个问号。

第四章

春琴的技艺虽已经精进到每次演奏都可倾注自己的灵魂，但生在富贵家庭的她似乎并没有将爱好当成自己未来的谋生手段。她后来以琴曲师父的身份招收徒弟，也是出于其他的打算。自立门户后，所挣的收入连她的日常开销都不够，她虽然每个月都会收到修町的父母家送来的一大笔钱，却依旧不够骄奢挥霍。她学琴并不为谋生，如此投入却只是因为喜欢，再加上她的天赋，所有的这些都足以证明传记中“春琴十五岁琴艺已远超常人，无人能与她相较高下”并非夸夸其谈。鸣泽照还说：“春琴师父向来高傲，春松检校向来严厉，却从未责备过她，相反还常常称赞她。每次春琴师父去学琴，春松检校必定亲自指导，从来没有吃过修行的苦，却能够拥有很大的成就，也是天赋的原因。”

春琴是药铺的千金，她的师父再严厉也不会将她当作普通学徒对待，反而会酌情关照。另一方面，也可能出于对失明富家少女的同情，春松检校非常欣赏春琴，对她的照顾可以说是近乎倾情的程度。春松检校将春琴看得比自家的孩子还要娇贵，只要春琴身体不好请假，春松检校就会立刻派人去春琴家探望，有时甚至自己亲自拄着拐杖前往。春松检校在外人面前，以有春琴这位弟子而无比骄傲，在他全部弟子云集的场合他甚至号召弟子们向春琴看齐，并警告他们若是想要靠琴艺吃饭，必须要有危机感，至少也要做到比爱好者出身的春琴弹得更好。每当有人抗议师父太过宠爱春琴的时候，春松检校便辩解道：“这话说得不对。作为师父，我传授技艺，对你们越严格，越是对你们的关爱和负责。我对春琴不打不骂，说明我对她的关爱和负责还不够。这个女孩天资过人，就算作为师父的我不闻不问，她只靠着自己修习也仍旧会达到一定的高度；若是我仔细栽培，她定会脱颖而出，到时候你们这些靠琴为生的人颜面何在？我明明已经如此费心，却总有人劝说我对不为生计而学琴的大家小姐随便教教就好，其他愚钝的弟子才应认真栽培。真是从头到尾领会错了我的用意。”

第五章

春松检校，家住靭町，与道修町鵙屋家的药铺相隔约十町。春琴每天都被一个小学徒牵手引路去学琴。这学徒名为佐助，也正是在牵手引路的过程中两人结下了不解的缘分。佐助出身于江州日野，家中也以贩卖药材为生，祖父和父亲都曾在大阪的药铺当过学徒。在某种程度上，鵙屋家算是佐助家世世代代的恩主。佐助比春琴大四岁，上门当学徒时刚好十三。春琴九岁时失明，佐助来的时候她美丽的双眸已陷入黑暗很久。佐助对此直到晚年也毫不遗憾，反而感到很幸福。若是春琴在失明之前便与佐助相识，那佐助以后每日见到失明的春琴，便会百感交集。好在，他从一开始就认为失明的春琴没有任何的不足之处，初见春琴时便毫无缺憾之感。

当今大阪的上流阶层争相将自己的宅邸建造在郊外，只是为了让自己的后代，尤其是女孩可以多接触户外明媚的阳光，感受自然，让女孩子不再终日待在闺房。城中的孩子体格柔弱，皮肤白皙，与乡下的孩子相比，与其说是文雅，倒不如用病态一词形容更加贴切。这种情况在日本的大城市中是一种通病，只有旧时江户时代的女子例外，她们以小麦色皮肤为美，比不得现在京东大阪的姑娘们白皙。而一些大阪名门的子弟如同戏台上的少爷手脚纤细，装束也太阴柔，直到三十多岁脸色才渐渐红润起来，体重逐渐增加后才渐渐有了贵族的气势。名门公子尚且如此，生于旧幕府时代的鵙屋家大小姐们，久居深闺，更是纤瘦白皙，因此春琴在当时十三岁乡下少年佐助的眼中无比柔美动人。

春琴的姐姐那时十二岁，春琴的大妹妹六岁，在初次进城的佐助看来，她们都是偏僻的乡村中罕见的城中少女，特别是失明的春琴。在佐助的心中，春琴闭起的双眸比她姐妹们睁开的双眸更美、更动人，他觉得春琴这张脸本就是这模样，生来如此。人们都说鵙屋家的四姐妹，春琴的姿色最为动人，这种说法就算属实，怕也带有些许的怜悯和同情。而佐助这两者皆无，有人说他对春琴心生爱慕只是因为他对春琴的怜悯和同情，对此种说法他无比反感，常常反驳道："传播这个消息的人真的是谬谈，从我第一次见到春琴师父，就没觉得她可怜。眼睛能看到东西的人和春琴师父相比才应觉得自己可怜。她有如此的美貌和风度，从未寻求别人的怜悯，反而对我说'佐助你真是可怜'。眼睛能看到的人又有什么优越于春琴师父的呢？我们才是真正的残疾。"不过这些皆为后话，最初的佐助只能将自己强烈的崇拜之情压抑在心底，每日勤勤恳恳地照顾春琴。面对着冰清玉洁的大小姐，自己家世代恩主家的千金，丝毫的爱恋之情也不敢有，每日能够陪伴春琴去学琴，已是很大的满足。

千金小姐由一个新来的少年牵着手去学琴，在外人看来很不妥，但这却是春琴的主意。春琴开始学琴的时候，陪同过的有女仆、学徒、杂役等，换了很多人，直到她突然要求"由佐助来”，才只由佐助一人引路。那时候的佐助十四岁，心怀感激，并将此视为无上的荣耀，因此更加尽心尽力将春琴的小手紧紧护在自己的掌心，每日引路穿过十町的路去春松检校家，课程结束后再原路返回。往返路上，只要春琴不开口，他绝不出声，十分懂得分寸。每当有人向春琴问起：“二小姐为何要选佐助侍奉呢？”春琴便会回答说：“因为他最守本分，从不多嘴。”

佐助从不会烦扰春琴，甚至有点沉默寡言，只管做好自己分内之事，这可能也正是春琴因失明而性情大变后选择他来侍奉的原因。(据说佐助从不敢看春琴的笑容，盲人笑起来会给人一种痴傻的感觉，让人不禁心生怜悯，这是他无法承受的沉重)

第六章

春琴说只是因为佐助话少不会打扰到她，这是她真实的想法吗？或者年仅十岁的她隐约感受到了佐助对她的情感，心中愉悦。虽然说只有十岁的少女也许还不明白感情的事，但春琴天生聪颖，失明后又加强了第六感，因此也不能说这是平白无故的乱猜。高傲如春琴，长大后的她从不表露自己的心思，也从不给佐助回应。其中的谜团虽有很多，但能够确定的是，春琴最初心里并没有佐助，至少在佐助看来是这样的。

两人牵手去上学时，佐助会将自己左手抬到春琴肩膀的高度以稳稳地接住春琴的右手。对于春琴，佐助可能只是引路的眼和手。春琴从不给他明确的指示或吩咐，有时只是一个动作，有时只是一个表情或几个像谜语一样的字。若佐助没有反应过来，她就会非常生气。为了明白春琴的每一个指示，佐助只能时刻准备着，精神高度集中地接受她每一个注意力的考验。春琴作为娇生惯养的大家千金，失明后越来越刁蛮，从不给佐助任何走神休息的机会。有一次在春松检校家上课，春琴突然不见了，佐助慌张无比，到处寻找，最后才发现她竟自己去了厕所。春琴之前去厕所也是一句话不说，只等着佐助自己察觉后带她去，然后佐助在门口等她出来、帮她洗手。佐助赶到，春琴正自己摸索着洗手，佐助不安地向她道歉，春琴摇摇头说："不必了。"但就算这样，也不能应声退下，退下只会错上加错。这个时候就应该不由分说地拿起水瓢为春琴洗手。还有一次在夏日的午后，在后面等候的佐助突然听春琴说："好热。"于是附和一句："嗯，很热。"春琴却顿了顿，又说了一遍："好热。"佐助这才反应过来，连忙拿出备好的蒲扇坐在她身后扇风。春琴这才满意。但若是扇风的速度变慢了，春琴立刻又道："好热。"

春琴虽一直高傲刁蛮，但她对其他下人却并不如此。春琴对佐助越任性，佐助就越努力侍奉，也许这就是春琴选择佐助的原因吧。奇怪的是，佐助从不认为这是痛苦的事情，甚至越来越沉迷，将春琴的刁难当作某种独特的恩宠。

第七章

春松检校给春琴授课的房间在里屋二层。每次上课，佐助都会扶她上楼，带她坐到春松检校对面，将古琴和三味线摆好后退到教室之外等候，待课程结束再进到教室里面迎接。即使是等候的时间，佐助也不敢有丝毫松懈，在外面仔细倾听是否下课，以保证第一时间进去迎接，而不是等春琴传唤。在外面听久了，佐助便慢慢便学会了那些曲目，音乐修养也逐步提升。他后来能够成为一流乐师，所依靠的，一是自有的些许天赋，二是这段陪伴春琴上课的经历，此外还有他极力想和春琴分享同一个世界的梦想，若不是这个梦想，佐助这辈子恐怕只能成为打着鵙屋家分店招牌的药材商，平平淡淡地过完此生。晚年的他也双目失明，即使自己身居检校的位置，也常常感叹自己的琴艺远远不如春琴，能够做出现在的成就，全靠春琴的不吝赐教。佐助总是将春琴夸到九天之上奉若神明，又将自己贬低。他的话无法让人全部相信，但论琴艺的高低，春琴的确是天赋过人的代表，而佐助是靠自己的刻苦精修才成功的代表。

佐助在快十五岁时，萌生了买一把三味线的想法，于是便攒下平时主家所给的赏钱和去别家帮忙领的小费。第二年夏天，他便买了一把做工并不算精细的三味线。为了不被管理者发现，他分别将琴杆和琴身藏在阁楼的卧房中，每晚等其他伙伴睡着后，偷偷练习。只可惜，那时的他带着继承父业的任务来到这里，并没有觉得琴艺可以养家糊口，也并没有靠琴艺而活的自信。买琴只是因为对春琴忠心，她所喜欢的东西，佐助也想多多了解。也正是因为从没有想过用琴曲来得到春琴的青睐，所以偷偷练琴的事情，佐助从没有告诉过春琴。和佐助一同住在矮小卧房的还有五六个学徒，佐助通过保证绝不打扰他们休息换来他们替佐助保守秘密。年轻的学徒们大多处于贪睡的年纪，沾床就能够立即进入梦乡，因此对于佐助的保证并无抱怨。但谨慎的佐助依旧会等大家都睡熟后钻进放置被褥的壁橱中练习。阁楼中闷热，壁橱里更是让人难熬，但壁橱是一个完美的选择，因为这里既能隔音又听不到外面的鼾声和梦话。佐助没有用拨片，只能用指甲摸索着练习。在黑暗中的佐助并无丝毫不适，盲人始终身处黑暗，春琴也是在黑暗中弹奏三味线的，他只觉得自己终于和春琴同处于一片黑暗中，简直乐在其中。所以佐助之后的演奏准备让自己和春琴一样，手持乐器时闭上双眼。这个习惯也表明了佐助在自己眼睛正常时已开始渴望和春琴共患难，他不断去感受盲人不便的场景，甚至到了羡慕盲人的地步。从佐助少年时代便有的这种心态，他后来成为真正的盲人可能并不是偶然。

第八章

无论何种乐器，想要完全掌握其精髓都无比艰难。像三味线这样无迹可寻每次都需调整弦音的乐器更加不适合自学。

在那个时代没有乐谱，人们都认为想要达到出师的程度需要“古琴三个月，三味线三年”。佐助根本买不起昂贵的古琴，就算他买得起，也无法抱着古琴招摇进门，所以他只能从三味线入手。据说佐助刚开始便无师自通能够调试琴弦，也许是他多少有些辨别声音的天赋，同时也说明了他在春松检校家等候春琴下课的过程中倾听得多么专注。调式、歌词、音准、旋律，他都死记硬背下来。就这样，自十五岁那年夏天开始，差不多半年的时间，除了和佐助住在一起的伙伴，其他人都不知道他偷偷练琴的事情。

但在那年的冬天，该发生的还是躲不掉。在某个冬夜的凌晨四点左右，时间虽接近破晓，但窗外却依然漆黑。鵙屋家老板娘，也就是春琴的母亲茂女，起夜上厕所时突然听到外面传来曲子《雪》的旋律。虽古代琴师大多有“迎寒练功”的习惯，但道修町是药材商聚集的街道，街边家家户户皆是店铺，从没听说哪位琴师将家安顿在这里，甚至连一家装饰奢华的房屋都找不到。在这寒冬长夜，就算琴师再刻苦练功，也不会在这个时候练习。能听出来这位弹琴者并不是全力演奏旋律，只是用指甲轻声拨弄琴弦，只为找准某个音节而不断反复，完全能够想象到这个练琴人是多么刻苦钻研。春琴的母亲只是略微疑惑了一会儿，并没有将此事放在心上。又有过几次夜晚听到后，便和好几个店员提起，这几个店员也说：“确实也听到过，不知是从哪里传来的。”“听起来也不像是狸打腹鼓”，这琴声便成了后院的共同疑问。

佐助见无人发觉，便放松了警惕，因为总是利用自己闲暇的时间练琴，缺乏睡眠，天气一暖和便容易打瞌睡。于是从暮秋开始，佐助便把练琴的地方从柜子里改在了露台上。每晚十点左右和同屋伙计一起回去就寝，到了凌晨三点独自醒来，抱着三味线来到微冷的露台练习，直到太阳快要升起的时候才起身回寝室眯一会儿。春琴母亲便是在这个时辰里听到他练琴的，而且露台刚好位于店铺的房顶，比起睡在露台正下方的店员们，隔着花园睡在的后院的人们若是敞着窗户听得更清楚。于是后院便很不满，佐助也被查了出来。管家狠狠训斥了佐助，并警告他若是再犯，就将他的三味线收走。

这时后院的人向佐助伸出了援助之手，说我们至少听听他可以弹到什么水平了。提出这个建议的是春琴。佐助原以为春琴知道后定会无比嫌弃他，一个下人要做好自己本分的差事就好了，竟不知天高地厚地学起小姐，简直要被人嘲笑或怜悯。佐助很害怕，不管是哪种选择都不是好事情，当听到“弹来听听”的时候，他开始犹豫了：也许是自己的诚意感动了上天，终于让小姐改变了主意；或许小姐也只是来看笑话的，提出为难他的要求。佐助并没有在众人面前弹奏的自信。但既然是春琴提出的，自己再如何推辞恐怕都无济于事。也因为好奇，春琴的母亲和姐妹也都来到了后院，等着佐助展示他练习的成果。对佐助来说，这是从未面对过的隆重场面。当时的他大概能弹五六首曲子，索性按吩咐“会弹多少弹多少”，鼓足勇气放手一搏完成了简单的《黑发》、有难度的《茶音头》等曲子的演奏。鵙屋家的人都以为佐助从未接受过正统的学习，只靠他听到的那些，肯定会弹得毫无调子可言，所以只是来这里看他的笑话。谁知在如此短的时间里，佐助不仅指板准确，连节拍调子都丝毫不差，听得众人感慨无比。

第九章

《鵙屋春琴传》有云：“春琴欣赏佐助的志向，曾对他的学习热情表示‘极其赞赏’，‘以后我来教你，请务必勤于求教，精进琴艺’。春琴的父亲安左卫门也点头应允，佐助欣喜若狂，一边努力做好学徒，一边每天在固定的时间听师父指导。就这样，十一岁的少女和十五岁的少年在主仆关系的基础上又结师徒之契。”

向来不好侍奉的春琴对佐助突然展现出温情，并不是春琴的本意，据说是周围人极力劝说才促成的。可以想到失明少女，就算生活无忧无虑，但也很容易孤独抑郁，别说父母了，就连陪在春琴身边的女仆也都小心翼翼，总是想办法逗她开心。正在大家都苦于安慰无方的时候，突然发现佐助竟和春琴有着共同的爱好。对任性的大小姐手足无措的下人们觉得要是能让佐助陪伴小姐，那自己的负担定会轻松不少，于是都极力劝说：“小姐不妨给佐助一些点拨，难得他有这份心，也许您便是他命中的贵人呢！”如此拙劣的奉承，春琴不为所动。只是这么长时间过去，春琴对佐助已经毫无反感，反而有些春心萌动。但是对于极力劝说她收徒的父母的姐弟、下人们来说是一件天大的好事。倒不是天才十一岁少女春琴终于要晋升为人师，他们并不在意春琴成不成师，他们在意的纯粹是驱散春琴的寂寞，也就是借助“师徒游戏”让春琴对佐助发号施令。与其说是为了佐助好，不如说只是为了春琴才极力促成这件事。只是从结果来看，佐助受益匪浅。

传记中虽写“一边努力做好学徒，一边每天在固定时间听师父指导”，但佐助每天都为小姐引路去学琴，剩下的时间被春琴唤去房中传授琴艺，店内的事情他根本无暇顾及。春琴的父亲安左卫门见原本想要培养成商人的佐助竟成了女儿的侍卫，心中只觉亏欠佐助在老家的父母，但佐助觉得学徒的未来根本无法和春琴的喜乐相提并论，况且佐助自己也很享受现在的状态，安左卫门便也不过多干涉，算是默许了。

从此，佐助平常依旧称春琴为“小姐”，但在上课时佐助必须称其为“师父”，春琴也不再叫他“佐助君”，而是直呼“佐助”，总之礼节都要按照春松检校琴堂的模样，严格执行师徒之礼。“师徒游戏”果然起到了大家所期望的效果，春琴沉浸于新的身份，忘记了孤独。师徒两人始终没有终止这个游戏的意思。两三年过去了，这对师徒越来越认真。春琴每日下午两点左右去靭町的检校家，学习三十分钟到一小时，然后回家练习直到太阳落山。晚饭过后，若有兴致，便唤佐助到二楼起居室教授琴艺。渐渐地，这成了两人每日例行的事情，有时甚至晚上九十点都没有下课，“佐助，我是这么教你的吗？”“不对不对，今天你不睡觉也要把它弹顺！”严厉的斥责声听得楼下的仆人们一惊。有时春琴气急了还会骂：“蠢材！为什么总是记不住！”边骂边拿起拨子敲徒弟的脑袋，所以在楼上常常传来佐助抽抽搭搭的哭泣声。

第十章

在以前，培养艺人的过程极其严格，体罚是家常便饭。今日，也就是昭和八年二月十二日的《大阪朝日新闻》周末版就刊登了小仓敬二写的《人形净琉璃的血泪学徒史》。竹本摄津大掾死后的名人第三代越路太夫的眉间有一道很显眼的新月形疤痕，那是他师父丰泽团七怒斥“你到底什么时候才记得住”时抄起拨子砸向他的纪念。吉田玉次郎目前在专门上演的人形琉璃的剧场“文乐座”操作木偶人，他的后脑勺上也有一个类似的伤痕，那是年轻时练习《阿波鸣门》时留下的。师父吉田玉造是主角和犯人侍郎兵卫的操纵师，玉次郎负责操纵木偶的脚。那时的玉次郎可能怎么摆动十郎兵卫的脚都不符合师父的要求，结果伴随着一声“蠢货”，一把本来用于打斗的真刀“哐”地砸向了他的后脑勺，刀疤至今仍触目惊心。其实，打了玉次郎的玉造师父，当年做学徒的时候也被自己的师父金四用十郎兵卫木偶砸过，砸得木偶身上都是血。后来，他就向金四师父讨来了沾满血的断掉的木偶脚，小心地用丝绵包好收在原木箱中，不时拿出来像跪拜母亲灵位一样行礼，还经常热泪盈眶地和他人说：“若是没有这个木偶，恐怕我这辈子都只能是个默默无闻的末等艺人。”

老一辈的大隅太夫在学徒时代因看起来像牛一样迟钝，被称为“蠢牛”。他的师父是著名的丰泽团平，俗称“大团平”，是近代三味线大师。在某个闷热夏夜，大隅在师父家中练习讲述《木下荫挟合战》中的《壬生村》，但“护身符锦囊是遗物”这一段却总说不顺畅，于是就不断重复练习，不知练了多少遍，师父团平就是不喊停，反而吊起挡蚊子用的帐子钻了进去，任由大隅在帐子外忍受蚊虫的叮咬，嘴中已重复了一百遍、两百遍、三百遍……直到天蒙蒙亮，师父似乎疲倦睡着了，但只要不听到师父说“可以了”，大隅就一直坚持“蠢牛”的气质重复练习。就这么练哪练，终于，从帐子中传来一声“可以了”。原来师父看似已经睡着，其实也是整夜陪伴倾听。

旧时的佳话很多，一个个都举例出来根本写不完。不仅仅是净琉璃太夫或木偶操纵师，即使是生田流派的古琴、三味线的学艺人也不例外。而且，也可能是因为这一门派盲人居多，往往被人苛责，所以有些会变本加厉，春琴的师父春松检校便是登峰造极者。前面曾提到他动辄破口大骂甚至抬手殴打。人在受到打骂时往往会下意识地后退躲避，但徒弟大多为盲人，所以经常会发生有人不小心抱着三味线失足从二楼楼梯滚落的情况。

很多年后春琴立起琴曲指南看板开门收徒，也因门风严酷扬名。这也是她从师父那里耳濡目染传承来的，从开始指导佐助时便已初露端倪。有人说：“男师父打骂男徒弟并不稀奇，但春琴这样的女师父，居然也对徒弟又打又骂，实属罕见，仔细琢磨，这会不会是她的一个虐待倾向？表面是在传授琴艺，实则是在享受一种快感。”如今印证这个推断有点牵强，不过小孩子在玩游戏的时候都会模仿大人的样子。虽然春琴因为检校的宠爱并没有受过棍棒之苦，但是平日里听着师父对待其他徒弟的态度，应该也暗暗记住了“师父”应有的样子。那么在她自己的“师徒游戏”中，对春松检校的模仿也是情理之中的事情。

第十一章

不知道佐助是不是本来就爱哭，每次春琴打骂他的时候，他总是特别没出息地放声大哭。听到的人无不摇头叹气：“小姐又开始打人了。”一开始只觉得小姐是来了兴致，可后面竟发展到这般光景，大人们也不禁有些为难。每日夜深时都能听到古琴或三味线的声音也就算了，但这声音中往往夹杂着春琴的怒呵和佐助的哭声，全家人都被扰得无法入眠。佐助固然可怜，但这么下去，对小姐也不好。仆人里有人看不下去了，有时在春琴授课的过程中便会来劝阻：“您是尊贵的小姐，对于一个懦弱的男孩子说如此高高在上的话，实在是有失您的体面。”春琴却正襟危坐地说：“你们懂什么！我这是在认真传授他本事，根本不是小孩子过家家。越是对他严厉斥责，越代表着我对授课上心，完全是对他好。不管你们是否把这当作我欺负他，总之艺术就是艺术，不是你们能够指手画脚的领域。”

《鵙屋春琴传》里这样写道：“尔等欺我年幼，竟敢亵渎艺术之神圣！我虽年龄尚幼，身为人师就有师道。我最初应允传授佐助技艺并非出于一时儿戏，而因佐助生来喜好乐曲，只可惜身为药铺学徒，不能师从名门。我虽尚未出师，但念他可怜，收他为徒，祈望他达成心愿。非尔等所能理解，还不速速退下。”春琴如此严肃的一番话，让众人哑口无言，讪讪退去。

由此可以想象春琴当时是何等的自信骄傲。佐助听后感激之情不言而喻，之前的眼泪只是因为练琴的辛苦，现在则增添了感恩之情，感恩这位同时是自己主家和师父的少女。从此佐助不管多么辛苦的练习也决不退缩，边哭边坚持到师父说“好”为止。春琴的心情总是阴晴不定，若只是嘴上的呵斥也就罢了，佐助最怕的就是春琴一句话也不说，皱着眉头独自用力拨响第三弦。或让佐助独自弹着三味线，却长时间一言不发。某天晚上练习《茶音头》间奏，佐助就是学不明白，一直记不住，每次都错。春琴便越发不耐烦，最初照例一边用右手在膝上打拍子一边拿着琴教。见总是教不会，便默默不语，随他怎么弹就是不理不睬。佐助也越来越慌，不知道该怎么办才好，只得硬着头皮继续弹下去。弹了一遍又一遍，春琴就是不说话，佐助越来越紧张，出了一身冷汗，弹得也越来越乱。在两人僵持的两个小时中，春琴一言不发眉头紧锁。春琴的母亲披着衣服上楼劝说道：“就算你热心传授他技艺，也该注意时间，太晚了对你们的休息是有影响的。”两人这才结束课程。

第二日，春琴被唤到父母身边：“你真心教佐助，热情可以理解，但你知道，打骂弟子是只有检校才能做的事情，你琴艺虽高超但未出师，如今就开始学师父打骂弟子，这种狂妄之势必会影响到琴艺的精进。而且你作为女子，居然动辄出言不逊，实在让人听不下去。记住，今后传授琴艺一定要在天黑之前结束，每次听到佐助哭全家人都无法入眠。”听了从未责备过自己的父母如此恳切的劝说，春琴闭口不言。表面像是被说服了，其实一点儿都没有听进去，当天课上便责备佐助：“都怪你如此笨，身为男子居然一点儿小痛苦就夸张得放声大哭。就因为你，连我都被父母呵斥。要想在琴艺上取得成就，必须咬牙忍受一切痛苦，否则你我就此断绝师徒关系。”从此，佐助学琴的时候再也没有哭出声过。

第十二章

鵙屋夫妇越来越担心：本就因春琴失明脾气变坏而担心，成为老师之后，春琴的言谈举止竟然变得粗俗起来。他们一方面虽很感激佐助对春琴的言听计从，另一方面却也担心这种没有任何原则的听话会助长春琴的坏脾气。一想到将来的春琴有可能变得更加刁蛮自负，夫妇俩就头疼不已。

不知是否因为这个，主人便在佐助十八岁这年，安排他去拜春松检校为师，这就意味着不允许春琴直接传授技艺给佐助。这个决定自然有鵙屋夫妇俩的考虑。春琴品性越来越差的根源都是因为想要模仿师父，同时，佐助的命运安排也该有个明确的结果。从此，佐助再也不是学徒，可以名副其实地以领路人兼师弟的身份出入春松检校家。这对于佐助来说是求之不得的，但是安左卫门却费了很大的力气去说服佐助的父母，让他们放弃佐助从商的想法，并保证会对佐助有始有终，绝不会置之不顾。这样看来安左卫门夫妇是想招佐助为婿，毕竟春琴因自身的原因，是不太可能找一个门当户对的人家了，但对于佐助家来讲，应是求之不得的。

就这样又过了两年，春琴十六岁、佐助二十岁，父母开始暗示两人的婚事。可令人意外的是，春琴非常坚定地拒绝，并说自己已经打算终身不嫁，嫁给佐助更是不可能的事情。可谁能想到一年之后，春琴的身体居然有了微妙的反应。母亲察觉不对，心想“应该不会这样吧”，却一直留意，越看越不安，考虑到大家都能看得出来的时候，人多口杂，还不如趁现在做好补救。于是私下问春琴，连安左卫门都没告诉。春琴矢口否认，母亲虽依旧怀疑，却没深究。结果一个月后，事实不言自明。这时候的春琴倒是毫不避讳地承认了怀孕的事实，但不管如何逼问就是不肯说出对方的名字，还说这是两个人约定。问她是不是佐助，她也表示对他一点儿兴趣都没有。

发生了这种事情，无论是谁都会第一个怀疑佐助，但是父母想起去年春琴的说辞，总认为他们俩还不至于发展到这种程度。如果真的有肌肤之亲，在人面前也应该是无法掩饰的，对于阅历尚浅的少男少女来说，即使装作若无其事，也会在不经意间露出种种蛛丝马迹。而且自从佐助变为春琴的同门师弟，两人再也没有像之前那样学琴授艺切磋到深夜，有时一起复习，也是严格恪守师兄弟礼仪。不练琴时的时候，春琴就是高高在上的大小姐，能跟佐助接触的机会便是一起牵手往返春松检校家。主仆关系分明，至于人情味更是看不出。

其他学徒总是猜测两人是不是有什么误会，但也从没见他们发生过争吵。

后来他们便开始猜测是不是春松检校的门生，于是转问佐助，佐助表示什么都不知道，也不知道有可能是谁。此时的佐助神色慌张，一旦被追问，就回答得前言不搭后语，后来被逼急竟哭了起来，“如果我说了，会被小姐怪罪的！”“你保护小姐，出发点是好的，但是主人是为小姐好，你不听主人的话，反而是害了小姐！快把那个人的名字说出来吧！”磨破了嘴皮，佐助就是不说。最终鵙屋夫妇推测那个人其实就是佐助，碍于他和小姐的约定，绝对不会明说，但也算是有了些暗示。

生米已成熟饭，鵙屋夫妇也没有办法，不过他们觉得如果是佐助倒也挺好，但为何去年提起婚事的时候春琴拒绝得那么坚决呢？虽有着无法猜透女儿心事的落寞，却也慢慢放下心来。为了避免不必要的闲话，还是让他们早些成亲比较好。谁知再与春琴提起的时候，居然再次被拒绝：“去年已经说了，就算我结婚，也绝对不会选择佐助。虽然我身体确实不便，但也不会下嫁给一个仆人。这样也对不起我肚子里孩子的父亲。”看春琴神色大变，夫妇俩也不好再继续劝说，于是问道：“那孩子的父亲到底是谁？”“你们不要再问了，反正我也不准备嫁人。”

这样一来，佐助的话就又显得非常可疑了。到底是谁在说谎，也无法考证。也许真的另有其人，但到了现在，就变得无比尴尬，连阻拦反对的时机都没有，就算查清了真相也无法补救，眼下最重要的就是阻止其他人的胡乱猜测，还有暗中将春琴送到有马温泉待产。于是，五月份，佐助留在了大阪，十七岁的春琴被送到了有马，由两个女仆伺候着，十月份顺利诞下一男婴，听仆人说这婴儿的脸简直和佐助一个模子里刻出来的，真相看似浮出水面。但春琴依然拒绝听从婚嫁的劝说，否认孩子的父亲是佐助。

父母无奈之下，将两人叫到面前对质，春琴斩钉截铁地说：“佐助，你是不是说了什么让人误会的话了，这样让我很困扰。如果是自己没有做过的事情，请光明正大讲清楚。”佐助也愈发紧张地说：“我怎么可能是孩子的父亲，从小时候我就受您家的照顾，怎么会做出如此荒唐的事情呢。真的是冤枉。”这次两人全都彻底否认，让真相更加扑朔迷离。后来父母无奈，便威胁道：“不管事情是怎样的，孩子是无辜的。要是再嘴硬，也不要想养这个没有父亲的孩子了。只要你还没有嫁出去，我们就只能将这个孩子送出家门。”可谁也没料到春琴会非常平静地说：“请一定要将这个孩子送走，我已决定终身不嫁，留下他就是个累赘。”

第十三章

春琴的孩子出生在弘化二年，现在应该已经去世了。谁都不知道孩子被送到了哪里，看来鵙屋夫妇处理得很妥当。这件事之后，春琴更加一意孤行，看着像已经将怀孕的事情忘得一干二净，回来之后依旧由佐助牵着手去学琴。这时她和佐助的关系成了众所周知的事情，但每次让他们对外公布，就会遭到春琴的强烈反对。父母了解女儿的秉性，却也只能无奈，默许了两人兼有主仆、同门、恋人的暧昧关系。又过了两三年，春琴二十岁那年，春松检校去世，趁着这个时机，她开始自立门户、挂牌收徒。她带着佐助搬出了父母家，在淀屋桥附近购买了一处庭院。春松检校生前已经充分认可了春琴的实力，为了证明这一点，还特意从名字中取出一个字赐予她。公开演奏的时候还经常带着春琴合奏，正是因为春松检校的提携，春琴才可以那么顺利地独立出去。春琴年龄尚小且资历尚浅，没必要那么快出去，如此的迫不及待，恐怕也是考虑到和佐助的关系。两人这种暧昧关系已经是公开的秘密，再这么下去，春琴怕是在家中用人面前会没了威望，于是索性让两人搬出去生活在同一屋檐下。春琴对于这个决定也没表示什么不满。当然，佐助就是去了淀桥屋，也并没有什么地位上的提高，依然是牵着春琴的手为她带路。春松检校去世之后，佐助再次拜春琴为师，此时两人终于可以毫无顾忌地以师徒相称。春琴很忌讳和佐助看起来像夫妻，所以主仆礼仪和师徒之道都无比严苛，平日用语也强加了很多细碎的规定。佐助若是稍有疏忽，就必须跪地认错，春琴也会不依不饶地训斥他。所以不知道他们之间事情的新学徒从没有怀疑过两人的关系。倒是春琴家中的仆人背地里经常猜想两人私下的交流情景。

春琴为什么要如此对待佐助呢？大阪从古至今对于婚姻双方的家境、资产、排场比东京还要重视和讲究。封建上流社会的习俗和观念根深蒂固，这里又大多是商贾，春琴作为昔日的大家族千金，无论如何也不会放下自己的骄傲和矜持，再加上失明后的那份胜负心，自然瞧不上佐助这种世代做仆役的人。对她来说，和佐助成婚，是对她最大的羞辱，她绝对不会同意，也决不允许自己被世人议论。她觉得和佐助发生过肌肤之亲无比羞耻，所以对佐助的态度更加冷漠。

第十四章

《鵙屋春琴传》这样描述："春琴非常注重卫生，甚至到了洁癖的程度。脏的衣服从不穿，每天都要换洗自己的贴身衣物。房间也要求早晚打扫一遍，每次都要先用手摸一遍坐垫和榻榻米再坐下。一丝尘土都忍不了。曾经有一名弟子患胃病，自己不知道口中有异味，依旧坐在春琴的对面学琴。春琴照例弹了几声后便放下琴，闭口不言。弟子不知道为什么，恭敬追问，春琴才说'我虽失明，鼻子却很好，还请速去漱口'。"

由此可知春琴可能正是因为失明，才会爱干净到洁癖的程度。让人不难想象伺候春琴的人是多么不容易。佐助虽名义上是只负责牵手引路的仆人，实际上春琴的饮食起居、入浴如厕等日常琐事也都由他来负责。佐助自来到春琴家，便承担了照顾年幼春琴的职责，也能够忍受春琴的坏脾气，很多事情只有佐助才能做到让春琴满意，所以他也算是无人能够取代的。在道修町住的时候，父母兄弟姐妹都在，春琴行事还有些顾虑。可自从搬出后，自己成了主人，便变本加厉地刁蛮任性起来，佐助每天需要完成的任务也突然增多起来。

这些都是从鸣泽照老妇人那里了解到的，传记中却未曾记载。鸣泽照又道：“春琴师父如厕后从不自己洗手，所有的事情都是佐助来侍奉，入浴也是。据说贵妇人都很习惯让别人帮自己擦拭身体，从不觉得不好意思。春琴对于佐助而言，和贵妇人没有什么两样。也因为春琴的失明，她从小便习惯了入浴时有人帮忙，所以长大后也不会觉得有什么不妥。”春琴师父非常在意自己的外表打扮和着装，即使自己失明后再也没照过镜子，但对自己的样貌却无比自信。在选择衣物和配饰上下的功夫比明眼人还多。可见春琴师父的记忆力超群，自己九岁时的模样已经记在了脑海里。再加上世间对她的称赞、旁人的奉承，让她时刻都很清楚自己的魅力，所以对于妆容雕饰也是无比沉迷。“春琴师父还养了黄莺，将黄莺的粪和糠混在一起，再加上丝瓜水来保养皮肤。她最忌讳的就是自己的皮肤粗糙不光滑，必须要脸、手、脚的皮肤都水润光滑才开心。春琴师父每三天就要修剪一次手脚指甲，而且必须用锉刀打磨光滑才满意。虽然这么说，但每次修剪的长度都不足一毫米，但她依然要求修剪，并且要一根根手指摸过确认后才行，不允许有丝毫大意。佐助就是这样细致地照顾师父起居的，有时还会替春琴为新弟子们上课。”

第十五章

佐助对于春琴身体的熟悉程度比普通的夫妻、恋人更深。并且也正是因为如此深的羁绊，让佐助即使是在失明之后也能够得心应手地侍奉春琴。

佐助从做学徒开始，到八十三岁去世，终生未娶，唯一接触过的只有春琴。虽说他接触得不是很多，没有什么评判的资格，但晚年独居的佐助总是常常感叹春琴皮肤光滑、手脚柔软，还比画着说："师父的脚很小巧，放在手掌上刚刚好。她脚后跟上的肉比我脸上的肉还要嫩。"

春琴平时饮食喜欢吃鸡肉、鱼肉，尤其喜欢吃加吉鱼刺身，也会配清酒，晚饭的时候喝上一些是少不了的。可能也正是因为如美食家般的饮食习惯，让春琴虽身材娇小，看似单薄，却肌肤丰腴，肤色透白，始终有着年轻人的肌肤状态。

春琴很清楚，作为盲人，在吃饭时，总会显得落寞，让人备感怜悯。春琴少女时期非常忌讳除了佐助之外的人看到她吃饭的样子。每次去别人家吃饭，她只是装装样子地拿起筷子，显得无比端庄。春琴吃饭很挑剔，虽吃得不多，每道菜只吃一口，但要求的种类非常多，这给用人无端增加了很多活儿，甚至像特意在为难佐助。佐助后来可以迅速剔除掉加吉鱼的鱼皮、剥开虾蟹壳，甚至还能够在不破坏鲇鱼形状的情况下，从尾巴那里干净利落地抽出一整条鱼骨头。这些功夫都是在侍候春琴时练就的。春琴的手虽看起来纤细，由于整日撩拨琴弦手指变得十分有力，被她打一下是很疼的。她的秀发发量多，像棉花一样柔软蓬松。春琴是爱上火的体质，但同时伴有体寒的症状，即使在酷暑时节也不出汗，双脚像冰块一样凉，一年四季睡觉的时候都穿着纺绸或泡泡纱质地的夹棉窄袖便服，下摆长度刚好可以裹住双脚，即使这样，睡觉时也只能保持同个一睡姿来保暖。为了防止自己上火，春琴从不用暖炉或热水袋，实在太冷了，佐助就会将她的双脚抱在自己怀里，即便如此也很难帮她焐热，有时自己的胸前都会被冻得一团冰冷。春琴入浴的时候为了防止浴室雾气太多，冬天也要开着窗户，并且泡够一两分钟就要从温水中出来。泡久了就会头晕心悸。更是要求在雾气笼罩之前必须快速帮她暖身、快速擦洗。

这些细节知道得越多，便越能够体会到佐助每日的辛劳。而且他的酬劳非常微薄，虽说是酬劳，其实就是偶尔的补贴，有时候窘迫到连烟都买不起，衣服更是逢年过节的时候才给他置办几件。佐助虽有时会替春琴授课，但地位却没有任何提升，春琴的弟子和女仆们直呼他“佐助先生”，陪同春琴外出授课时，也只能等候在玄关之外。

有一次，佐助因为牙疼，整个右边脸都肿了起来，入夜之后更是痛苦不堪，但他却始终忍着不表现出来，只是偷偷频频漱口，注意不让自己的气息污染到春琴。春琴睡觉前，依旧命佐助为她揉捏肩膀，捏了一会儿，春琴说：“可以了，该暖脚了。”佐助便侧卧在春琴的下摆前，敞开衣襟将春琴的脚抵在胸口上。此刻的佐助胸口像是装了冰块，脸却被被窝里的热气烘着，一冷一热，刺激得佐助的牙更加疼痛。他索性将春琴的脚贴在了自己肿起的脸上，正想着可算缓和一些的时候，春琴脱口说：“讨厌！”顺势在佐助的脸上踹了一脚。佐助来不及闪躲，“啊”的一声跌坐在地上。春琴愤怒地说：“不用你了！我明明告诉你放在胸口上暖，你却贴在脸上！

不管是否失明，脚都不长眼睛。为什么要骗我！我知道你牙疼，白天其实就猜到了，左右脸温度不一样，说明肿的程度也不一样。比起让我用脚感知到，为什么不直接告诉我！我并不是不体恤下人，你表面对我很忠诚，却用我的脚来冰敷你的牙。我最讨厌你这种狂妄狡诈的人！”

佐助所受的待遇基本就是这样。其实春琴只是嫉妒佐助在给年轻女徒弟上课时态度亲切，但从不会直接表达出自己的不悦，只会在类似的事情中故意刁难他，这让佐助痛苦不堪。

第十六章

作为失明的独身女子，大手大脚花钱是不应该的，即便是讲究穿金戴银、偶尔吃山珍海味也会太离谱。可春琴一人却有五六个用人，每月的支出很多，这都是因为春琴非常喜欢养鸟，尤其喜欢黄莺。

叫声悦耳的黄莺不管是在古代还是在现在，都要万元。现在和往昔分辨叫声的方式和鉴赏方法大有不同。以现在的鉴赏为例，普通黄莺的叫声并不为奇，但真正高价的黄莺是“越谷黄莺”和“高音黄莺”。它们的叫声普通黄莺是学不来的。普通黄莺偶尔唱歌，也比不过高价黄莺的动听，收尾非常不入耳。而高价黄莺值钱的原因，就是它收尾的声音很像金属的回音，余音袅袅。培养这种鸟，需要在它还是幼鸟没有长出尾巴来的时候抓出来放到黄莺师父附近跟随学习。若是长出了尾巴，就说明它已经记住了父母原始的叫声，改不过来了。

那些作为师父的黄莺也是这样培养出来的，出名后便会有像“凤凰”“千代友”的名号。所以，谁家要是养出了有名的鸟，那么其他养黄莺的人家就会不顾路途遥远前去拜访，只为了可以带出自己家的鸟，他们经常一大早就出门，持续学习好几天。有时候黄莺师父还会出去“讲学”，周围都是学艺的黄莺们，那场景跟在教室里学唱歌没两样。黄莺们出身迥异，啼叫的声音也不同，同一品种的越谷黄莺和高音黄莺，每一只唱出来的节奏间隔、余韵长短都不同。所以能够养出一只拔尖的黄莺师父特别不容易。但凡能够养出来，光靠“讲学”就能挣一大笔钱，自然身价不菲。

春琴养出的那只有名黄莺叫“天鼓”，她每天都以听天鼓啼叫为乐。天鼓的啼叫声非常精彩，高音唱出来余音缭绕，给人的第一反应并不像鸟叫，而像是做工精细的乐器演奏出来的。既有余韵，又有张力，同时还很有质感。春琴待天鼓就像是掌上明珠一般，喂食非常谨慎。普通黄莺大都用黄豆和玄米炒熟之后磨成的粉混合上米糠饲养，天鼓的食物则是在普通黄莺饲料的基础上配了等量的鲫鱼粉，辅料则是鲜挤的萝卜汁。为了让天鼓的叫声更加圆润，还会给它喂寄生在野葡萄根茎上的虫，每天喂一两只。春琴养了五六只黄莺，皆需如此悉心照料，因此要有一两个专门伺候鸟的仆人盯着。

黄莺从不在人面前啼叫，所以养鸟人只能把笼子放在桐木的饲养桶里，将纸门关得紧紧的，以使光线柔和。纸门也是特意用紫檀或黑檀雕刻而成的，做工精巧，镶嵌着珍珠贝，上面绘着泥金画，志趣高雅，有的现在已成了古董，售价高达一两百日元至五百日元。天鼓的饲桶上装饰着专门从中国进口来的珍品。桶身为紫檀，下半部分装着翡翠板，板子上细细地刻着山水阁楼，很显品味。

春琴经常将天鼓的饲桶放在卧室壁龛的窗口，就为了听天鼓婉转的叫声，心情也会随之变好。所以仆人们也很喜欢逗天鼓啼叫。天鼓在天气清凉的时候啼叫得无比欢唱，而天气不好的时候，天鼓就很少啼叫，因此春琴也会随之情绪低落。冬末早春是天鼓最常啼叫的季节，越接近夏天，啼叫的次数就越少，春琴常常因此烦闷。

饲养黄莺需要非常细心，一般经验丰富的人所养的黄莺寿命很长，若是托付给了精心的新手，黄莺很快就会毙命，只得再买一只补上。春琴家的初代天鼓八岁时死去，第二代名鸟的位置迟迟空缺。但经过数年的培养，终于养出了比第一代天鼓还要好的鸟，起名仍叫天鼓，被春琴视为掌上明珠。

《鵙屋春琴传》里这样写道："二代天鼓的啼叫依旧声线优美，甚至超过了迦陵频伽。春琴每天都陪伴在天鼓的左右，对它无比喜爱。甚至告诫道：'你们都要好好听听天鼓的啼叫，本是一只籍籍无名的鸟，就是因为从小勤于练习，才练出这样不同于野黄莺的美妙歌喉。有人会说，这种叫声属于人为，并没有大自然的美妙，总不如深山幽谷踏青赏花时恰好传来的几声黄莺啼叫来得雅趣。可在我看来，正是因为天时和地利，野莺才有了几分雅趣，至于声音听起来却未必有多美。而这种名鸟的叫声，即使不出家门，眼前也能够浮现出幽邃空寂的山谷，溪水潺潺，丛林萦绕。可以说是歌声中含着花朵藏着霞光，让人忘记自己身处于尘世。这才是人工技艺和天然之物的差异。乐曲的奥义也蕴含其中。’说完还不忘羞辱愚钝的弟子：‘小小黄莺都能懂这丝竹之道，你们生而为人，却连着一只小小的鸟都不如。’”

不论是佐助还是其他弟子，被春琴用黄莺来比较训斥，无论怎样都是有些无法接受的。

第十七章

春琴喜爱的第二种鸟是云雀。云雀喜欢冲突飞翔，即使在笼子里也要高高飞起，所以笼子大都做成细长形，高度能够达到三四尺，有时会做成五尺。正确欣赏云雀的方式便是将笼子打开，放它直冲云天不见踪影，进而听到云层深处中传出的啼叫，这就是“切云之技”。云雀会在空中停留十至三十分钟，停留时间越长证明这只云雀越好，所以云雀竞技时，人们会将笼子整齐地一字排开，同时打开笼门，劣等的云雀回来时会一头扎进旁边的笼子里或落到更远的地方，而认得自己笼子的云雀会直接垂直飞上天空停留良久，随后垂直冲下，刚好进入自己的笼子，最后一只回来的云雀，便是竞赛的冠军。“切云”的意思不是横切着云层飞翔，而是纵向劈开天际，云层略过云雀的翅膀。

淀屋桥一带的住户经常在明媚的春日里看到盲眼春琴师父站在阳台上守望云雀。她的旁边总是陪候着佐助，还有一个专门负责照看鸟笼的女仆，随着春琴的一声令下，仆人便打开笼门，云雀兴奋地高声啼叫着飞向高空，春琴仰起头，仿佛追随着鸟的身影，一心等待着从云层中传来的那声啼叫。同道中人也会拎出各自的鸟笼进行较量。虽然附近的人们都想听到云雀的叫声，但对有些人来说，能够看到美貌的女琴师才是最重要的。街上的毛头小子们虽见怪不怪，但世间不缺痴情的人，对于他们来说，云雀的叫声就是参见女琴师的信号，一听到就会快速爬上屋顶。在他们心中，盲眼有着特殊的魅力，引发他们的好奇心。而平时由佐助牵着引路外出弹琴的女琴师总是一脸严肃，唯独在放飞云雀时满脸灿烂，欲说还休的样子格外动人。

当然，春琴不只养了黄莺、云雀，还养了知更鸟、鹦鹉、绣眼鸟、三道眉、草鸡等各个品种的鸟，并且每种都养了五六只，而养鸟的各种花费更是数额庞大。

第十八章

春琴出门在外很招人喜欢，她待人接物端庄大方，举手投足都散发着魅力，在家里却是典型的家里横，欺负佐助、打骂弟子十分刁蛮。春琴在抛头露面的时候，凡事总喜欢讲个排场，逢年过节红白喜事都要照着鵙屋家大小姐的身份来办，对用人、跑腿的或者轿夫的打赏也是豪爽得很。虽看起来像是个败家子，但并不是这样。笔者曾在一篇名为《我所见到的大阪以及大阪人》的文章中讨论过大阪人省吃俭用的生活：“比起东京人内外显示出的奢侈，大阪人则是喜欢在表面上无比体面，在外人注意不到的地方却是能省就省，尽量减少支出，节俭度日。”春琴生于道修町的富商之家，完全遵从上面所说的习俗，极其奢华的同时，也在某些地方极度吝啬。最初攀比排场也是出于自己天生的好胜心，所以只要是不拔得头筹的事情，就绝不花钱，甚至到了宁死也愿意不花钱的地步。不四处乱花钱，而是精打细算，盘算着用处估摸着效果。这时那好胜心就变成了贪欲。春琴虽身为师父却按一流检校的标准向徒弟们收取学费和补习费，完全不考虑其他同辈师父的收费标准。这还不算，就连弟子过节时自发孝敬的礼品也要计较，明里暗里表达出希望他们多送点的意思。

有一个家境贫寒的盲人弟子，每月学费总是要拖欠几日，中元节实在买不起礼品，便提了一打白仙羹聊表心意，他向佐助哭诉："请您可怜可怜我，我家中实在贫寒，请您向师父说些好话，让她收下我这份薄礼。"佐助也是实在看他可怜，便在春琴面前转达了他的心意。谁知春琴脸色一变道："我总是不厌其烦地强调学费和礼品，听起来可能很贪婪，但背后却有着良苦用心。钱多钱少无所谓，只是若不定下大致的数目，师徒之礼就无从体现。那孩子之前只是迟交学费，现在居然好意思只提一打白仙羹来充作中元节的礼物，实在无礼，根本没把我这个师父放在眼里。家境贫寒到这种程度，艺术的修为恐怕也很难有长进。我这个做师父的倒也能义务辅导一下，但他的未来却清晰可见，除非他是万里挑一的天才，天赋异禀，才能克服贫穷一举成名。他的天赋不高，意志力也薄弱，脸皮倒是厚得非同凡响，不会在艺术上有大的修为。

明知道这样，却想让我出于怜悯义务辅导，未免太自大！与其培养这样马马虎虎的人，让周围人笑话，不如早点劝他放弃学艺的路。他若是想继续学习，大阪还是有很多好师父的，随便拜哪个都行，但我这里，从今天开始恐怕就不再让他登门了！”说完话，不论弟子如何道歉，都装作听不见，断然将弟子逐出了师门。

对送了厚礼的弟子，平日教学严格的春琴会在当天对他无比和颜悦色，时不时还会虚伪地夸几句，使别人听得坐立不安。

收到礼物后，春琴会逐一清点，仔细到拆开点心的包装来检查。每月的收支都是将佐助叫到跟前用算盘算清楚。她对数字非常敏感，能够过耳不忘，米钱、酒钱甚至两三个月前的账都可以记得分文不差。毕竟她的奢侈都只用在自己的身上，对家中的仆人就非常节俭了。只有她一个人过着像大名人一样风光的生活，佐助以下的仆人都被要求省吃俭用，甚至饥一顿饱一顿。仆人们偷偷抱怨说：“师父常说我们不如黄莺、云雀忠诚。这话很有道理，因为比起我们，师父更在乎鸟过得好不好。”

第十九章

春琴的父亲安左卫门在世时，鵙屋每个月都会按春琴的要求来送补贴。但自从她哥哥继承家业后，事情就变得困难了。在他们那个时候，连男子都不敢这样，家大业大依然要勤俭质朴，衣食住行都要谨记不能逾越先人，还要不屑与生活糜烂的人为伍。父母因为春琴的身体不便，才对春琴的奢侈予以宽容，心疼她没有办法享受到其他的快乐。哥哥却无比痛恨这样的行为，掌事之后便规定了每个月的最高限额，超出就要春琴自己去支付。春琴的吝啬也大多受此影响。哥哥给的钱维持日常生活绰绰有余，所以受业解惑的工作对于春琴来说并不是生活所迫，对弟子们颐指气使也理所当然。拜在春琴门下的弟子屈指可数，所以她才有闲暇时间去逗弄她养的鸟玩。

在当时的大阪，不论是生田流的古琴，还是三味线，春琴的技艺确实像她说的无人能及。那些表面上憎恨她的人，实则是暗中嫉妒她超高的技艺。笔者认识的一位老琴师，年轻时曾听过春琴弹的三味线。老琴师虽弹得是净琉璃中的三味线，与春琴不同流派，但仍表示从未见过有谁能够弹出像春琴那样的美妙音乐。团平年轻时也听过春琴的演奏，惋惜地说："她要是生为男儿身，弹粗干三味线绝对可以成为响当当的人物，可惜呀！"但是团平想要表达的粗干三味线应该是艺术的极致，且非男子不可穷极奥义。不知道他是在感慨春琴错生为女子，还是说春琴弹的三味线有着男子也达不到的境界。据之前老艺人说，他偷听到春琴演奏三味线时，还以为是个擅长调音的男子演奏的，不仅音色优美，还富于变化，让人印象深刻的同时能够感受到沉痛感，这在女琴师中非常罕见。

春琴要是能够谨慎行事，懂得谦卑，估计早就成了名人。可惜她生在富贵人家，不知道生活的艰辛，随心所欲、为所欲为，让人敬而远之。她四处树敌，落得空有一身才华却无从施展。虽是自作自受，却着实不幸。拜在春琴门下的弟子，大多是在之前就崇拜她实力的，为了学本领，虽说做好了忍受残酷鞭策、挨打挨骂的准备，但在真正拜师之后，能够忍受留下来的却少之又少，新弟子有时连一个月都坚持不了。而且春琴为了借此彰显自己的名家优越感，授课时从鞭笞发展成了恶意体罚，她知道世间默许，弟子们也早有觉悟，体罚的同时也带有虐待的色彩。随着时间的流逝，她的优越感也越来越强，人也就变得越来越得意忘形、肆无忌惮了。

第二十章

前文提过的老妇人鸣泽照说：“弟子确实不多，而且大部分都是冲着师父的美貌而来，门外汉大多都这样。”带着貌美、未婚、资本家千金这几个标签，即使春琴对弟子冷若冰霜，也挡不住她越来越大的名气。可能在那些认真学艺的弟子中，有人觉得每天可以被美女师父鞭笞，有种莫名的快感。定有人是靠着这样的想法坚持下来的，就像让·雅克·卢梭那样。

在春琴身上还有着第二大灾难，遗憾的是传记中并没有明确的记载引发这第二大灾难的凶手，也没有提及原因。但恐怕和上面提到的春琴四处树敌有着密切的关联，有可能是由于某位弟子的怨恨，受到了弟子的报复。而春琴弟子中首当其冲的可疑之人就是利太郎，他是土佐崛贩卖杂粮的美浓屋九兵卫的小儿子，生性风流，喜欢四处游玩，不知是何时拜入春琴门下的。他仗着家财万贯，四处横行霸道，就连同门的师兄弟都被他当作店里伙计呼来喝去。春琴虽然心里清楚，却并没有什么表示，只是因为他礼品送得充足，所以对于他春琴总是很谨慎地应对。可利太郎却到处炫耀说：“就算是师父也得让我三分。”他很看不起佐助，拒绝让佐助代课，只让师父亲自传授，气焰嚣张到让春琴也无法忍受。

利太郎的父亲九兵卫为了养老，在一个叫“天下茶屋”的地方建起了隐居草堂，庭院中种了数十棵古老的梅树。二月时，特意邀请春琴来参加赏梅家宴。老爷子让利太郎叫了助兴的小班底，春琴则由佐助一起陪同前往。结果那天家宴从利太郎到陪客都频繁地向佐助敬酒，虽然佐助平时总陪师父晚上喝几杯也算是练出了些酒量，但也禁不住一直喝。没有春琴师父的命令，他是一滴都不能沾的，而且万一喝醉了，就无法牵着师父的手将她安全带回去了。利太郎狡猾，看出来这一点，于是扯着沙哑的嗓子说：“师父！你就允许佐助喝几杯吧，今天是赏梅的好日子，要尽情放松一下，就算佐助喝醉了，这里还有很多人想牵着师父的手回去呢！”春琴只能为难地笑笑说：“好吧好吧，喝是没问题，可你们不能把他灌醉呀！”“师父同意了！”话音刚落，各方便开始频繁向佐助敬酒。佐助心中警惕，七分酒都被他偷偷吐到了洗杯器中。

那一天，从陪客到表演者都第一次见到这位声名远扬的女琴师，在场的人无不连声赞叹果然如传闻所说的身姿曼妙，气质非凡。当然这些赞叹之中很容易察觉利太郎故意讨春琴开心的小心思。春琴虽已三十三岁，可看起来却如二十七岁，皮肤白皙，颈脖线条优美，小巧的手叠放在双膝上，手背微微反射着光泽，身体微微前倾，面容明艳动人，惹得人意乱情迷。

席吃得差不多了，大家便去庭院中散步赏梅。滑稽的事情发生了。佐助正把春琴带到梅树旁，一边走着一边介绍："摸摸看，这就是梅树。"说着两人便停在了一株老梅树前，佐助将春琴的手放在树干上让她摸。盲人用触觉来确认事物的存在，赏花自然也是这样。看春琴纤细的手抚摸着崎岖不平的老梅树干，人群中突然传来一声："好羡慕那棵树哇！"说话间，又有一个人走了出来站在了春琴的面前，把身体扭成疏影横斜的梅树，嬉皮笑脸地对春琴说："我也是梅树。"众人哄堂大笑。这举动虽可看成是谄媚，侧面赞美，并没侮辱的意思，但春琴所追求的是和明眼人一样的待遇，讨厌被人区别对待，这种轻浮的恶趣味触及了她的底线。

终于入夜，换了个地方再度开席，有人劝佐助："佐助师父，你也累了一天了，师父就由我来照顾吧，你快去那边喝一杯，都准备好了。"佐助听后，也想在那些敬酒的人过来之前赶紧填饱肚子，于是退到了别的房间先吃晚饭。但他刚说完："我现在要吃晚饭了。"一个老艺伎就黏了过来，捧着酒壶劝他一杯一杯地喝酒。就这样被耽误了一段时间，吃完饭见无人来叫他，便选择在原地等候。

春琴感觉到自己身边没有佐助的陪伴，觉得奇怪，便问道："客厅发生什么了？请叫佐助来！"利太郎却装作没听见，嬉皮笑脸说：“若是你想去洗手间，我可以带你去呀。”说着便强行握住春琴的手带她来到了走廊，一直没有松开。春琴用力挣开，“不行，还是请你去帮我叫佐助！”就在她倔强地站在原地坚持的时候，佐助赶来了，从春琴的表情中读懂了刚刚发生的一切。这件事后春琴决定再也不去利太郎家做客了。

好色的男人若是没有得逞，是绝不会善罢甘休的。利太郎第二天仍旧若无其事地来春琴家上课。春琴一改往日的态度，厉声说：“既然如此，从今日起为师就严格要求你，如果你能忍受残酷的修行，就请试试看。”这让利太郎傻了眼，他发现原来自己之前受到的鼓励都是被哄着玩的，现在突然被严格要求，每天练琴练得汗流浃背，还要忍受突如其来的辱骂。原本学琴只是他无聊时的消遣，现在实在无法忍受，一有机会就偷懒，不论春琴怎么教就是不好好弹，终于惹得春琴大骂“蠢货”，然后冷不丁抄起拨子向他砸去。拨子划过利太郎的眉间，只听得他惨叫一声，血从捂住额头的手指间流出。利太郎狠狠地扔下一句“你给我等着”，然后拂袖而去，再也没有来过。

第二十一章

还有人说是住在北边新地附近的某位少女的父亲报复春琴。女孩的父亲本是要将女儿培养成艺伎，听闻春琴的技艺无人能比，而且对弟子要求严格，所以送女儿来修习。结果有一天也是被春琴扔了拨子砸中了头，哭着跑回了家。据说是砸中了前额发际线附近，落下了伤疤，她的父亲大怒，跑过来讨要说法：“还没成年的孩子，再怎么修行下手也要有个度吧！我这孩子以后还要靠样貌讨生计，这伤疤要是消不了，我跟你没完！看你到时候怎么赔偿我们！”这说话的架势，绝不是养父，而是亲生父亲。什么难听的话都说出来了，春琴哪里受过这样的辱骂，反驳说：“我这里向来以严格出名，如果连这点小管教都受不了，还谈何精进！”其父亲也毫不示弱：“随便你怎么打怎么惩罚，可你是个盲人呀，那就老老实实待着，别学什么明眼人下手不知道轻重，一不高兴就诉诸暴力，一点儿盲人的觉悟都没有。”看他那副嘴脸，要是再吵下去真的会动手，最终还是靠佐助好言相劝送走了。春琴气得脸色铁青，身子不住颤抖，许久不说话，但最终也没有跟那家表示过一丝歉意。可能是那位父亲看到了自己的孩子容貌有了瑕疵，所以也要春琴体会一下毁容的滋味。可仔细一想，疤痕在发际线的位置，究竟是脑门儿还是耳后不能得知，只是小伤，并不能对容貌有多大的影响。就算是父母护子心切，但如此心狠手辣未免太过，而且对方还是个盲人，就是将她毁容，她也看不见，构成的打击小之又小。若真的是看春琴不顺眼，报复的方式也还有很多的选择。

这么一想，复仇者可能不只是针对春琴，应该是想让佐助也痛不欲生。这么一来，最终痛苦的还是春琴。比起女孩的父亲，还是利太郎的嫌疑更大一些。谁都不知道他对春琴的爱慕到底有多深，在愣头小子眼中，还是成熟女人的吸引力更大一些。最初从盲眼美人那里感受到了诱惑，一时情不自禁想要伸手触碰，却碰了一鼻子灰，再狂热可能也消解得差不多了。但春琴树敌太多，并不能一口咬定就是利太郎，也有可能是因为其他原因被记恨，像是为了金钱，和之前那个盲人弟子一样被羞辱的人不止一两个。另外也有人虽没有利太郎脸皮厚，却也暗中嫉妒佐助。佐助“牵手人”的角色很微妙，也从未避过人，所以弟子们也都知晓。

爱慕春琴的人都羡慕佐助的幸运，可看到他认真恪尽职守的样子又很反感。若是名副其实的丈夫，或是享有情夫的待遇，众人倒也不再说什么，可佐助对外却只是区区的名为“牵手人”的仆人，从按摩到搓澡，春琴的一切生活琐事都归他负责，任劳任怨。这让知道的人难免觉得滑稽，还当面嘲讽说要是换成自己肯定也能做得来。若是春琴毁容后，佐助那小子会变成什么样子？会不会还么无怨无悔照顾春琴，还真的是想看看呢！如此声东击西，这样的复仇方法倒也说得通。说法很多，但哪个才是真相谁都不知道，不过还有一个很有说服力的推测，就是凶手并不是春琴的弟子，而是她的竞争对手——某位检校或某位女琴师。这个起因也着实让人诧异。春琴平日里自视甚高，把自己称为琴艺第一，世间也渐渐传开了这样的说法，这样一来就伤害了同行业琴师的自尊心，甚至构成了一种威胁。所以受到了同行的暗算。虽然没有证据，但也算在情理之中。

说起检校，之前有一位盲男琴师被授予某门派显位，允许他穿特殊的衣服、乘坐特殊的交通工具，这种待遇普通艺人是绝对享受不到的。可传言却说连他的技艺都不如春琴，还只强调盲人这一点，实在是怀有一些顽固的恶趣味，也算是为了算计春琴的阴险手段了。在艺术上的嫉妒给对方喝水银的都有，更何况春琴在声乐和器乐上都很优秀，所以为了打压她的自负和虚荣，让她再也无法高傲地出现在世人面前，毁容倒也是一个立竿见影的取得胜利的方法。罗列了大部分原因后，可见春琴就是这样在不知不觉中，在四面八方播下了仇恨的种子。

第二十二章

在去天下茶屋的赏梅宴结束后大概一个半月，也就是三月底，某天凌晨三点左右，《鵙屋春琴传》这样写道："佐助在睡梦中被春琴痛苦的呻吟声吵醒，赶忙跑到隔壁，点灯一看，发现窗户大开，春琴躲在被子里。好在佐助赶来，没有损失什么东西，只是小偷逃跑了，四顾一个人影都没有。而小偷在逃跑时，无比慌张，顺手拿起了手边的热水壶向春琴扔去，好在春琴只是被溅出的水花烫到了双颊，一点儿烫伤的疤痕都没有留下。比起以往，顶多算白璧微瑕，花容月貌并未受到任何影响。遗憾的是春琴非常介意自己脸上极其微小的伤口，常常用泡泡纱头巾遮面，终日待在房中不肯见人，就连最亲近的家人和弟子都不能看到她的脸，这种神秘反而催生了无数的风言风语。"

传记继续写道："伤口虽然微不足道，完全没有影响到春琴的美貌，但她却变得不爱见人，实在是自己的洁癖所致。

将这种不值一提的伤痕当成自己的污点，只怪她自己思虑太重。”虽是这样，因果缘分却妙不可言。春琴受伤十余天后，佐助居然患上了白内障，很快就双目失明。当佐助发现自己眼前一片朦胧的时候，欣喜若狂、跌跌撞撞地跑到春琴的面前开心地呼喊道：‘师父！我要失明了！我永远看不清师父的脸了！这一定是天意，是老天的安排！’春琴听后，却怅然良久。”

佐助对春琴一片痴情，在传记中自然不会如实写下真相。一个人突然得了白内障很难让人信服，而且春琴再怎么有洁癖，再怎么思虑，一个小小的伤口也不至于整日遮面不见人，甚至变得孤僻。真相是，春琴确实被毁容了。鸣泽照老妇人听其他人说，那个贼人先是躲藏在厨房，悄悄生火烧了一壶开水，然后提着水壶偷偷从窗户潜进春琴的房间，直接将热水对着春琴的脸倒了下去。这人既不是小偷，也不是慌忙中误伤春琴。当晚春琴几乎气绝，直到第二天早上才发现被烫得皮开肉绽，至少养上两个多月才能长好。于是关于春琴毁容的传闻也越传越离奇，甚至连秃了左半边发髻的说法都有。虽能够忽略掉这些没有根据的谣言，佐助在春琴出事后便失明也从未见过春琴毁容的脸，传记中虽写：“就连最亲近的家人和弟子都不能看到她的脸。”但实际绝不可能，至少鸣泽照老妇人应该见过。但她尊重佐助的意愿，答应过佐助决不将春琴的秘密告诉任何人。我也试图问过，可老妇人只是说：“在佐助眼里，师父自始至终都是美艳动人的，我也是同样的看法。”

第二十三章

佐助跟一直服侍自己的人说起自己突然失明原因的时间是在春琴去世的十几年之后，当时的场景才最终得以还原。其实春琴被贼人袭击的那个晚上，佐助像往常一样睡在春琴隔壁，突然被什么声音惊醒，这才发现照明的夜灯熄灭了，漆黑中听到了从隔壁传来痛苦的呻吟声。佐助赶忙起身将灯点亮，然后提着灯去屏风的对面查看春琴的情况。昏暗的灯影投在屏风的金箔上，佐助借着忽明忽暗的光线巡视房间，却并没发现被翻过的痕迹，只有春琴的枕边多了一个铁壶。他看着在被褥中安静躺着的春琴，以为听到痛苦的呻吟声只是被梦魇住了，可当他唤着“师父你怎么了？师父”，并试图摇醒春琴的时候，突然被眼前的情景吓了一大跳，连忙捂上了眼睛。

“佐助，你不要看，我是不是毁容了！你不要看我的脸！”春琴一边痛苦地扭曲着身体，一边拼命捂住自己的脸。“您放心，我什么都没看到！我保证闭眼！”佐助说着将照明夜灯又拿远了些。春琴听后，好像放心了些，然后昏了过去，昏迷中还喃喃自语说着胡话：“以后谁都不能、不能看到我的脸，不能！一定要保密！保密！”佐助连忙安慰道：“不用担心，烫伤会长好的，您还会像之前一样美丽。”“这么大面积的烫伤怎么可能对我的容貌没有影响！”春琴一点儿都听不进去，无时无刻不警惕，不让别人看到自己的脸，随着身体的痊愈，她不让别人看到自己脸的想法越来越明确，除了医生，就连佐助也再没看过她的伤，换药或换绷带的时候也要将所有人赶出房间。

佐助当晚靠近枕头的瞬间虽然看到了严重烫伤的脸，却并没有勇气直视，迅速将脸背了过去。留在他记忆中的，只有一个在阴影中已经脱了人形的影子。再后来，就是脸上缠上绷带的春琴，只露出鼻子和嘴巴。春琴有多么害怕被人看到脸，佐助就有多害怕再看到春琴的模样，每次靠近春琴的时候都会将眼睛闭上，或者别过脸将视线移开。也正是他如此的主动躲避，才全然不知春琴的样貌变化。

通过精心的疗养，春琴的伤愈合得很快。有一天，屋中只剩佐助一人侍奉，春琴突然开口：“佐助，那天你看到我的脸了吧？”佐助听后慌忙回道：“没、没，没经过师父您的允许，我不敢看。”“你明明就看到了，为什么不承认，再过两天伤口就长好了，拆了绷带医生就不会再来了。别人都好说，可我尤其不想你看到我现在的样子呀！”一直气势逼人的春琴，还是头一次这么黯然神伤，隔着绷带不断地擦着眼泪。佐助的脸色也随之黯淡了下去，一句话都说不出，只得陪着春琴一起难过，他好像突然想到了什么，说道：“师父，您放心！您所担心的事情一定不会发生的！”

几天之后，春琴便能够自己起身活动了，伤口痊愈了，绷带也拆掉了。佐助一大早就偷偷来到了女仆的房间，拿走了女仆的镜子和缝衣针。他坐在床上，看着镜子，虽然自己不是很清楚针刺眼睛就会失明的常识，但还是要尝试用无痛简便的方式弄瞎自己。他拿着针，对准左眼的眼球，却扎不准。眼白的部分太坚硬又扎不进去，只能继续尝试扎眼球。就这样尝试了两三次，终于成功了，眼前开始变得浑浊，原本清晰的场景越来越模糊。其实这是一种通过破坏晶状体组织引发的外伤性白内障。佐助很快用同样的方式刺瞎了右眼。最开始只是很模糊，十天之后便彻底失明了。

待春琴起床后，他便摸索着慢慢进了春琴的房间，在春琴面前磕头道："师父，我已经彻底失明了。没有福气再看到您的容颜了。"春琴听了只是轻轻说了一句："佐助，这是真的吗？"然后就是两人长时间的沉默。这段沉默对于佐助而言，堪称人生中最快乐的时光。虽说之前有一个恶七兵卫景清，感受到源赖朝的英俊，从此断了复仇的想法，并且为了让自己不再看到这个人居然挖掉了双眼。佐助虽和他的初衷不同，但气势的悲壮与之相当。

有人会觉得，这是春琴对佐助提的要求吗？之前她含泪对佐助说的那些话要是理解成"希望你也可以失明，再也看不到我所遭遇的不幸"有些过，但她说的那句"佐助，这是真的吗"在佐助听来简直不要太开心。在这两人相对无言的时候，唯有盲人才具备的第六感唤醒了佐助，他的心中充满了感恩。他仿佛能够感受到春琴的所思所想，在他还能看见的时候虽然有过身体的接触，但师徒有别，两个人始终有着某种隔阂。但从他失明的一刻开始，两颗心终于彼此在黑暗中相遇合为一体。年少时躲在漆黑壁橱里练习三味线的记忆，突然变得清晰起来，但心情却和当时完全不同。也许因为盲人对光线敏感，所以视野所到的地方总有光亮，完全不是明眼人看到的漆黑一团。佐助用闭上现实之眼的方式，睁开了内心的双眼。他也终于生活在了师父所生活的世界！

这时的佐助已经看不清房里的东西，春琴的身姿在他的眼中都显得模糊不清。只有缠着绷带的容颜，清晰地呈现在他的眼前。不，在佐助的心中，这并不是绷带，而是圣洁的光环，闪耀在春琴饱满白皙的双颊边，犹如菩萨降世。

第二十四章

春琴先打破沉寂，问道："佐助，疼吗？""不，这一点儿都不疼。和师父所受的痛苦比起来，完全不值一提。那晚坏人潜入，我竟只顾沉睡，浑然不知师父有危险，我永远无法原谅自己。师父允许我睡在隔壁，就是为了防止这种事情发生。现如今却出了如此严重的事情，师父承受着痛苦，我却厚脸皮地安然活在世上，实在是没良心。我一直乞求上天的惩罚，让我也能为师父分担痛苦！苍天有眼，终于成全了我的心愿，今早起床后就发现自己的双眼终于看不见了。感谢上苍！师父，我今后都不能看到您的容颜了，留在我心中的只有这三十年来您美丽亲切的面庞。今后还请您继续将我留在身边，让我侍奉您！我刚失明，日常生活还需要时间熟悉，过一段时间后才能像之前一样，还恳请您将身体相关之事，只交我一人来做。"

这时的佐助感觉到有一束朦胧的光照耀过来，他知道这来自春琴的面庞，便用自己失明的双眼迎接过去。只听春琴道：“虽不知是什么人痛恨我，但说心里话，只要不是你，我不在意任何人看到我现在的容颜。”

“啊，师父，我真的是太开心了！失去双眼所带给我的痛苦，远没您这句活所带给我的快乐多！即使不知道是谁想让我活在悲哀和不幸中，故意改变师父的容颜。但我只要看不到，师父您就没有任何改变，依旧那么完美！他们以为我会变得不幸和悲痛，但恰恰相反，现在对于我来说是最幸福的时候！一想到我识破了那些卑鄙之人的诡计，我就觉得无怨无悔。”说完二人便相拥而泣。

第二十五章

从此因祸得福的两个人开始相依为命。要说二人的生活变成了什么样，恐怕只有鸣泽照老妇人最清楚了。她今年已经七十一岁了，而她是在明治七年的时候成了春琴的住家弟子，那时候她十二岁。鸣泽照跟随佐助学习丝竹之道，并同时侍奉两位师父。虽不需要牵手引路，但也要帮助两个人联络。这两个人一个是自幼生于富贵人家早年失明，连搛菜都不用自己动手，必须要人伺候，一个是后天失明，于是就将这位让人放心的女孩留在了身边。鸣泽照深得两人信任，终日陪在两人身边，春琴去世后依旧继续侍奉佐助，据悉一直待到明治二十三年，也就是佐助成为检校后才离开。

鸣泽照明治七年到春琴家，那时的春琴已经四十六岁了，那场灾祸已经过去九年了，虽已成为老妇人，春琴仍十分介意自己的容貌，不肯轻易示人。每天裹着花纹纺绸披风，坐在厚厚的蒲团上，浅黄泡泡纱头巾几乎将整张脸遮住，低低压在眼皮上，只能看见一部分鼻子，脸颊和嘴巴都盖得严严实实的。

佐助自己刺瞎双眼的时候已经四十一岁了，不论多么不习惯，都自己努力克服，连春琴挠痒痒都由佐助来帮忙，尽力不让她感受到一丝不便。这种努力的模样看到的人都会感慨。春琴则是谁的照料都不满意，贴身的活计更是不允许明眼的人靠近，只有佐助知道她多年来的习惯，所以不论穿衣、洗澡、按摩、如厕都只允许佐助一人帮忙。

所以鸣泽照的职责更多的是帮助佐助分担家事，完全没有接触春琴身体的机会。只有吃饭和添置日常生活用品之类必须由鸣泽照来做的事，她才会做，这就算是间接做了佐助的活儿。入浴的时候，她会将二人带到浴室门口，然后去忙自己的事情。听到击掌的声音后再回来迎接他们。这时她所见到的春琴基本上已经洗完澡穿好浴巾戴好头巾了，而帮她完成这一切的就是佐助。人们会好奇盲人给盲人洗澡是什么样的景象，想来就像是之前春琴用指肚抚摸老梅树的躯干一样，虽然麻烦，但万事如此，也都习以为常了。外人可能会感慨他们的不易，但他们却十分享受这种烦琐的生活，虽不言不语，却彼此诉说着细腻的真情。失去视觉的爱人有多么享受触觉的世界是我们所不能想象的。佐助用自己的一切供养着春琴，春琴则享受着这种供养，两人乐此不疲。

佐助在侍奉春琴的同时，还要担负起教课的重任。春琴一人躲在房间里足不出户，给佐助封了“琴台”的名号，所有的子弟都交由佐助教导。音曲指南看板上，在瞻屋春琴名字的旁边，也添了一个小小的名字——温井琴台。佐助的忠义和温顺深受左邻右舍的认可，所以来学习的弟子比春琴授课的时候多得多。每当佐助上课的时候，春琴就自己在最里面的屋子里听黄莺啼叫。需要佐助帮忙的时候就高呼：“佐助！佐助！”佐助每次只要听到春琴的呼唤，就会放下自己手中的事情，第一时间赶过去。也正是因为春琴身边不能离开人，所以佐助从不外出授课。

而且这个时候道修町春琴的娘家鵙屋已经不再辉煌，春琴每个月的补助也近乎断绝。要不是因为这个原因，佐助是断然不会挑起讲课的重任的，他只要离开春琴就会坐立不安，每次都要抽空到春琴那里待一会儿才安心，春琴对于佐助也是如此。

第二十六章

佐助虽已经从春琴那里接手了授课的任务，他凭借自己的力量支撑起整个家，可谁都不明白两个人为什么不结为夫妻。可能是春琴一直无法过自己那一关，据鸣泽照说，佐助曾坦言那场灾祸在很大程度上挫伤了春琴的志气，他很不忍心看到那样的春琴。在他的心中，可怜、不幸等这些词语完全不能用来形容春琴。虽然佐助失明，只能活在自己的理想世界里，可他永远记得之前的事。灾难改变了春琴的性格，改变后的人对于佐助来说已不再是之前的春琴了。他心心念念着过去那个跋扈的春琴，所以对结婚没有渴求的人，反而是佐助。

现在这个在现实世界中的春琴对于佐助来说更像一个寄托着他心目中完美春琴的媒介，他对春琴并没有因为眼盲而变得平起平坐，反而更加严格恪守主仆礼仪，克己奉公，不放弃一丝可以帮助春琴忘却不幸、重拾自信的机会。他依旧和其他男仆一样，拿着微薄的月薪，吃着粗茶淡饭、穿着破旧的粗布衣衫。他把所有的收入都攒下来补贴春琴，来维持她大手大脚的生活。为了节省开支，佐助还减少了仆人的数量，因此他变得更加辛苦，很多事情都亲力亲为，只为了让春琴衣食住行的水准不下降。

鸣泽照说，那个时候佐助的衣着实在寒酸，就连找他上课的弟子都看不下去了，有的还忍不住提醒他，让他注意一下仪容仪表，但他都只当作没听见。还让学生称呼他“佐助”，完全不让他们称呼他为“师父”，大家都觉得很别扭所以都尽量避免称呼。春琴去世后，佐助唯一能讲述心事的人就是鸣泽照了，每次一有机会就拉着她回忆之前和春琴在一起的点点滴滴。再后来佐助成了检校，可以名正言顺地被弟子称为“师父”或者“琴台师父”了，但仍然特意关照鸣泽照，允许她称自己为“佐助”，任何敬称都不许加。

“大家可能会觉得眼睛看不到的人很悲惨，但我失明后并没有觉得自己不幸，甚至还觉得幸福得像是去到了极乐净土。我每次都觉得自己像是和师父住在莲花台上一样，这是我从未体验过的。虽然看不见了，可我却看清了更多的东西，不仅能够看清师父的美丽容颜，还能够感受到她皮肤的柔软细腻光滑，能够更清晰地听师父清亮的嗓音。不可思议的是我更能体会到师父三味线技艺的精妙之处。之前只是听师父嘴上说的丝竹之道，可直到现在才感到了真正的价值所在。我才疏学浅，跟师父比起来，简直相差万里。这时候反而不知用什么词才能配得上师父的优秀，只能羞愧地反省自己的愚钝。若是老天想让我重见光明，我都会拒绝！师父也说过，明眼人永远体会不到盲人的幸福。”

佐助的话，都是他自己的想法，真假各占多少，只能先打一个问号。但能够肯定的是，春琴的技艺将她自己拉出了苦难，苦难也让她的技艺更加精湛。若不是品过了人生的酸甜苦辣，就算你有再多的天赋，恐怕也参不透艺术的真谛。春琴虽从小养尊处优，不懂体恤他人，从来不知道受苦和受辱的滋味，也从不曾有谁挫败她高傲的气焰。但上天为她安排了残酷的考验，让她在生死的边缘徘徊，击碎了她的自负与骄傲。可见毁容这件事对于春琴来说是一剂良药，帮助她顺利度过了以往在情感和技艺上无法逾越的瓶颈期，抵达了无我的最高境界。

鸣泽照说：“常常听到春琴独自抚琴，借以消遣，旁边也必然有佐助相伴，只见佐助颈脖微斜，侧耳倾听，满脸沉醉。有时声音从房间传出，弟子们都竖起耳朵倾听，惊为天人，纷纷低声议论着三味线是不是装了什么精妙的机关。”

在当时的时代，春琴不仅精于琴技，在作曲方面也颇为有才，经常深夜灵感迸发，指尖撩拨、试音。鸣泽照能记起得有《春莺啭》《六出》两曲。鸣泽照那几日还特意弹给我听，果然很有独创性，尽显作曲家的风采。

第二十七章

春琴在明治十九年六月上旬生了一场大病。生病前几日，她和佐助一起来到了前院，将心爱的云雀放飞，鸣泽照看见，这对盲人师徒双手合十，仰头望向天空，盼望着从高空中传来云雀的叫声。可云雀虽飞进了高高的云端，却没等到它的啼叫，也不见它回来，两人越发心急。春琴一下子变得怏怏不乐，不久便罹患脚气病，天气渐渐入秋，春琴竟卧床不起，在十月十四日因心脏骤停离世。

不仅云雀丢了，春琴也去世了。从此佐助每次听到第三代天鼓的叫声就会黯然落泪。他一有时间就会去佛前上香，有时独自拿起三味线奏上一曲《春莺啭》。曲子从一只驻足于山间的黄莺叽喳啼叫开始，是倾注了春琴灵魂的代表作。全曲虽短，间奏却需要极其复杂的技法。想来春琴就是由天鼓的啼叫才构思出这首曲子的。间奏的旋律像是在描画深山的雪在春天来临之际悄悄融化，溪水流淌，松树枝叶沙沙作响，东风吹拂田野，落霞布满山丘，梅花散发着香气，鸟儿啼叫着从一个又一个山谷飞过，落在一根又一根枝丫上。

春琴生前只要奏起这首曲子，天鼓就会欢快地附和，像是在和春琴竞技一般。也许它听到这个旋律，想到了它出生的故乡，记起了山谷、溪水和广阔天空的阳光。可佐助奏这首曲子时，却仿佛灵魂借着旋律飞到了远方，来到了他自己营造的世界里凝视自己心中最完美的春琴。他靠耳朵来弥补现实的遗憾。总有人说，只要还有记忆，就会梦到故去的人。可对于佐助来说，春琴就算还在，两人也只能在梦中相见。所以他们之间的生死离别，并不是具体的某一天。

还记得之前提过的两人的孩子吗？佐助和春琴其实还生有两男一女。女儿没能存活下来，两个儿子还在襁褓的时候就被河内的农家领养。春琴去世后，两个孩子对遗产并没有兴趣，也不愿回到盲眼父亲的身边。佐助终生未娶，被弟子照顾至终老。在明治四十年十月十四日，光誉春琴惠照禅定尼忌日这一天，八十三岁的佐助离世了。他一个人度过了二十一年的孤独光阴，每一天都用回忆思念着春琴，直到那个身影越来越清晰。

天龙寺的峨山和尚听说了佐助自刺双目的事情后感慨道："一瞬间，再无内外之分，丑变回美，通晓禅机，实乃达人之所为。"不知在读的诸位是否赞同。

昭和八年六月